文春文庫

ネメシスの使者

中山七里

文藝春秋

目次

［初　出］　別冊文藝春秋　２０１５年６月号～２０１６年３月号
［単行本］　２０１７年７月　文藝春秋刊

ＤＴＰ製作　エヴリ・シンク

ネメシスの使者

一 私憤

1

平成二十五年八月十日、午前七時三十二分。

渡瀬が官舎を出ると、じっとりと粘ついた熱気が身体を覆った。まだ通勤時間だというのに、早くも陽射しが照りつけている。そう言えば朝のニュースが、今日もまた猛暑日になると予報を伝えていた。

門の近くでは古手川が覆面パトカーで待っていた。殺人事件発生の報が渡瀬に届いてから五分。初動としては及第点をやれる早さと言える。

「おはようございます」

「場所は熊谷のどこだ」

「佐谷田の方だって聞いてます」

熊谷市佐谷田の地名を聞いた途端、渡瀬の脳裏に典型的な郊外の風景が広がる。長年現場を歩き回っていると、土地鑑は不動産屋並みになる。現場に固執してきた余禄と言えば聞こえはいいが、退官後の再就職に有利な特技とは思えない。

「被害者は戸野原（とのはら）貴美子（きみこ）六十五歳。刺殺体が自宅で発見。現状、判明しているのはこれだけですね」

「家族は」

「それも分かりません。ただ一人暮らしだった可能性が大きいです」

「何故だ」

「これもざっくりなんですが、殺されてから数日経過しているようです。自宅で殺害されたのに発見が遅れるってのは、一人暮らしだったからでしょう」

「予断するな」

見当のつけ方に間違いはないものの、渡瀬は釘を刺すのを忘れない。まして古手川は誉（ほ）めるよりは叱ることで伸びていくタイプだ。

「同居人が犯人の可能性だってある」

「それなら話が早くて助かるんですけどね」

渡瀬はうんざりした口調を聞き逃さなかった。

「何かあるのか」

「いや、現場は熊谷なんでしょう。遺体の腐敗進行とかを考えると、ちょっと……」

「ふん、そんなことか」

熊谷市は八月に入ってから連続して猛暑日を記録しているが、元より日本で一番暑いと言われている街だ。日中に吹く南寄りの風が東京都内で温められてから熊谷市に到着する所謂ヒートアイランド現象、そして熊谷市上空の西風が秩父山地を下りる際、高気圧によって圧縮されて気温が上昇するフェーン現象の二つがこの地を猛暑の都市と位置付けた。この暑さが都市の知名度を上げることに反対はしないが、連日三十度を超える中、冷房もない室内に放置された遺体がどうなるかを想像すると、若い古手川が気を萎えさせても当然だった。

「新鮮だろうが賞味期限切れだろうが、死体は死体だ。起き上がって襲ってくる訳じゃないから心配するな」

　古手川は唇の端を不満そうに曲げる。上司の横に座りながら、つい感情を面に出してしまうのがこの男の欠点だ。若さゆえのものではなく、おそらく性格に根ざしたものだろうから一朝一夕に矯正するのは難しいが、刑事として好ましい習癖ではない。時間をかけてでも直す必要がある。

　しばらくの沈黙の後、古手川が思い出したように口を開いた。

「俺だって現場では結構色んなホトケを見てますよ。バラバラになったのや、半ば屍蝋化したのや、プレス機で挟まれたようなヤツ。それでなくても、最近は浦和医大の法医学教室で司法解剖に何度も立ち会ってますからね。だから今更、死体にビビるなんてのはないんです。ただですねえ……」

「ただ、何だ」

「いくら仕事だからといって、慣れちゃいけないものもあるような気がするんですよ。死体は確かにモノなんですけど、モノとして扱っちゃいけないって言うか」

少しはらしいことを言うようになったとみえる。つまり死体がよりモノに変わっていくのを見るのは嫌だという理屈だ。

「どんなに人としての形が崩れようが、無念のまま殺されたなら、その怨嗟(えんさ)はずっと残っている。それさえ忘れなきゃいい」

納得したのかそれともしていないのか、古手川は不満げに低く唸(うな)ったきり後は黙り込んでしまった。

クルマが荒川を越えた辺りから、低層住宅の一群が見えてくる。あれが佐谷田一帯だ。以前訪れた時と印象は少しも変わらない。宅地が線路沿いに拡がる一方、その奥には休耕地を含む田畑が連なっているのは開発が中途半端に終わった残滓(ざんし)だろう。

高崎線の踏切を越えて更に進むと、青いビニールシートに覆われた一画が視界に入ってきた。二階建ての家屋の周辺では所轄署の捜査員と鑑識課員が動き回っている。

クルマから出るや否や、サウナの中のような熱気が足元から立ち上る。冷房の効いた車内が天国のように思えてくる。

現場を指揮していたのは熊谷署強行犯係の豊城(とよしろ)だった。豊城は渡瀬を見ると一瞬気後(きおく)れしたような顔をしたが、すぐに頭を振って近づいて来た。

「お疲れ様です。専従は渡瀬さんの班でしたか」

「いつ何時とっ替えられるか分かりませんが……それよりどんな具合ですか」

「それはわたしが説明するより、あなたが直接見た方がいいでしょう」

そう言って豊城は二人を現場へ誘う。

「ちょうど鑑識も検視も終わったところです」

「検視は誰が」

「鷲見検視官ですよ」

ああ、あの真面目一辺倒の男かと、渡瀬は即座に顔を思い浮かべる。良く言えば堅実、悪く言えば規律の中でしか喋ろうとしない男だ。

「発見したのは同じ自治会の主婦です。今日は自治会で清掃することになっていたのですが、当番の戸野原貴美子が時間になっても集合場所に現れないので呼びに行ったところ、同人の死体を発見したと、まあそういうことです」

「被害者は家の中で死んでいたんじゃないんですか。するとその主婦はわざわざ家の中まで入ったということになる」

「玄関に行くと朝刊が何日分か溜まっている。当番が決まっているのに旅行にでも行ったのかと引き戸を見ると、施錠部分がガラス切りで穴を開けられている。思わず戸を開けてみるととんでもない異臭が鼻を衝いた。そして被害者がパジャマ姿で廊下に倒れているのを発見した。まあ、素人が見ても明らかに死体と分かる状態だったんですね。これが午前七時二十分でした」

発見が七時二十分、所轄への通報が同二十三分。タイミングとして不審な点は見当たらない。

「その主婦はまだここにいますか」

「直接、聴取しますか」

「そうさせていただければ有難いですな」

豊城は憮然とした表情になるが、これも一瞬で消した。

所轄の捜査能力を信用しない訳ではないが、第一発見者の証言はやはり自分の目と耳で確認したい。所轄の捜査員にすれば屈辱であり、自分のやり方が県警本部と所轄の間に溝を作っているのは百も承知しているが、これで実際に検挙率が上がっているのだから誰も文句を言わない。渡瀬本人も自戒の念がなくはないが、現場に足を踏み入れるなりそういった遠慮は吹き飛んでしまう。そして警察という組織が自分を昇格させないことが、正しい判断のように思えてくる。

玄関から入ると、早速猛烈な腐敗臭が鼻腔に飛び込んできた。この臭いを嗅ぎ慣れたはずの古手川が、慌てた仕草で口と鼻を覆う。

証言通り、被害者戸野原貴美子はパジャマ姿で廊下に倒れていた。近づくほどに臭いは刺激臭となり、容赦なく襲い掛かる。あまりの強烈さに目が痛くなるほどだ。着ていたのが半袖シャツで助かった。ジャケットを羽織っていたら、数日は臭いが取れなかっただろう。

家の中に籠もっていた熱気もまた相当なものだった。中に入ってまだ数秒も経っていないというのに、額や耳の下に汗が浮かぶ。体感温度では体温をとうに超えている。動物性蛋白質が腐敗するには、そして蛆虫ならびに微生物が繁殖するにはお誂え向きの室温でもあった。

俯せになって顔が隠れているが、膨満した二の腕と脇腹で、組織が分解され体内ガスの溜まっているのが分かる。よく見れば耳の穴からは無数の蛆虫が出入りしている。脇腹からは血液が溢れ出し、フローリングの床に大量の血溜まりを作っている。夥しい数のハエが集っているのは、そこが傷口だからだろう。

死体の傍らに屈み込んでいた男が渡瀬たちに気づいて腰を上げる。

「おや。県警本部はあなたを寄越しましたか、渡瀬警部」

「一課は常に人手不足なものでね。ところで鷲見検視官の見立ては、どうですかね」

「引っ繰り返してみると分かるが、胸部と腹部にそれぞれ浅い切創がある。創洞が浅いのでどちらも致命傷にはなっていない。生活反応があるので先に刺されたのは正面の方でしょう」

つまり被害者はまず正面から犯人に襲われたということだ。

「襲撃された被害者が背中を向ける。そこへ、右脇腹後方から成傷器が深く刺入する。こちらの創洞は長く、出血も多いことからこの一撃が致命傷になったものと推定される。直接の死因はショック性の失血死と推測されます。刺入口の形状から見て、おそらく凶器は有尖片刃器。出刃包丁に類似した物でしょうね」

渡瀬は豊城に向き直る。該当するような凶器が現場から発見されたかどうかを目で問うたが、豊城は力なく首を横に振る。凶器は犯人が持ち去ったらしい。

「また衣服の乱れようから争った痕跡も見て取れる。ただし被害者の爪からは相手の皮膚片などは採取されていない。争ったとしても犯人側の一方的なものだったろう」

「死亡推定時刻は」

体表面で死亡推定時刻を量る有効な手段は死後硬直の進行具合だが、これも死後二十四時間を経過すると硬直が緩んで推定不能になってしまう。

「詳細は司法解剖で胃の内容物を調べる必要がありますが、角膜が完全に白濁していること、更に蛆虫の成長具合から死後一日以上は経過しているものと思われます」

これに豊城が口を添える。

「溜まっていた朝刊は本日十日分と九日分でした」

つまり鷲見の見立ては相応に信憑性があるということになる。

「浦和医大の光崎(みつざき)教授に検案要請をかけます」

「おお、光崎教授なら願ったり叶ったりですね。あの人ならわたしが見逃したあれやこれやを一つ残らず見つけてくれそうだ」

鷲見は皮肉を効かせてそう告げる。

渡瀬が光崎の知見に全幅の信頼を置き、そのため検案要請が浦和医大に偏っているのは県内の検視官共通の認識らしい。

だが、それがどうだと言うのか。身体に不安のある者が一番優れた医者に診てもらおうとするのは当たり前のことだ。それとも県警の検視官は、分け隔てなく藪(やぶ)医者にも通えと言うつもりなのか。

「鑑識は何か発見しましたか」

二人の間をとりなすように、豊城がこれに答える。

「家中の毛髪や埃(ほこり)を掻(か)き集めました。争った痕跡から犯人の下足痕(げそこん)も特定できそうだと言っていましたね」

「家族構成は多くなかったということですか」

「元々、被害者は実母と二人きりで住んでいたようです。ところがこの実母が今年の春から特養老人ホームに入所して、それからは一人住まいでした。近所の話では綺麗好きで掃除もこまめにやっている。だから毛髪にしても体液にしても足跡にしても、本人以外のものは珍しいということになります」

「そいつは素晴らしい。で、これについてはどうなんですか」

渡瀬は死体の近くに位置する壁を指差した。横にいた古手川が、自分も訊きたかったのだとばかりに何度も頷く。

死体は不自然な姿勢で右手を伸ばしていた。壁に接触した血塗れ（ちまみれ）の指先が力尽きたように落ちているが、その二十センチほど上に血文字が記されている。

横一列に書かれた四つのカタカナ。ところどころが掠（かす）れて震えているが、それは確かにこう判読できた。

〈ネメシス〉

「被害者本人が書いたものですか、それとも犯人が書いたものですか」

「いや、それはまだ本人の指紋を確認してみないと何とも……」

そこに今度は鷲見が割り込んだ。

「致命傷の創洞の深さと失血の量から考えて、被害者はほとんど即死の状態だったと推測されます。腕を二十センチも上げてこれを書いたとは、俄（にわか）には肯定できません」

底の浅そうな検視官だが、鷲見の言い分には一理ある。もし本人が息のあるうちにダイイング・メッセージとして書いたのなら、犯人がそれを黙って見過ごすはずがない。犯人が逃走してから書いたにしても、本人にそれだけの体力があったかは甚だ疑問だ。

つまり残る可能性は、犯人が被害者の指と血を使ってこのメッセージを記したという解釈になる。

班長、と古手川がおずおずと口を開いた。

「〈ネメシス〉って何のことですか」

「ギリシア神話に登場する女神の名前だ」

「女神……」

「羽を持つ女神だ。人が働く無礼に対する神の怒りを擬人化したものだと言われている。その語源は義憤だが、中には間違って復讐と解された例もある」

「復讐の女神さまですか。つまりこの被害者は神に対して何か無礼を行ったか、あるいは誰かの恨みを買ったって意味ですかね」

「知らん。犯人に直接訊いてみるんだな」

そうは言ったものの、古手川の口走った解釈には頷ける部分もある。ギリシア悲劇におけるネメシスの役割は、しばしば神罰の執行者だからだ。

「いかにもふざけた犯人じゃないですか」

鷲見の声色が少し変わっていた。

「何が〈ネメシス〉だ。こういうくだらん自己顕示欲を見せつける輩（やから）が一番手に負えない」

鷲見は言葉の端々に憤怒を滲ませながら渡瀬たちの前を横切る。どうやら鷲見は、〈ネメシス〉の文字を犯人からのメッセージと決めつけたようだった。

「あなたはこの種の犯人を検挙するのが得意だと聞きました。存分に辣腕を振るっていただくことを願ってやみません」

そして通路帯を直進してその場から立ち去ってしまった。

「良くも悪くも真面目な人だなあ、あれは」

古手川が呆れたようにその背中を見送る。

「いくらダイイング・メッセージが残っていたからといって、それが犯人の目的とは限らないんだけどな」

「古手川さん、でしたか。ではあなたはあのメッセージをどう考えるんですか」

豊城から問われると、古手川は面倒臭そうに頭を掻く。

「いえ、犯人の自己顕示っていう意見に反対する訳じゃないんスよ。ただカネ目当てとか流しの犯行であるのを誤魔化すために、ああいうサイコじみた落書きをした可能性だってあるじゃないですか」

「少なくともカネ目当てというのはハズレかも知れませんな」

「えっ」

「さっき家中をひと通り見ましたが、金目のモノは奪われていないようだし、物色したような形跡もない。物盗りの線はひとまず棚上げです」

「じゃあ遺産目当てとか」

「ここの土地家屋は実母名義のものらしいですが、見ての通りの中古物件ですからね。上物は資産価値ゼロ、土地にしたって大した金額にはなりません。実母を老人ホームに入れた時点で結構な出費をしているはずですしね」

それを聞くと、古手川はさっきよりも激しく頭を掻き始めた。

まあいい——渡瀬は早々に頭を切り替える。判じ物は後回しにして、今は初動捜査に傾注するしかない。

「第一発見者と話がしたいですな」

「じゃあ、こちらへ」

豊城に誘導されて渡瀬と古手川は隣の家に移動する。案内されたのは被害者の家よりはいくぶん新しい住宅で、お目当ての人物は上がり框に腰を据えたまま震えていた。

「第一発見者の上園康江さんです」

渡瀬は康江と向かい合う形で座る。芳香剤が異様に臭うのは、康江が臭い消しとして自分の身体に振り撒いたからに相違ない。

「県警本部の渡瀬といいます。あなたが発見した死体。あれは戸野原貴美子さんで間違いないんですね」

「……はい。さっき刑事さんに正面からの顔を見せられましたから」

その時の様子を思い出したのだろう。康江は今にも吐きそうな顔をした。康江の口から訥々と語られる目撃談は豊城の説明とほぼ同様で、さながら答え合わせの感がある。

「最後に生きている貴美子さんを見掛けたのはいつでしたか」

「一昨日……八日のお昼に買い物から帰ったところを見掛けました」

「それは何時のことですか」

「確か、一時くらいだったと思います」

「それから今朝まで、戸野原さんの家から何か不審な話し声とか物音が聞こえたりしませんでしたか」

「それは特には……」

「では、最近本人に関わるトラブルのようなものはありませんでしたか。些細な喧嘩であるとか、ストーカーじみた人物が近所をうろついていたとか。あるいは本人を憎んだり恨んだりする人物がいたとか」

「それも思い当たりません。貴美子さん、あまり外には出ない人でしたし」

康江の素振りは隠し立てしているようには見えない。返事の曖昧さは日頃の関心の薄さを物語っている。いくら住宅地の隣家といっても疎遠になるのは、仕方のないところか。

「普段からよくお付き合いはあったのですかね」

「あの、ずっと以前はご両親ともいらっしゃったんですけど、まずお父さんが病気でお亡くなりになると途端に行き来がなくなりまして……今年の春にお母さんが老人ホームに入ってしまうと、ますますお話しする機会も減ってしまいました」

「貴美子さんとは、あまり話をされなかったようですね」

「あそこは貴美子さんの実家なんですけど、結婚して家を出て行かれたのが四十年以上も前の話でしてね。その、ずいぶんしてから戻って来られたので、ずっとお隣という訳じゃなかったんです」

「出戻りということですな」

「ええ、苗字も元に戻ったと聞いていましたし」

「離縁されて戻って来たのはいつごろでしたか」

「ええと……もう十年くらい前の話になります。そういう事情が事情なものなので、近所の他の方もあまり深く関わろうとはしませんでした」

「嫁いだ先でお子さんはいなかったんですかね」

「お子さんはいましたけど、それも立ち入った話なので……詳しく聞いた人はいないと思います」

康江の話によると四十年以上も前に結婚し、その三十年後に離婚。いずれにしてもその三十年間、被害者がどんな境遇に置かれていたのかは調べる必要がある。

すると渡瀬が考え込んだのを誤解してか、慌てて康江が言葉を継いだ。

「あの、こういう言い方をすると、何だかわたしたちが貴美子さんを仲間外れにしていたような印象になるけど違うんです」

康江はすっかり弁解口調になっている。こういう時は急かさず放っておけば、いくらでも自動的に喋ってくれる。

「わたしたちがと言うより貴美子さんの方で、近所付き合いを敬遠していたようなところがあって……やっぱり離縁と言ってもあんな形で死別したんだし、お子さんのしたことを考えたら引き籠もりみたいになるのもしようがないことだと思います」

渡瀬は聞きとがめた。どうやら自分は大きな勘違いをするところだったらしい。

康江は戸野原家の事情を知らなかったのではない。知っていて言うのが憚られたのだ。同じことに思い至ったらしく、豊城は羞恥と狼狽を綯い交ぜにした目で康江を睨んでいる。まだ初動捜査の中途であり、地取りが終了していないとはいえ、所轄捜査員の前に県警に知られたとあっては、やはり忸怩たるものがあるのだろう。

「旦那さんもあんな風に亡くなったし。そりゃあ子供があんな事件を起こしたんだから自殺しても仕方ないですけどね。苗字を旧姓に戻したかった気持ちも分かりますよ。ここに戻って来る前は、ずいぶん新聞記者やらテレビに追い回されたでしょうし。実際、ここに戻った時も結構騒ぐ人たちがいたみたいなんですよ。それでも人の噂も七十五日と言いますから、いつの間にか治まったんですけど、やっぱり貴美子さん本人はずっと人目を気にしていたんだと思います」

「貴美子さんは犯罪加害者の家族だったんですな」

「ええ。それもそんじょそこらのありきたりな事件じゃなくて、日本中を騒がせた大事件でしたもの。貴美子さんが実家に戻っても人目を避けたいと思うのは当然です」

世間を騒がせた大事件の犯人となれば、自分の記憶にも残っているはずだ。それが戸野原の姓を聞いても反応しなかったのは、貴美子が旧姓に戻る前の事件だったからに相違ない。

「失礼だが被害者が結婚した時の苗字をご存じですかな」

「もちろんです。軽部。貴美子さんの前の苗字は軽部でした。あの軽部亮一という人の母親だったんです」

軽部亮一。

その名を聞いて、渡瀬はようやく合点がいった。豊城もそうなのだろう。ひどく驚いた表情で康江をまじまじと見ていた。古手川は何も思い至らないのか、不思議そうに突っ立っているだけだ。

無理もない、と渡瀬は思う。軽部亮一が事件を起こしたのは平成十五年、まだ古手川が一課に配属される六年も前の話だから記憶になくても仕方がない。

当時、軽部亮一が起こした事件。

それは女性二人が惨殺された通り魔殺人だった。

2

上園宅を辞去すると、早速古手川が聞いてきた。

「班長、さっきの軽部亮一の事件って」

訊かれなくても教えるつもりだった。

「犯人の名前が記憶になくても、浦和駅の通り魔事件という名称なら聞き憶えがあるだろう」

　すると古手川は思い出したように頷いてみせた。

「それだったらぼんやり憶えてます。確か二人殺されたんですよね」

「ああ」

「しかし、これは……迂闊でした」

　古手川の後ろを歩いていた豊城は、先刻から同じ言葉を呪文のように唱え続けている。

「渡瀬警部は怨恨の線だと思われますか。被害者があの軽部亮一の母親であるなら、確かに有力な動機になり得ます」

　渡瀬は黙して答えない。豊城のいうように貴美子が軽部亮一の母親なら、息子のとばっちりを受けた可能性はあながち否定できない。そして事件に軽部亮一が絡んでいるのなら、犯人が現場に残した〈ネメシス〉の言葉が俄然意味を持ってくる。

　事件が起きたのは平成十五年、暮れも押し詰まった十二月五日のことだった。午後五時三十二分、通学・通勤客でごった返す浦和駅の改札口近くに軽部亮一（当時二十六歳）がふらりと現れた。手入れのされていない蓬髪と白のジャージ姿は異様だったものの、人混みに掻き消されて目立つことはなかった。誰もが他人の身なりを気にするよりも先に、帰路を急いでいた。

　駅のコンコースに向かうにつれ、人混みはますます膨れ上がっていく。普通に歩いていても対向する者と肩が触れてしまう。

　やがて軽部はジャージの内側に隠し持っていた刃物をそっと抜いた。真後ろを歩いていた目撃者によれば、まるで携帯電話を取り出すような自然な仕草だったらしい。これは前日、自宅近くのホームセンターで購入した刃渡り六寸五分（約一九七ミリ）の出刃包丁だった。軽部は柄を握り締めると、ちょうど目の前を歩いていた女子大生一ノ瀬遥香（当時十九歳）の背中目がけて包丁を振り下ろした。

この時点では、まだ周囲の人間も何が起きたのかを充分に把握できなかった。目撃者の間から悲鳴が上がったのは軽部が包丁を引き抜いて、返り血を浴びた時だった。

一ノ瀬遥香は第一撃を受けてもすぐには倒れなかった。おそらく自分が凶刃に襲われたことさえ自覚していなかっただろう。二、三度よろめいたかと思うと、前のめりに倒れて四つん這いの姿勢になった。

軽部は遥香の背に乗ると、比較的柔らかな頸部と腹部を数回に亘って刺し続けた。軽部の着ていたジャージは更なる返り血で白と赤の斑模様になっていた。

半径三メートル内にいた者たちは半ば脊髄反射のように飛び退き、そして逃げ出した。悲鳴を上げる者も加速度的に増え始めた。

だが夕方の混雑が災いした。逃げ出す者が周囲の人間を薙ぎ倒す恰好になり、混雑が混乱に変わったのだ。

女の人が襲われた。

誰かが刃物を振り回している。

助けて。

警察を呼べ。

情報の断片が悲鳴となって交錯する中、軽部は二人目の獲物を発見した。その場をいったんは逃げ出したものの、後から駆けて来た者と接触して転倒した小泉玲奈（当時十二歳）だ。軽部は玲奈の身体に馬乗りになると頸動脈の辺りに刃を当て、五センチほど切り裂いた。この時の感触を、軽部は後の供述において『彼女の首はまるでバターのように柔らかかった』と証言している。

頸動脈から勢いよく噴出した血は、軽部の顔面を真っ赤に染め上げた。唯一の救いはその一撃が致命傷となり、玲奈はさほど苦痛を感じずに済んだのではないかという検視官の見立てくらいだろう。

顔に掛かった返り血に反応したのか、軽部はこの時、天を仰いで獣のような奇声を上げたらしい。らしいというのは目撃者によって印象が異なるからであり、ある者は鶏のようだったと言い、別のある者は犬の遠吠えのようだったと表現した。

駅コンコースを襲った災厄の中、唯一幸いだったのは、駅構内を警官二人が歳末取締りで巡回中だったことだ。加賀健史・三輪博敏両巡査がコンコース中央から聞こえた悲鳴に反応して現場に駆けつけると、ちょうど軽部が玲奈から身体を離したところだった。まず加賀巡査が警棒で凶器を持つ手を弾き飛ばし、三輪巡査が軽部を背後から羽交い絞めにした。この時二人に共通していたのは、眼前に広がる惨劇の張本人として軽部があまりにもひ弱だったという感想だ。何事か叫びながら抵抗するが力は脆弱に過ぎ、警棒で弾かれた腕が痛いとしきりに訴えたと言う。

軽部が警官二人に取り押さえられたのが午後五時四十五分。時間にして十三分間の悪夢だった。

「犠牲になった二人はすぐ救急搬送されたが、搬送先の病院で死亡が確認された。二人ともほぼ即死の状態だった」

「犯人の軽部はクスリでもやってたんですか」

「いや、逮捕後に尿検査が行われたが結果は陰性だった」

「通り魔になったきっかけは何だったんですかね」

「ふん。およそ理由にもならんような理由だ」

警官二人に取り押さえられると、軽部は借りてきた猫のようにおとなしくなった。その豹変ぶりは目撃者たちが呆気に取られたほどだった。

惨劇の場となった浦和駅から浦和署までは目と鼻の先だ。現行犯逮捕で連行された軽部は当初のうち沈黙を守っていたが、夜半になってやっと氏名と住所を名乗る。それを確認した浦和署の署員は皆一様に首を傾げたと言う。何故なら亮一の父親軽部謙吉（けんきち）は、県の教育委員会にも名を連ねる著名な教育評論家だったからだ。落ち着いた物腰ながら歯に衣着せぬ言説はワイドショーにも重宝され、ちょっとしたタレント扱いさえされていた。そういう人物の一人息子がどういった経緯で通り魔に堕ちたのか。軽部は留置場でひと晩明かすと、凶行に至るまでをぽつぽつと話し始めた。

殺すのは誰でもよかった、と軽部は言った。

めでたく志望大学に入学したものの授業についていけず三年を待たずして中退、その後就職活動をするが自分には不向きだという理由でどれも長続きせず、コンビニ店員のバイトを最後に自室に引き籠もるようになる。

この頃、インターネットが成熟期に入っていた事情が軽部の引き籠もりを助長した。実社会で発言権のない卑小（ひしょう）な人間でも、ネット社会では貴族にもテロリストにもなれる。軽部は虚構の空間にどっぷりと嵌（はま）り、そして抜け出せなくなった。

著名な評論家の息子という出自は得難いアドバンテージだった。そして父親の威光を自分の威光と勘違いした軽部はネット上で傲岸不遜（ごうがんふそん）に振る舞い、そして同じような立場の住民から集中砲火を浴びる。住んでいる社会が虚構であっても、受ける精神被害は現実のものだ。軽部は父親と同等かあるいはそれ以上に有名な人間にならなくては、自分の存在価値はないと考えるようになる。軽部にとって現実世界はさほど意味があるものではなかった。自分の思い通りにならない世界など何の興味もない。今はただ、ネットの世界で英雄と持ち上げられることだけが軽部の行動原理だった。

自我が未熟な人間ほど結果を急ぐ。一刻も早く有名人になりたかった軽部が選択したのは、犯罪者への道だった。それもできるだけ派手で、後世に語り継がれるような犯罪者なら尚更いい。

では舞台は人の大勢集まる駅がいい。

一人では足りない。二人か三人、いやもっと殺さないと特別な犯罪者にはなれない。そして何人もの人間を仕留めるには自分よりも弱い者を獲物にするべきだ。成人男性では返り討ちに遭う危険がある。従って狙いは女子供に絞るべきだろう——。

以上が犯行に至るまでの軽部の供述内容だった。その中に死亡した二人の女性に対する謝罪や反省の言葉は一つも見当たらない。動機、物的証拠、目撃証言、そして供述調書の揃った段階で、浦和署は案件をさいたま地検に送検する。

　さいたま地検がまず行ったのは軽部の起訴前鑑定だ。折角起訴しても本人の責任能力が認められなければ公判を維持できない。そして検察側の要請した専門医は、軽部に責任能力ありと診断を下した。

　しかし裁判が始まる前から、世間では軽部に対する非難がうなりを上げていた。あまりにも身勝手な動機、ひ弱な女性を犠牲者に選んだ理由、そして臆面のなさ。軽部の未成熟さはさておき、どこまでも自己本位な態度に世間は苛烈な声を浴びせ続けたのだ。

　父親である軽部謙吉もまた世間の攻撃に晒された。テレビ各局は早々と謙吉の降板を発表し、教育委員会は『本人の自己都合』として彼の離任を公にした。高く飛ぶ者ほど墜落する時は急だ。昨日まで謙吉にコメントを求めていたマスコミは、加害者の親族として謝罪を求めた。

「著名な教育者の倅が凶悪犯罪を起こしたんだからいい笑いものさ。称賛が一夜にして侮蔑に変わる。そして軽部謙吉という男は、世間の態度の豹変に順応できるタイプじゃなかった」

「自殺したんですか」

「はっきりそうと決まった訳じゃない。家人に何も告げず、深夜の高速を走っていて防護柵に激突した。事故だったのか自殺だったのかは判然としない。ただ、これから祭壇に捧げようとする生贄がいなくなったことで、世間の関心は亮一の裁判と残った母親貴美子に向けられた。貴美子もまた被害者遺族に対して正式な謝罪をしていなかったからな。もっとも息子がそんな事件を起こし、今度は夫が自殺じみた形で死んだんだ。貴美子の立場にすれば、遺族に謝るどころの話じゃなかったかも知れん」

公判は翌年の夏から始まった。裁判に臨んだのは当時さいたま地検の三席検事を務めていた岬恭平（みさききょうへい）検察官。謹厳実直を絵に描いたような男で、検察のエースと謳（うた）われる人物だった。

対する弁護側に立ったのは、人権派として名高い第一東京弁護士会所属の堤真吾（つつみしんご）弁護士。交通事故で落命した軽部謙吉が、息子に遺した一番の贈り物が彼だった。

堤弁護士が最初に行ったのは、亮一に謝罪の手紙を書かせて一ノ瀬と小泉の両家族へ送ったことだ。改悛（かいしゅん）の情を見せているので減刑を嘆願して欲しいと願い出たのだ。もちろん両家とも手紙の受け取りを拒否したが、堤弁護士は内容証明郵便という手段で、確かに本人の手紙が遺族宅に到達していることを証拠の一つに加えた。常套手段とはいえ、遺族の神経を逆撫でするような戦法に、世間の多くは軽部への嫌悪感をますます募らせた。

「戦前の司法ってのは被告人の権利をひどく蔑（ないがし）ろにしてきた。治安維持法やら特高なんてのはその象徴だ。で、新憲法が発布されるとその反動で矢鱈（やたら）被告人の人権が声高に叫ばれるようになった。人権派弁護士というのは、その最右翼だ」

「でも起訴前鑑定で責任能力ありと判断されたんでしょう。それだったら、もう何の言い訳もできないですよ。殺されたのは女子供だし」

「大方の予想はそうだったんだ。検察側は死刑を求刑。無辜（むこ）の人間を手前勝手な理屈で二人も殺しているんだから当然の求刑だと、世間は検察を支持した」

現在、死刑判決を下す際には昭和五十八年七月八日に最高裁が示した死刑適用基準――所謂、永山基準が参考にされることが多い。その要件は次の通りだ。

1　犯罪の性質
2　犯行の動機
3　犯行態様、特に殺害方法の執拗性、残虐性
4　結果の重大性、特に殺害された被害者の数
5　遺族の被害感情
6　社会的影響
7　犯人の年齢
8　前科
9　犯行後の情状

この九項目全てを満たす必要はなく、また全て満たしたからといって死刑判決が確定する訳ではない。微妙なのは4に挙げられた被害者の数で、三人以上なら死刑、二人なら総合的に判断して死刑若しくは無期か有期の懲役刑という相場じみたものが存在する。犯行後の情状については、法廷で後悔と贖罪の念を強調しておくべきだと考えたのだろう。公判の最終意見陳述の際、軽部は二人の犠牲者に絡めてこのように述べた。

『亡くなった一ノ瀬さんや小泉さんの分まで、僕はずっと長生きしたいです。長生きして二人に謝罪し続けたいと思います』

被害者遺族が聞けば逆鱗に触れるような陳述であり、とても情状酌量の余地はない。先に挙げた死刑判決要件の多くを満たしてもおり、軽部の死刑判決はまず間違いがないものと予想されていた。

だが一審は意外にも無期懲役の判断を下した。

裁判長を務めたのは渋沢英一郎判事。犯罪の性質も犯行動機も社会通念上看過できるものではなく、社会に与えた影響も大きいとしながら、被告人軽部亮一が精神的に未発達であり、前科がないこと、そして殺害されたのが二名であることから『残虐性の程度や被告人の犯罪傾向を鑑みれば、死刑にする他ないとは判断しがたい』というのが、その判決骨子だった。

当然のことながら検察は即日控訴に踏み切った。死刑確実と思われる案件だったこともあるが、頻発する凶悪事件を抑止するためにも軽部事件の判決は極刑でなくてはならない事情があったからだ。

「この判決で堤弁護士は名を上げたが、一番勇名を馳せたのは渋沢判事だったろう。普通、裁判で裁判長の名前が喧伝されるなんて滅多にあることじゃないが、要はそれだけ市民感覚と乖離した判決だったってことだ」

「まさかその裁判長、死刑廃止論者か何かだったんですか」

「そのまさかが本気で取り沙汰された時期がある。本人は死刑廃止論を一度も口にしていないが、それ以前も死刑か無期懲役か微妙な判断を求められる裁判でことごとく死刑判決を回避しているからな。密かにつけられた綽名が〈温情判事〉だが、被害者遺族にしてみれば堪ったものじゃない。殺された一ノ瀬遥香と小泉玲奈の家族は、マスコミに向けて渋沢裁判長への不信を表明した。これに乗ったのがマスコミと世間だ。もし渋沢判事が死刑廃止論者だということが証明されれば、裁判の厳格さを担保する意味で判事の罷免も検討されたに違いない。だが人の心なんぞ悪魔にだって分かるまい。法務省と判事本人がノーコメントを貫くと、判事への批判は立ち消えになった」

「二審の行方はどうだったんですか」

「当時は下級審の判断が覆ることが珍しかった。提出された証拠に明白な遺漏や憲法違反がない限り、逆転判決は有り得ない。二審は地裁判決を支持した。上告しても恥の上塗りだと判断したんだろう。検察も二審で旗を下ろし、軽部の無期懲役が確定した」

　古手川の顔が不快そうに歪む。直情径行なこの男なら当然の反応だった。

「それでよく遺族が承服しましたね」

「するもんか」

　渡瀬は言下に答えた。県警本部のお膝元で起きた事件だったから、とても他人事では済まされない。いや、渡瀬でなくても軽部のその後や、遺族たちの動きに関心を持っていた者は大勢いたはずだ。

「一ノ瀬・小泉の両家族は集団訴訟の形で民事に訴えた。既に軽部には刑事での有罪判決が下りていたから、こちらの裁判はごく短期間で結審した。総額八千五百万円の賠償命令が出た。だが肝心の軽部は刑務所の中、唯一支払い可能と思われた父親謙吉の財産もとうに処分され、その大部分は弁護士費用に消えていた。裁判で勝っても、両家族には一円も支払われなかったのさ」

「……その時、貴美子は離婚していたんですね」

「正確には謙吉が死んだ時、戸籍から外れたんだ。あまりにタイミングが良過ぎるものだから、それも亡夫の入れ知恵じゃなかったのかと噂されたものだ。とにかく軽部貴美子は旧姓の戸野原に戻り、自宅も引き払った。もう誰も二人の死の責任を取る者はいなくなった。これが軽部事件の顚末(てんまつ)だ」

説明を聞き終えると、古手川は黙り込んだ。当時を思い出したのか、豊城も苦々しい顔をしている。

当時は渡瀬自身もやりきれない気分だった。他人に認めてもらえないから駄々を捏(こ)ねた——そんな三歳児のような理屈で二人も殺した男が、未だに塀の内側で空気を吸っている。司法システムの末端にいる者として裁判所の判断に疑義を差し挟むつもりはないが、それでも釈然としないものが残る。若い古手川なら尚更だろう。

やがて古手川が再び口を開いた。

「民事裁判の後、二つの家族はどうなりましたか」

「どうにもならなかったさ」

渡瀬は両家族を追跡した記事を記憶の抽斗(ひきだし)から取り出す。取り出す度に胸糞の悪くなる話だった。

「一ノ瀬遥香も小泉玲奈も未来のある女性だった。それを無精髭の生えた三歳児から刃物でメッタ突きにされたんだ。親兄弟の無念さは察するにあまりある。だが裁判所は両家族の思いに応えてやろうとはしなかった。犯罪被害者等給付金だって上限は三千万円に届かない。大事な娘を喪くした隙間を埋められるもんじゃない。隙間のできた家族がどんな風に変わっていくか、お前も知らんはずはあるまい」

古手川は唇の端を歪める。この男自身、少年時代に父親の借金が原因で一家離散を味わった経験があるのだ。家族の絆も、その弱さも他の人間より知悉している。

「家族の間に不信が生まれたことまでは週刊誌が報じた。しかしその後は後追い記事も出ていない。関係が修復されたのか、それとも決定的な罅が入って決裂したのか。今となっては関係者以外、誰も知らん」

すると、今まで黙って聞いていた豊城が割り込んできた。

「渡瀬警部はその両家族が怪しいと思われますか」

獲物の臭いを感知した犬の目をしていた。

「両家族にとって貴美子はただ一人残った仇みたいなものだ。軽部によって家庭を破壊された遺族が復讐の相手に選ぶとしたら彼女以外にいない」

確かにそういう解釈なら〈ネメシス〉——復讐の女神という判じ物も理解できる。

「それに貴美子を殺害した凶器は出刃包丁のようなものだと検視官も言っていたじゃありませんか。出刃包丁なら軽部事件で使用された凶器と同じだ。メッタ突きにする殺害方法だってそうです。犯人は十年前の事件と同じ凶器を使って犯人の身内を襲った。これこそれっきとした復讐じゃないですか」

豊城の声は興奮気味に上擦っている。しかし発想自体は悪くないが、これも予断に違いない。

「豊城さん。その推測はしばらく措くとして、〈ネメシス〉の件はマスコミには伏せておいた方がいいでしょうな」

これには豊城も無言で頷いた。〈ネメシス〉の名前が出れば、勘のいいものならすぐに〈復讐〉を連想する。そして戸野原貴美子の前の姓を知った時点で、容疑者を絞り出そうとするだろう。そんな真似をされたら捜査に支障を来たすのは、火を見るより明らかだ。

「承知しました。その件については捜査員全員に箝口令を敷いておきましょう」

「もう一つ、一ノ瀬・小泉両家族の写真を取り寄せて地取りに使ってください」

「もしも両家族の誰かが現場付近をうろついていたなら、重要な容疑者になり得ますからね。それでは失礼します」

豊城はそれだけ言うと、捜査員が集まっている場所に駆けて行った。その姿を見送った後、古手川が疑わしそうにこちらを見る。

「被害者遺族による復讐って線、どこまでマジに考えてるんですか」

「どこまでもクソもあるか。まるっきり可能性のないような与太を所轄に依頼するか」

「いや、班長は考えてること全部を口にはしないでしょう」

古手川は断定口調で言う。

ふん。少しは腹の探り方を覚えたとみえる。

「これが被害者遺族の復讐だっていうんなら、こんな簡単な話はないんだ」

「えっ」

「動機ははっきりしている。容疑者の数も限られている。一人一人アリバイを潰して執拗に尋問を続けていれば、いつか犯人がボロを出す。だが、もしも〈ネメシス〉の意味が間違って広まった〈復讐〉ではなく、正しい語源の〈義憤〉だとしたらどうだ。軽部事件には直接関係のない第三者が、それこそ義憤で懲役囚の家族に正義の鉄槌を下しているとしたらどうだ。容疑者の数は一気に二桁ほど上がるぞ。何せ手前ェの行状を棚に上げて正義漢面したいヤツらは腐るほどいるからな」

「でもそんな……自分の主義主張のために縁もゆかりもない人間を殺すなんて」

「じゃあ軽部亮一はどうだった。自分の自我を護るだけの理由で、縁もゆかりもない人間を二人も殺した。標的の色合いが多少違っているだけで行動原理は全く同じだ。そしてそんなクソッタレは、今日びどこにだっている」

古手川は悩ましげに頭を振る。

「それじゃあ、さしあたって俺は何から始めたらいいんですか」

「遺体を浦和医大に搬送して、光崎先生に司法解剖を要請しろ。何か見つけてくれるかも知れん」

「班長はどうしますか」

「可能性を一つずつ潰しに回ってくる」

3

その後、渡瀬の許（もと）に浦和医大法医学教室から解剖報告書が届けられたが、特に驚嘆するような新事実は発見されなかった。それでも胃の内容物から、死亡推定時刻は八月八日の午後十時から翌日の午前一時までの間であることが明記されていた。

時間帯を考えれば、貴美子が寝入るところを見計らって押し入ったと見るべきだが、彼女の死体が廊下に転がっていることから、状況は次のようなものであったと推測される。

犯行時刻になり、犯人が玄関の引き戸をガラス切りで開錠する。侵入を試みたということは家の中の灯りは消えていた可能性が大きい。犯人は貴美子が寝ているとばかり思い込んで中に押し入る。

貴美子は玄関から入ってすぐの和室で寝ていた。犯人が和室に侵入した際、貴美子が起きていたか寝ていたかは判然としない。だがいずれにしろ貴美子は犯人の存在に気づき、和室から逃げ出した。だがそれも長くは保たず、廊下の突き当たりで犯人に面と向かう。ここで貴美子は胸と腹にそれぞれ浅い一撃を受ける。貴美子は反射的に背中を向け、そして致命傷を受けて絶命する。ここまでの動きは床に残存していた下足痕で推測したものだ。

犯人は床に突っ伏した貴美子をしばらく観察していたに違いない。というのも、壁に血文字を書く際、一定量の血が流出するまで待っていただろうからだ。

壁に文字を書き終えた犯人は、部屋を物色することもなくそのまま家から出て行った。これも下足痕から推察できるが、この点からも犯人の目的が物盗りではなく貴美子の殺害にあったことが見てとれる。

貴美子が比較的高齢であったことも手伝い、犯行は極めて効率的だったようだ。貴美子は反抗らしい反抗もできず、しかも叫び声すら上げていない。いや、上げたのかも知れないが、少なくとも近隣住民の耳には届いていない。

犯人は手袋や帽子を着けていたのか、殺害現場および和室からは貴美子以外の指紋・毛髪は採取されなかった。また戸野原宅から半径五百メートルに亘って捜索されたが、未だに凶器は発見されていない。

鑑識の報告によれば貴美子に致命傷を与えた瞬間、犯人は返り血を浴びた可能性が高いと言う。だが血染めの上着のまま徘徊(はいかい)したとしても、夜の闇に掻き消されたものと思われる。

もちろん捜査本部は熊谷駅から戸野原宅までの道程に設置された防犯カメラを解析したが、そのいずれにも不審者の姿は映っていなかった。その事実をもって犯人には土地鑑があったのではないかと疑う捜査員もいたが、最近では防犯カメラの位置を察知するアプリが市場に流れているため、その判断もいささか早計とされた。

一方、鑑取り(かんど)も目ぼしい成果を上げられずにいた。上園康江の証言通り、貴美子の交友関係は極端に狭く、自治会での最低限の付き合い以外は挨拶程度で済ませていた。これは浦和駅通り魔事件を思い起こせば理解できる行動だった。近所だから貴美子の息子があの軽部亮一であるのを知る者も多い。そんな集団に自ら好き好んで飛び込むはずもない。

そしてまた、付き合い方が浅いので愛憎の生まれる余地もない。貴美子と軽部の関係を知る者も積極的に彼女を排斥しようとした訳ではなく、仮に出戻り当初は野次馬じみた興味があったにせよ、十年間も近所にいれば風化したと見るのが自然だった。

捜査本部は特養老人ホームに入所していた貴美子の実母を現場に連れ出し、金品その他の確認を行ったが、やはり盗られた物はないとの証言を得、ここに至って物盗りの線は完全になくなった。尚、特養老人ホームの戸締りの関係から、実母が貴美子の死亡推定時刻に現場へ現れることは到底不可能だった。

通り魔的犯行。

凶器は出刃包丁のような刃物。

その刃物で被害者をメッタ突き。

状況はいみじくも豊城が指摘した通り、軽部事件の要件をそのまま模倣したものと言えた。もちろん血文字で書かれた〈ネメシス〉の件は厳重な箝口令が敷かれたお蔭で、未だ外部には洩れていないが、新聞記者の中には恐ろしく鼻の利く者もいるため、決して油断ならなかった。

もし〈ネメシス〉なる者が懲役囚の家族を狙っている、などということが公になったらどうなるか――渡瀬はその対応策をずっと考えていた。

渡瀬が里中県警本部長から呼び出されたのは、ちょうどそんな時だった。

課長や刑事部長を飛び越えて、県警トップから直接お呼びが掛かるのは、そうあることではない。思いつくのは賞罰に関することくらいだが、前回呼び出しを食らったのは独断専行の捜査で本部長注意を受けた時だった。どうせ今回も碌な用件ではないだろう。

本部庁舎最上階にある本部長室を訪ねる。

いつも思うことだが、何故組織の上に立つ者は高い場所にある部屋を好むのだろう。〈馬鹿と煙は高いところが好き〉という言葉を知らないのだろうか。

部屋に入ると、里中は既に正面を向いていた。これで対面する者を威圧できると思っているのなら滑稽だった。

「渡瀬、参りました」

「掛け給え」

恐縮する素振りの一つでも見せれば多少は覚えめでたくもなるのだろうが、生憎そんな殊勝な考えは持ち合わせていない。渡瀬は会釈もしないまま里中の正面に座る。

「何のご用でしょうか」

「今、君の班が専従になっている熊谷の殺人事件について訊きたい」

おや、と思った。まさかこの案件にどこからか横槍が入ったのか。

渡瀬が見る限り里中というのは功利主義と権威主義が背広を着ているような男で、責任は取るものではなく回避するものと決めているフシがある。そんな男が無闇矢鱈に現場へ口出しするはずもなく、指揮官を直接呼び出したということは、自分より上位の者から圧力を掛けられたからに相違なかった。

しかし軽部亮一の事件は冤罪でもなければ、警察や検察の捜査に遺漏があった案件でもない。むしろ検察が世論に後押しされる形で控訴に踏み切り、それでも結局は犯人が極刑をまぬがれた負け戦だった。今更、何の不都合があるというのか。

「捜査情報でしたら課長や刑事部長から報告が上がっているはずですが」

「由々しき問題だが、栗栖課長に全ての情報が上がっているとは思えん」

「まさか、そんなことはないでしょう。一課の捜査員は全員従順で、情報隠しなどする者はおらんでしょう」

「一人を除いてはな」

自分のことか。それなら、ここはとぼけてみても始まるまい。

「確証が得られない情報を上げると、却って捜査を混乱させる可能性もあります」

「ふん。捜査に混乱を来たすほどの情報だという自覚はあるんだな」

「腹の探り合いは苦手なんですがね」

「君の口でそれを言うか。まあ、いい。箝口令が敷かれているが、現場には復讐を仄めかす文言が残されていたようだな」

「復讐というのは一つの見方に過ぎません。捜査を攪乱させるための陽動かも知れません」

「ふざけるな。それならどうして箝口令を敷くように勧めた」

里中の目が昏く笑う。こういう笑い方をする男が別の局面では人情家と持て囃されるのだから、不思議なものだ。

「しかし箝口令を敷くように計らったのは正解だった。その点で君を責めるつもりは毛頭ない。いや、この面談にしても君に手枷足枷をするつもりで設定した訳ではない。むしろ逆だ」

「逆というと、わざわざ発破を掛けようとのご趣旨ですか」

「速やかに解決して欲しいものだな」

内容は要望だが、口調は命令だった。

「浦和駅通り魔事件、だったか。今回の被害者はあの犯人の母親らしいな」

「ええ」

「この場合、復讐というのはあの事件に絡んでの意味だろう」

「そう解釈する者もいるでしょう」

「そういう人間がいるのなら、尚更早期解決が肝要になってくる。何故なら、この国の法律は仇討を許していないからだ」

里中は両手を祈るように組み合わせる。持論が如何に正しいかを、部下に説明する時の癖だった。

「多くの国と同様、この国も殺人を禁じている。ただし死刑だけは例外だ。死刑執行とは裁判所の判決に基づいて法務省が行う行政行為なのだからな」

それを聞きながら、渡瀬は欠伸を堪える。今の言説は里中の持論ではなく、元法務大臣中村正三郎が発表した談話の引き写しに過ぎない。

ことではない」

「従ってそれ以外での殺人を肯定することは法秩序の崩壊に繋がりかねない。現場には復讐を仄めかすメッセージが残されていたというじゃないか。それは決して赦されることではない」

里中の言葉がどうにも座りが悪いのは、表層の建前論に終始しているからだ。

「どこからか圧力がかかりましたか」

「何だと」

「本部長ともあろう方が、そんな単純な名目だけでこの不良警官を説諭するとは思えないもので」

里中は渡瀬を睨んだまま黙り込む。これはこちらの出方をじっと待っている目だ。

それではカードを一枚開くとしよう。どうせ里中も同じ札を見ている。

「現場の壁には〈ネメシス〉とありました。ご承知かも知れませんがネメシスとはギリシア神話の中に登場する復讐の女神ですが、正しい語源は〈復讐〉ではなく〈義憤〉です。穿った見方をすれば、殺人の動機も義憤と解釈することができます」

「……どういう意味だね」

「近親者による仇討なら、これは私憤と呼ぶべきものです。だが義憤となれば執行者は第三者ということになる」

「つまり正義の味方のつもりという訳か」

「いや、それだけならただの私刑です。義憤の解釈としては、もう少し難儀なものもあるのですよ。それは復讐の対象が法務省である場合です」

里中は沈黙したままだが、意外そうではない。やはりこの解釈を知った上で渡瀬を呼びつけたのだ。

「軽部亮一は本来死刑判決を受ける身だった。ところが弁護人の奸計か、あるいは検察の不手際で死刑を免れてしまった。事件を担当した裁判官は死刑制度を否定しているのか。裁判所が死刑を回避するのであれば、自分がそれを代行してやろう……そういう解釈です」

自分で口にすると、改めて誇大妄想じみた解釈だと思う。しかし、誇大妄想というのなら、軽部に殺された被害者二人の無念を晴らすというのも相当な誇大妄想だ。ただ当の司法機関である裁判所と、法務省の受け取り方はずいぶんと異なる。

「それは解釈というよりは大法螺に近いな」

「ええ。しかし〈ネメシス〉の意味を邪推する人間なら、誰しもが連想することでしょうな」

仮に犯人が異常な思想の持主であったとしても、判決に対する異議申し立てで殺人が行われたとしたら問題はすぐに収まらない。話は裁判制度や死刑制度の是非にまで発展する惧れすらある。それは法務省にとって決して歓迎できることではない。

個別の復讐を許すなという言説は、言い換えれば国の定めた制度に刃向かうなという意味だ。だから里中の上に座る人間が、この事件を知って不安を覚える心理も理解できる。

「ふむ。大法螺だろうが邪推だろうが、司法に対する謀反であることに変わりはない。

いずれにしても早期解決するべき案件という訳だな」

結論を落としたいところに落とせたつもりなのか、里中は満足げに頷いてみせる。体面を保てた上に扱いづらい部下を上手く操縦できたのだから、大いに自画自賛したいところだろう。

「君にも事件の重大性が充分に伝わったようだ。それでは粉骨砕身、頑張ってくれ」

渡瀬は無言で返したが、身を砕く前に腰が砕けるのではないかと思った。

刑事部屋に戻ると、早速古手川が好奇心丸出しで訊いてきた。

「本部長から呼び出し食らったんですって。いったい何だったんですか」

「叱咤激励だ。皇国の興廃、この一戦にありってな。ごちゃごちゃ言ってねえで行くぞ」

意味も分からず困惑気味の古手川を従え、渡瀬はクルマに乗り込む。

行き先は千葉刑務所だった。

現在、日本には全国で六十九カ所の刑務所が存在する。このうち犯罪傾向の進んでいない囚人を収容するのはA級刑務所、犯罪傾向の進んでいる囚人はB級刑務所に収容される。そしてこのA級B級は、再入者であるかどうか、また執行刑期が十年以上かどうかによって次のように分別される。

・初入者で執行刑期が十年以上の囚人を収容する刑務所――山形刑務所、千葉刑務所、

長野刑務所、岡山刑務所、大分刑務所

・初入者で執行刑期が十年未満の囚人を収容する刑務所——帯広刑務所、山形刑務所、黒羽刑務所、市原刑務所、横浜刑務所、長野刑務所、静岡刑務所、東京拘置所、福井刑務所、名古屋刑務所など

・再入者で執行刑期が十年以上の囚人を収容する刑務所——旭川刑務所、岐阜刑務所、熊本刑務所、徳島刑務所など

・再入者で執行刑期が十年未満の囚人を収容する刑務所——網走刑務所など

・医療刑務所——八王子医療刑務所、岡崎医療刑務所、大阪医療刑務所、北九州医療刑務所

・少年刑務所——盛岡刑務所、川越刑務所、松本刑務所など

・女子刑務所——栃木刑務所、笠松刑務所など

・外国人刑務所——横須賀刑務支所など

そして渡瀬たちが訪れた千葉刑務所には、軽部亮一が収容されていた。

受付を済ませてから面会室で待つこと十五分、アクリル板で仕切られた向こう側に灰色の作業着を着た男が現れた。

この男が軽部亮一だった。

撫で肩で猫背気味、中肉中背だがひ弱に見える。今年で三十六歳になるはずだが、童顔のせいか二十代の幼さがまだ顔に残っており、おどおどと見上げる様は小動物を連想

させる。この男が二人の人間を惨殺したと聞けば、大抵の人間は違和感を抱くに違いない。

「埼玉県警の渡瀬だ」

渡瀬が名乗ると、軽部は少し意外そうだった。

「埼玉県警？　俺を逮捕した浦和署じゃないんですか」

「今日の面会の目的は、別の事件をあんたに伝えに来た」

「別の事件。俺に関係あるんですか」

「一昨日の朝、あんたの母親が実家で殺されているのが発見された」

瞬間、軽部は大きく目を見開いた。

「……本当か、それ」

「わざわざ嘘を伝えるために千葉くんだりまで来やしない。殺害されたのは八日の深夜だ。表から何者かに押し入られ刺殺された」

軽部は目を逸らすことなく渡瀬の顔を睨んでいる。嘘か真実かを推し量っているような目だ。

千葉刑務所の刑務官たちも戸野原貴美子と軽部を結びつけて考えはしなかったのだろう。軽部の驚愕と猜疑(さいぎ)はとても芝居には見えなかった。

「犯人はもう捕まったんですか」

「まだ捜査中だ」

すると軽部は天を仰いで短く嘆息した。

「どうやら本当みたいですね、あの母親が殺されたってのは」

ひどく乾いた口調だった。

「淡々とした言い方だな」

「泣けと言うのなら泣きますけど……まあ、やめときましょう。そんな嘘臭いもの見せられても迷惑でしょうし」

「強要しなきゃ涙も出ないか」

「ひどい母親でしたからね」

「別に虐待されていた訳でもあるまい」

「子供に愛情を注がない時点で、それは虐待と同じようなものです。真っ当に愛情を受けていたら、俺だってあんな事件を起こさなかったでしょうね。渡瀬さん、でしたっけ。俺の供述調書はもう読みましたか」

「ああ、読んだ」

「それなら俺の育った家庭環境がどんなものだったか知ってるでしょう。父親が有名な教育者だからといって、私生活でも立派な教育者だとは限らない。実際、俺には冷淡な父親でしてね。頭ごなしにこれをするなあれをするなと押さえつけるだけで、あれが教育だと言うのなら刑務所だって立派な教育機関ですよ」

その時、傍らにいた刑務官がじろりと軽部を睨んだ。面会の場とはいえ刑務所批判は許される話題ではない。今のはぎりぎり許容範囲といったところか。

「父親はあんたが逮捕されてまもなく死んだんだぞ」

「だから申し訳なく思えって言うんですか。はん。あんなのただの逃げですよ。実の息子が失敗作だったから、著名な教育者として弁解のしようがなくて死んだだけです。別に責任を取った訳じゃない。世間に謝るとか今までの名声を返上するとか被害者遺族に頭を下げるとか、そういう諸々の面倒が嫌で逃げただけです。死に方としては最低ですよ」

軽部はせせら笑うように話す。虚勢かと思ったが、笑い方に芝居気は微塵(みじん)も感じられない。

「言っときますけど、これって強がりでも何でもありませんよ。アレが交通事故で死んだと聞いた時、俺は拘置所の中でガッツポーズ取ったくらいですからね」

「別に疑っちゃおらんよ。ただ、父親が冷淡だった分、母親のフォローくらいはあったんじゃないのか」

すると軽部は俯(うつむ)き加減で忍び笑いを洩らす。

「渡瀬さんは、家族というものにファンタジーを抱いているようですね」

「可笑(おか)しいか」

「母親だから無条件に子供を愛するなんて、ファンタジー以外の何物でもありませんよ。現に俺の母親は父親の召使いみたいなもので、俺が父親の命令に従っているかどうかを監視しているだけの存在でしたからね」

軽部が喋っている最中も、渡瀬は週刊誌が追っていた貴美子の行動を記憶から引き出す。公判中は一度も傍聴席に現れず、公式なコメントは一つも表明していない。

「あの女はね、渡瀬さん。結局は良妻賢母を演じていただけなんだよ。貞淑な妻、慈愛に満ちた母親だってね。ところが息子は殺人鬼、夫は世間に負けて自殺したとなったら、やっぱり逃げの手を打ったのさ。だってさ、判決が確定して俺がここにぶち込まれても一度も会いに来たことがなかったんだよ。手紙が一通きたきりだ。それも旧姓に戻ってやり直す、あなたも新しく生まれ変わったつもりで一生懸命生きてくださいときた。笑っちゃうよ。無期懲役の身で何が生まれ変わったつもりだ。本当に最後の最後までカッコつけやがって。で、あの女が殺されたって？　いい気味だ。その犯人を思いきり祝福してやりたい気分だね」

三十六歳の男の物言いではなかった。

きっとこの男は逮捕され、ここに収容されてからは肉体的にしか齢を取っていないのだと思った。来る日も来る日も会うのは同じ犯罪者と刑務官だけでは、こんな風にもなるのだろう。

刑務所で懲役を終えた者は出所した瞬間、ちょっとした浦島太郎の気分に襲われると言う。軽部を見ていると、それが満更嘘ではないと思える。身の回りの電化製品や流行言葉だけではない。塀の内と外では流れている時間が違うことを実感するのだ。

ふと横を見ると、古手川が何か言いたげに膝を揺らしていたのでひと睨みする。ここで面会者同士が角突き合わせても、何も得ることはない。

「母親がそんなに嫌いか」

「好きとか嫌いとかじゃなくて、ただ目障りなだけだったんです。殺されていい気味っていうのは、自分の部屋に巣食っていたゴキブリが駆除されて清々した……まっ、そのくらいの感じですかね」

「それだけ冷めているのなら、こっちも話がしやすい。それじゃあ訊くが、貴美子さんを個人的に憎んでいた人間に心当たりはないか」

「アレを憎んでいた人間。何だ、強盗とかじゃなかったんですか」

「盗られた物は何もないようだった」

「ああ、それで怨恨の線で追っている訳ですか。因(ちな)みにあの女、どんな風に殺されてたんですか」

「それを聞いてどうする」

「決まってるじゃないですか。後で想像して余韻に浸(ひた)るんです」

そろそろ渡瀬の自制心も危うくなってきたが、ここで聴取を中断する訳にはいかない。許された面会時間はたったの三十分だ。いちいち感情的になっていては時間の無駄遣いだ。

「捜査情報だから、これも詳しいことは話せん。だが、お前があの事件で一ノ瀬遥香さんや小泉玲奈さんを殺したのと同じくらい残酷な殺(や)り方だったことは教えてやる」

「へえ。なるほど、そういうことか」

軽部は俄然興味を抱いた様子だった。

「自分がやった時のことは覚えてないけど、包丁でメッタ突きにするくらいなら、そりゃあ怨恨の線を追うのは当然かな。うーん、だけどねえ、渡瀬さん。悪いけどあの女をそんなに憎むようなヤツに心当たりはないなあ」

「人に憎まれるような母親じゃなかったということか」

「違う違う。あのさ、憎むってのはそれだけ強く相手を思わなきゃできないことだろ。だから愛情の裏返しは憎悪になる訳でさ。あの女には憎まれるのと同じくらい愛してくれる人間なんていなかったって意味だよ。現に一人息子である俺が、こんな風だからね。後は推して知るべしさ。俺も近所付き合いや親戚付き合いいい方じゃなかったけど、それでもあの女と特別親しかったり、仲が悪かったヤツなんて知らないしね」

「そうか。だったらあんた自身はどうなんだ」

「俺？」

「あんたを殺したいほど憎んでいたヤツ、たとえば拘置所や刑務所に恐喝紛いの手紙とかを送ってきたヤツはいなかったのか」

「ああ、そうか。つまり俺が憎いけれど、こんなところに入っているせいで手出しできない。それなら代わりに母親をって？　んー、突拍子もないけど頷けない話じゃないよな」

軽部はさも愉快そうに笑う。

それを見ていた古手川が更に不機嫌そうな顔をした。それを目で制しておいて、渡瀬は返答を待つ。

「でも俺のことを憎んでるヤツなら、それこそ星の数ほどいるんじゃないかな。俺の事件が載った記事、一つも見せてくれなかったけど、後から入ってきた新入りに訊くと結構話題になってたみたいだからな。今はあの頃より社会不適合者が多くなっているんだってね。だったら、ネットで正義を振り翳(かざ)しているヤツらはみんな容疑者になるぜ。まあ、俺自身は塀の中に護られて安全なんだけどさ」

「ここの暮らしは快適か」

軽部はにやりと笑い、アクリル板に顔を近づけてきた。どうやら内緒話をしたいらしい。

「懲役っつったって腰が抜けるような肉体労働させられる訳じゃなし。いくら無期懲役だからって模範囚になりさえすれば仮出所の可能性だってあるし」

「最近は仮出所のハードルが上がっているぞ。再犯者率が少しも下がらないからな」

「あー、それはそうかも知れない。でも出られないなら出られないでいいですよ。ここにいれば三食ちゃんと用意してくれるし、病気になったらタダで医者に診てもらえるし。あのですね、再犯者率が下がらないのは、塀の外よりもここの方が居心地いいからじゃないんですか」

刑務所や少年院といった施設が矯正の場としての機能を失いつつあるというのは、もうずいぶん前から言われている犯罪の六割が再犯者によるものという数字もそうだが、軽部の言動を見ているとそれが実感として理解できる。服役囚が軽部のような人間ばかりではないと知っていても、抗(あらが)い難い事実として記憶に刻まれる。

ふと訊ねてみたくなった。

「軽部さん。あんた、最終意見陳述で自分が言ったことを今でも憶えているか」

「えっ。ちょ、ちょっと待ってくださいよ。十年前に言ったことを憶えてるヤツなんていませんって」

「あんたはこう言ったんだ。『亡くなった一ノ瀬さんや小泉さんの分まで、僕はずっと長生きしたいです。長生きして二人に謝罪し続けたいと思います』」

一瞬、軽部は表情を凝固させたが、すぐに破顔一笑した。

「あーっ、思い出した思い出した。そう言えばそんなこと言いましたね」

「つまり、口から出まかせということか」

「まさか。本気ですよ、本気。本気だと信じてくれたからあの裁判長も俺を無期懲役にしてくれたんでしょ。いや、実際感謝してるんですよ。死刑を回避してくれて。お蔭で今日もこうして二人の冥福を祈ることができるんですから」

そして軽部が合掌したちょうどその時、刑務官が声を掛けた。

「時間です」

「やあ、もう三十分経っちまいましたか。楽しい時間はあっという間に過ぎてしまいますね」

「楽しくて何よりだ」

「またいい話、聞かせてください。そんじゃ」

軽く頭を下げ、軽部は刑務官とともにドアの向こう側へと消えて行った。

後には渡瀬と古手川が残された。席を立とうとした時、不意に古手川が口を開いた。

「班長」

「何だ」

「今でも死刑廃止とか言ってる人、いるんですよね」

「いるな」

最近内閣府が発表した〈基本的法制度に関する世論調査〉で、国民の八割以上が死刑制度を容認しているという結果が出ている。逆に死刑廃止を唱えた者は一割に満たなかった。だが一方、世界の潮流は間違いなく死刑廃止に傾いている。二〇〇七年五月には、国連拷問禁止委員会が日本に対して死刑執行停止を求める勧告までしている。

「そういうことを言う人たちと軽部を、三十分くらい対談させればいいと思いますよ」

4

軽部との面談は胸糞の悪い結果に終わったが、それでも可能性を一つ潰したことに変わりはない。次に渡瀬は、浦和駅通り魔事件の被害者遺族を調べることにした。

最初の被害者一ノ瀬遥香は埼玉県内の大学に通う学生で、実家は長野県上田市にあった。

生憎と古手川が別件で動き回っているので、上田までは一人で行くことになる。大宮で新幹線に乗り換えれば、一時間半ほどで到着する。

現地に降り立った渡瀬は早速、一ノ瀬宅に向かう。捜査資料にあった住所がそのままであれば、市街地からそう遠くない場所に一ノ瀬遥香の実家があるはずだった。

上田市街を抜けて数十分もレンタカーを走らせると、直に田園風景が広がってくる。事前に仕入れた住宅地図を見ると、広い敷地を持つ家が田圃を挟んで点在しているようだ。一ノ瀬宅もその例外ではない。

到着してみると一ノ瀬宅は予想通りの佇まいであり、さながら古の名家という風情だった。今は懐かしい堂々とした日本家屋も、周囲の風景に同化している。

玄関口で来意を告げて待っていると、やがて一人の老婦人が姿を現した。

「遠路はるばるご苦労様です。遥香の母親で佳澄と申します」

その風貌を見ていささか戸惑った。頭髪は真っ白で、腰も曲がりかけている。顔に刻まれた皺も深い。捜査資料を読む限りではまだ五十代のはずだが、母親というより祖母のように見える。

思ったことが顔に出たのか、それともそういう扱いに慣れているのか、佳澄は気にする様子もなくはにかんだように笑う。

「遥香のことで来られたのでしょう。とにかく奥へ上がってくださいな」

誘われて長い廊下を歩く。廊下の長さでやはり大きな家であることが分かる。不思議なのは、これだけ広い邸宅なのに先ほどから佳澄以外の家族を目にしていないことだった。

「他のご家族は……」

「今年の春に下の息子が就職で家を出て行きましてね。今はわたし一人きりなんですのよ」

座敷に通され、改めて佳澄と向き合う。二十畳もありそうな部屋の真ん中に二人だけで座ると、それだけで旧家の雰囲気に呑まれそうになる。

「十年前の事件、捜査資料を読みました。あの頃は息子さんの他にご主人もいらっしゃったようですが」

「主人はとうに亡くなりました」

佳澄は静かに笑いながら言う。

「以前は切っても突いても死なないような丈夫な人だったんですけれどね。遥香が殺されてからは、がくんときて……それはもう見るに堪えないくらいに弱ってしまいましてね」

「遥香さんを可愛がっていらっしゃったんですね」

「目に入れても痛くないという言葉がありますけど、本当にその通りでした。だから遥香が地元を離れて埼玉の大学に行くと言い出した時には、初めて口喧嘩したくらいです。それでも遥香の熱意に押されて渋々納得したのですけれどね。事件の直後はそれを悔やんで悔やんで。どうしてもっと反対しなかったんだって……本人の意思を無視してでも反対していれば遥香も殺されずに済んだと、ずっと自分を責めていました」

佳澄の顔に、不意に影が差す。

「不合理な話だと思いました。遥香を殺したのは他の人間なのに、どうして家族が罪悪感を持たなければいけないのでしょうか」

佳澄の言葉が渡瀬の胸を刺す。こうした遺された者の痛みを拾い上げるのは、いつも現場を歩く警察官でしかない。渡瀬たちが犯人を逮捕し送検した後は、遺族の哀しみは一切法廷に届かない。最近になってやっと被害者遺族が裁判に参加することを許されるようになったが、それでも被告人や情状証人に質問したり被害者論告と求刑をしたりする程度だ。被告人に与えられた権利に比べれば雲泥の差であることに変わりない。

「わたしたちや小泉さんのご家族は軽部に対して極刑を望みました。十九歳と十二歳の女の子を何の理由もなく、ただ自分よりも弱いということで殺したのですよ。そんなもの許されるはずがないじゃありませんか。わたしたちは死刑しか有り得ないと確信していました。それなのに、判決は無期懲役でした。わたしは今でも憶えています。あの渋沢という裁判長が無期懲役と告げた途端、軽部と弁護士は顔を見合わせて笑いました。勝ち誇った笑いでした。それがどれだけ憎々しげに見えたことか」

語る内容とは裏腹に、佳澄の口調は淡々としている。

だが渡瀬は金縛りに遭ったように動けずにいた。

「当時、わたしたち遺族の受けたショックは言葉にもできないほどでした。検察の方も憤り、即日控訴してくれました。けれど高裁でも判決は覆りませんでした。担当検事さんは無念ですと頭を下げてくれましたが、その日から夫は目に見えて衰弱していきました。軽部と弁護士と、裁判長を呪いながら痩せ衰えていきました。怨み辛みが人を食い殺すというのは本当なんだなと思いました。夫が今わの際に遺した言葉は、自分はちゃんと遥香の許に逝けるのか、というものでした。死んだ遥香に対して、あまりにも無力だった自分を最後の最後まで悔しがっていました」

「ご遺族はその後、民事裁判も起こされましたね」

「あのままでは、いくら何でも腹に据えかねましたから。ただし八千五百万円という金額には何の意味もありませんでした。こんな言い方は不遜かも知れませんが、二人分の命がたかが八千五百万円なんて端金（はしたがね）です。金額がどうこうじゃありません。わたしたちは軽部とその家族に責任を感じて欲しかっただけなのです」

「確か軽部からは遺族宛てに手紙が送られてきました」

「あんなもの。裁判の始まる直前になって、思い出したように送ってきました。魂胆があまりにも見え見えなので開封するのも汚らわしいと思い、受け取りを拒否してやりました。所詮（しょせん）、軽部にもその家族にも責任を取ろうなんて気持ちは最初からなかったようですし」

「軽部の家族に直接抗議しようとは思いませんでしたか」

「もちろん思いましたとも。手を下したのが軽部であって、親御さんを責めてもどうしようもないことは分かってましたが、それでも責めずにはいられませんでした。それでなければ、わたしたちがどうにかなりそうだったのですから。でも、わたしたちが直接軽部の家族に接触することは検察から厳に止められていました。この国では個人的な復讐は禁じられている。それをすればわたしたちの側に正義がなくなるからと懇願されました」

理不尽だが納得せざるを得ない。被害者だからといって、本人以外の関係者に何か要求した時点で加害者に変質してしまうからだ。

「遥香を奪われ、夫を亡くしてからというもの、この家はすっかり寂しくなってしまいました。本当に理不尽な話なのですけど、わたしたちは被害に遭った方だというのに、近所も遠縁の者もまるでこの家が忌まわしいもののように足が遠のいてしまうのです。人の出入りの絶えた家が賑わしくなるはずもありません。息子もここには戻って来たくないようですし。きっとこの家は、わたしの代で終いになるのでしょうね」

言い終えてから佳澄は短く嘆息した。

渡瀬はようやく合点する。佳澄が実年齢より年老いて見えるのは、生きていく上で必要なものをいくつも失ったからに相違ない。

哀しみは生命力さえ奪ってしまうのだ。

「それにしても刑事さん、どうして今頃こんな話を蒸し返しに来られたのですか」

「新たな展開になったからです。最近軽部の家族についてニュースをお聞きになりましたか」

「さあ……存じませんけど」

とぼけている風ではなかった。

「先日、軽部の母親が何者かに殺害されました。ひどく残酷な遣り口で」

「まあ」

佳澄は驚いた様子で口元を隠す。この仕草も自然で、演技しているようには見えない。

「確か……自宅を引き払ったと聞いていたのですが」

「実家に戻って旧姓を名乗っていました。奥さんが記事を見逃していたのはそのせいでしょう」

「今、殺されたと仰いましたね。それは本当なんですの」

「ええ。奇しくも遥香さんと同じような遣り口で殺されていました。犯人はまだ捕まっておりません」

佳澄の目が怪しく綻んだ。

「それで分かりました。刑事さんはわたしが犯人ではないかと疑って、ここまでやって来たのですね」

「一ノ瀬さんだけを疑っているのではありません」

「あなたのお立場では、そう仰るしかありませんものね」

「八月八日の夜はどうされていましたか」

「アリバイ、ですか」

「関係する方全員に訊いていますからね。アンケートみたいなものだとお考えください」

「ずいぶん生々しいアンケートですこと。八月八日……いつもと変わりなかったようですねえ。夜の十時までテレビを観て、それから床に入りました。わたし一人でしたから証明する者は誰もいませんけれどね。ただ」

「ただ、何ですか」

「こんな田舎なのにわたしには足がありませんからね。上田の駅まで行こうとすれば、ご近所の誰かに乗せてもらうかタクシーを使わなければ移動できません。もし移動したのでしたら必ず、そう証言する人が現れるでしょうね」

もっともな意見だと思った。それ以前に、佳澄がガラス切りを使用して戸野原宅に忍び込む姿は想像し難い。

「ひどく残酷な遣り口ということですが、いったいどんな風だったのですか」

「遥香さんと同様に、とだけ申し上げておきましょう。それが本日伺った理由の一つでもあります」

「恨み骨髄（こつずい）……つまりそういう殺され方をしたのですね。それは軽部本人にも伝わっているのですか」

「軽部にはわたしが伝えました」

「軽部はどんな反応をしたのですか。驚いたり泣いたりしましたか」

渡瀬はそれには答えず、ただ首を横に振る。

佳澄は束の間（つかのま）、天を仰いだ。

「どうかされましたか」

「何だか、割り切れない気持ちですね。軽部を含め、一切の責任を取ろうとしないあの家族をずっと恨んでいたのですが、いざ亡くなってみると不思議に同情したい気持ちもあるんです。少しだけ寂しい気持ちもあります」

「寂しい、ですか」

「これで恨みに思う人間が減ってしまいましたからね。残ったのは軽部一人だけですけど、きっとあの男は刑務所の中でもへらへらと毎日を過ごしているんでしょう。あなたに訊かなくたって分かりますよ。あの男は母親が殺されたからといって泣くような人間じゃありません。あの男にとって大事なのは自分の命だけなんです」

その時、佳澄の声に初めて無念の響きを聞き取ったような気がした。

「ねえ、刑事さん。あなたは、犯人が軽部を憎むあまりその腹いせに母親を殺めたと考えているんですか」

「一つの可能性ではあるでしょうね」

「だとしたら犯人は大馬鹿者ですね。母親を殺めたところで、あの破廉恥な男は何の痛痒も感じないのだから。こんな言い方は不謹慎ですけど、その母親も犬死みたいなものです。およそ意味も価値もなく殺されて」

なるほど、同情したい気持ちというのはそこに帰結するのか。

「空しいですわね、腹いせなのかどうか、人殺しの母親が殺されたところで気分は一向に晴れません。きっと軽部本人が獄死でもしない限り、このやり切れなさは一生続くのでしょうね」

渡瀬は二の句が継げなかった。

「ねえ、渡瀬さん。遥香が殺されて、夫が心労で逝ってしまって、この家を壊されて、そして今度は軽部のお母さんも殺された。それなのに、全ての原因を作った軽部だけは今ものうのうと生きているんですよね」

「ええ」

「これは鬼の言葉なのでしょうけど、あの時、軽部が死刑にさえなっていれば、少なくとも遥香以外の人の運命は別のものになっていたと考えられません？　どうして、あんな男を生かしておく必要があったのでしょうか。更生も期待できず、一生牢屋に入っているだけの男のためにどうして無駄な税金と職員を費やす必要があるのでしょうか」

渡瀬は返事に窮した。

小泉玲奈の自宅は浦和区岸町にあった。県警本部に戻るついでに小泉家も訪ねることにした。

岸町一帯は低層住宅が立ち並ぶ間に新築のマンションが点在する場所だ。古くからの住民に加え、県外から若い家族が流入して人口が微増している。

小泉宅は幼稚園の裏手に建っていた。夕暮れ時で家の中からは淡い光が洩れている。インターフォンを鳴らしてしばらく待っていると、ドアを細目に開けて高校生くらいの少年が顔を覗かせた。

「誰？」

こちらを見る目つきがひどく怯えているのは、自分の形相が凶悪に見えるからだろう。ここで愛想笑いをしても余計に怯えさせることは学習済みだ。渡瀬は黙って警察手帳を提示する。

「へえ、刑事さんなんだ」

「お家の人はいるかな」

「父さんはいつも十時にならないと帰らないですよ。母さんはパートで、あと三十分もしたら戻って来るけど」

「待たせてもらって構わないかね」

「……刑事さんなら仕方ないかな。でも、いったい何の捜査なんですか」

「昔の事件で、ちょっと」

「ひょっとして軽部の事件ですか」

口調に棘があった。

「俺、弟の英樹っていいます」

そうか、玲奈には弟がいると捜査資料にあった。当時で七歳だったから今は高校生になっている勘定だ。

「姉さんが殺された事件なら俺だって無関係じゃありません。話、聞かせてください」

当時七歳だった人間からどれだけの情報を引き出せるか不明だったが、英樹の方で無視してくれそうにない。渡瀬は頭を振りながら家の中に足を踏み入れた。

連れて来られたのは六畳ほどの応接間だった。狭く仕切られた壁のあちこちらに家族写真が貼ってある。だが、しばらくそれを見ていた渡瀬はあることに気がついた。

どれにも玲奈の姿は写っていない。

「ずいぶん剝がしたんです、それ」

慣れぬ手つきで盆を持って来た英樹は、壁を見もせず告げる。

「何を剝がしたのかね」

「姉さんが写ってるのは全部。見ているとどうにかなりそうだって、母さんがアルバムに仕舞い込んじゃいました」

「事件が起きた時、君は七歳。小学校一年生の頃だな」

「それでも憶えていますよ。俺、姉さんが大好きだったから。十二月五日、午後五時三十二分。この時刻を忘れたことは一度もありません」

「その時、君はどこにいた」

「浦和駅で姉さんと一緒にいました。俺、姉さんとはぐれてコンコースから離れた場所にいたんです」

悔しそうな口ぶりだった。

「あの時、もし一緒にいたら姉さんを助けられたかも知れない……そう思う度に胸の辺がきゅうっと痛くなって。最近は落ち着きましたけど」

「一緒にいたら、君が刺されていたのかも知れん」

「その方がよかった」

「どうしてかね」

「俺みたいな出来損ないより、姉さんが生きていた方が父さんも母さんも喜んだと思います」

「不健康な考え方だし、仮定の話には建設性がない」

「でも本当のことですよ。俺、そのこともちゃんと憶えてますから。姉さんがあの男に刺されて、首から服から血塗れになって、救急車で運ばれたけど、その途中で死んじゃって……俺、救急車の中もずっと一緒にいたんです。救急隊員の人が一生懸命蘇生させようとしているのを横で見てました」

　渡瀬の正面に座った英樹は俯き加減で話し続ける。申し訳なげなのは罪悪感があるからだろうか。

「病院に到着して、お医者さんが姉さんの死んだのを確認すると顔までシーツで覆いました。俺、何が何だか分からなくてずっと泣いてたらしいです。そのうちに父さんと母さんが駆けつけて来て……母さんはいきなり俺に怒鳴り出すし、それを父さんが泣きながら止めようとするし、二人が素であんな顔見せたのを初めて見たものだから、俺ますます怖くなって。今でも時々夢に見ますよ」

「それで君が刺されていい理由にはならんだろう」

「姉さんはできた子だったんですよ。頭よくって愛想もよくって。俺とはえらい違いです。だから分かってるんですよ、あの時刺されたのが俺だったら、二人とも今よりは幸せだったかなって」

　よくない傾向だと思った。

　この少年は突然襲ってきた災厄に対して無力だった自分に落胆し、絶望している。幼少期の劣等感は誰しも持つものだが成長するとともに解消されていく。劣等感の対象よりも己の成長が著しいからだ。

　しかしその対象が死者となれば話は違ってくる。

　死者は無敵だ。

　どんなに自分が成長しようと、どんなに賢くなろうと、死者はそれ以上の存在として君臨し続ける。

おそらくそれは玲奈の両親も同様だろう。死んだ子の齢を数えるように、自分の理想像を死者に重ね合わせてしまう。そしてまた、いつまでも死者を一員に加える家族はどうしても歪になる。

「でも、どうして今になってあの事件を捜査しているんですか」

「新聞を読んでないか」

「すいません。俺、ネットのニュースを斜め読みする程度で」

そこで渡瀬が戸野原貴美子の事件を伝えると、英樹は跳ねるように立ち上がった。

「あいつの母親が殺されたんですか」

「だからほんの少しでも関係ある人物を、こうして訪ね歩いている」

「それって俺や父さんや母さんも容疑者ってことですか」

「まだ誰かを特定した訳じゃない。あくまでも形式上のことだ」

「でもアリバイとか調べるんでしょ」

「それも形式上のことだ」

「どうせ二人にも同じことを質問するなら、今のうちに言っときます。八月八日はいつもと同じでした。俺が最初に帰って来て、その次六時過ぎに母さんが帰って来て、父さんが十時過ぎに帰宅しました。父さんが最後に飯食って風呂入って、十二時過ぎには三人とも寝ました。平日はいつもこんな感じです。もっとも家族同士の証言をどんだけ信用してもらえるか分からないけど」

「普通の暮らしをしていれば大抵そうなる。深夜を過ぎてあいつと一緒にいたなんて証明できるようなのは、不良かヤクザな商売しているヤツかのどっちかだ」

「それ、偏見ぽいなあ」

高校生の抱く良識など、偏見じみたくらいでちょうどいい——それが渡瀬の持論だったが、口にしようとは思わなかった。

いずれにしてもこの家から熊谷の戸野原宅まで移動しようとすればクルマか電車を使う以外にない。少し調べれば真偽のほどは明らかになるだろう。

「でもこうして軽部に殺された人間の家族を当たってるってことは、軽部を恨んでいる人間を探してるんですよね」

「思いつくところは全部当たるのが犯罪捜査でね」

だが英樹は通り一遍の説明に納得した風ではなかった。

「誤魔化さなくていいですよ。俺が刑事さんの立場だったら、間違いなくウチや一ノ瀬さんの家族を疑うもの」

「そうかい」

「だって恨みに思わない訳ないじゃん。あいつ今でも生きてるんでしょ」

その口調に既視感があった。

そうだ、一ノ瀬佳澄と同じなのだ。

「どうせ調べたら分かることだから今言っちゃうけどさ。俺、日頃から軽部とその家族を悪く言ってる。ウチと一ノ瀬さんが民事裁判で賠償金請求したけど、向こうが一円も払わなかったの知ってるしね。法律がどうとか、家族の責任範囲とか、そういう難しいこと分かんないけどさ。軽部亮一って人間が生きていちゃいけないヤツだってことは分かる。だって二人も罪のない人間が死んでいて、罪のあるあいつが生きてるなんて絶対に変じゃないか」

英樹の言葉が俄に熱を帯びる。その熱の上がり方で分かる。この言葉は今生まれたものではない。おそらくは十年という長きに亘って熟成され、発酵し、すぐには冷めない熱を帯びたマグマから放たれている。

「法律が許してくれるなら、いつでもあいつを殺したいと思っていた。でもあいつは刑務所の中にいて手出しができない。それならこっち側にいる、あいつの家族に復讐してやろうって気持ちは当たり前にあるよ」

二 公憤

1

中央合同庁舎第六号館、東京地方検察庁。岬恭平次席検事は上階にある検事正の部屋に向かっていた。

登庁してから間もなく電話で呼び出されたことに違和感がある。単純な業務連絡なら書記官を通じて伝達するかメール送信で用は足りる。何の前触れもなく上司から直接呼び出しを食らうのは、人事に関することか機密事項のどちらかしかない。

人事の場合は恐らく左遷だろう――それはとうに覚悟している。岬は先の控訴審でまさかの無罪判決を喫した。その責任を問われるとすればちょうど頃合いの時期に思える。

元より東京地検の次席検事が法廷に立つことなど滅多にあるものではない。慣習破りの誹り（そしり）を受けてまで法廷に臨んだのは、勝算が十二分にあり、弁護人席に座った人物がかつて辛酸を舐めさせられた男だったからだ。言ってみれば江戸の仇を長崎で討つべく、岬が個人的な動機で担当した案件だったのだ。

ところがその鉄板と思われた裁判で岬は敗れた。法廷に立った岬の個人的動機はともかく、控訴審における逆転判決はそのまま東京地検の大黒星だ。岬に対する風当たりも当然苛烈になる。

それでも岬本人は清々したものだった。弁護人との確執は別にして、明らかにされた新事実は検察側も裁判官も納得させる内容だった。つまりは初動の段階で警察および検察が目晦(くら)ましに遭っていた訳であり、それが控訴審において正しい判断が下されたのなら何の文句があろうか。冤罪で無辜(むこ)の被告人が有罪判決を受け、一方で真犯人が安息を得ることに比べれば検察の勝敗など取るに足らぬことだと岬は思う。権威を保持せんがために真実に目を瞑(つむ)る組織は、社会にとって害毒でしかない——そう心に刻みながら検察官人生を送ってきたことには一片の悔いもない。

しかしそれはあくまでも岬の価値観に過ぎない。検察庁の組織は巨大だ。そして組織の論理の前では、法の正義や真実の追求というお題目など簡単に消し飛んでしまう。

さて、いったいどんな沙汰が下されることか。部屋の前に立った岬は軽く咳払いをしてから二度ノックをする。

「岬、参りました」

「どうぞ」

執務室というにはいささか広過ぎ、応接室というには内装が簡素な部屋。岬を呼び出した人間はその中央に座っていた。

弘前大二(ひろさきだいじ)検事正六十一歳。年齢の割に白髪の一本も見当たらないのは元来が若く見えるのか、それとも染めているのか。見方によっては神経質そうな目元と相俟って実年齢よりも若々しく、とても二年後に定年を迎える男には思えない。いや検事総長のみは六十五歳定年だから、ひょっとしたら本人はそれを見据えているのかも知れない。

弘前の勇名は特捜部に在籍していた頃から始まる。大物議員の疑獄事件を数多く扱い、その全てにおいて白星を重ねた。一躍特捜部の名を高めた功労者であり、取り調べを受けた閣僚経験者をして鬼と言わしめた苛烈さは、未だにマスコミの語り草になっている。そして岬が尊敬する司法関係者の一人でもあった。

「急な呼び出しで申し訳ないね」

「いえ、覚悟はしておりますから」

「覚悟。それは何のことかな」

「検事正から直接呼ばれるからには、相応の内容と承知しています」

「ははあ」

弘前はわずかに表情を緩めた。

「岬恭平にしてそのテの勘違いがあったか。これは愉快だな。予想するように重大な内容ではあるが、君をどうこうという話ではないよ。まあ掛け給え」

弘前が応接セットに移動したので岬もそれに倣う。

「人事の内示通達を連想したのは、先の裁判の判決が頭にあってのことかね」

「その通りです。検察には負け戦でしたから」

「相変わらず歯切れがいいな。しかし負けた案件はそれほど気になるものかね」

「勝ったものはあまり記憶に残りませんが、負けた裁判はなかなか忘れることができません」

「それゆえに今日の次席検事があるのだろう。賢明な人間ほど失敗を糧にするものだ」

何やら尻がこそばゆくなる。世辞だと分かっていても、面と向かって称賛されるのはやはり慣れない。

「では平成十五年暮れに起きた浦和駅通り魔事件を憶えているか」

告げられた瞬間、さいたま地裁の法廷が脳裏に甦った。当然のように憶えている。岬がさいたま地検の三席検事だった頃に担当した案件だった。

人生に挫折したと言えば聞こえはいいが、その実、承認欲求を拗らせた若者が起こした事件。通勤客でごった返していた浦和駅の構内で刃物を振り回し、当時十二歳と十九歳の女性を殺害した。確か著名な教育評論家を父に持ち、その反動が殺害動機の遠因になったとも言われた。

「軽部亮一ですね」

「やはり憶えていたか」

「担当検事になって初めて負けたと感じた裁判でしたから」

正確には違う。最初に黒星を喫したという事実も然ることながら、その判決内容に今でも納得がいかなかったからだ。当時の量刑判断に幅を利かせていた永山基準に照らし合わせても、充分死刑判決に持ち込める案件だった。ところが裁判長の下した判決は無期懲役。連戦連勝記録を止められた事実よりも、その判決骨子が業腹だった。

『残虐性の程度や被告人の犯罪傾向を鑑みれば、死刑にする他ないとは判断しがたい』

法廷でその一文を聞いた時、思わず耳を疑ったものだ。かよわい女性、殊に何の抵抗力もない十二歳の女児を刃物でメッタ突きにする行為のどこに残虐性がないというのか。単に己の思うままにならないという動機だけで、無関係な人間を殺めようとする人格破綻者のどこが犯罪傾向軽微だというのか。

「事件を担当した君だけに限らん。あの判決は検察に籍を置く者一同に不快な衝撃を与えた。判決を下した渋沢判事に不信の念が集まり出したのも、その事件がきっかけだった」

多くを語らずとも、弘前の意味することは理解できる。この国の刑事裁判における有罪率は九十九・九パーセント、言い換えれば裁判所と検察庁は一種蜜月の状態にある。検察側が揺るぎようのない物証を揃えた上で起訴する事情もあるが、極端な有罪率の背景には刑事訴訟法三百二十一条の存在があるからだ。

刑事訴訟法三百二十一条一項

被告人以外の者が作成した供述書又はその者の供述を録取した書面で供述者の署名若しくは押印のあるものは、次に揚げる場合に限り、これを証拠とすることができる。

同二号

検察官の面前における供述を録取した書面（検事調書）については、その供述者が死亡、精神若しくは身体の故障、所在不明若しくは国外にいるため公判準備若しくは公判期日において供述することができないとき、又は公判準備若しくは公判期日において前の供述と相反するか若しくは実質的に異つた供述をしたとき。但し、公判準備又は公判期日における供述よりも前の供述を信用すべき特別の情況の存するときに限る。

簡単に言ってしまえば、裁判官の前で述べる証言は検事調書より証拠としての価値が高いが、その証言よりも検事調書に信用すべき特段の事情がある場合には検事調書を採用するという条文だ。言い換えるなら検察側の明らかな捏造でもない限り従来裁判所は検事調書を採用するので、結果として検察側に寄り添った判決になる。だからこそ余計に、軽部の無期懲役は裁判所に裏切られたような印象がついて回った。

「どんな変節があったのか、それを境に渋沢判事は被告人寄りの判決を下す傾向になり、温情判事なる綽名まで冠されるようになった。一般市民が激怒するほどの判決ではないから所詮はコップの中の嵐に過ぎんが、我々検察にすれば悩ましい話ではあるな」

「確かにそのきらいはあります。ですが軽部の事件がどうかしたのですか」

「先日、軽部の母親が殺害されたのだよ」

「何ですって」

思わず腰を浮かしかけた。

「十日のことだ。旧姓の戸野原に戻っていた軽部貴美子が熊谷市の実家で殺されているのが発見された。身体を刃物でメッタ突きにされ死後二日は経過していたそうだ」

軽部貴美子についての記憶も鮮やかだった。亮一が殺害した二少女の遺族が民事裁判を通じて賠償金を請求したが、結局貴美子は支払いに応じることなく法廷にも姿を見せなかったのだ。無期懲役の判決で落胆していた岬を、更に不快にさせる出来事だった。

「物盗りだったのですか」

「それがな。死体の傍には犯人が残したと思しきメッセージがあったそうだ。〈ネメシス〉と血文字が壁に記されていた」

〈ネメシス〉——一般教養にいささか偏重が見られる岬も、それがギリシア神話に登場する女神の名前であることくらいは承知している。

「復讐の女神、ですか」

「ああ。殺害された戸野原貴美子は近所との交流もわずかで、接点がないから当然トラブルは起きていない。また実母を老人ホームへ入所させたこともあって、資産的にも見るべきものはない。係累が亮一以外は絶えているから遺産目的の犯行でもない。従って捜査に当たった県警本部は考えられる動機として復讐を挙げた。つまり獄中にいて手出しのできない軽部亮一の代わりに、母親を罰したという考えだ」

なるほど〈ネメシス〉から復讐の意味を汲み取ったという訳か。

「それは少なからず牽強付会のような気がしますね。軽部に殺された被害者の遺族による犯行というのなら、まだ納得もできますが」

「それら遺族のアリバイについては引き続き専従班が捜査続行中だ。ただし重要なのは犯人が誰か、ではない。戸野原貴美子の殺害理由が復讐であると、一般市民に流布することの方が問題なのだ」

弘前の口調が俄に重くなる。

「我々の心証はともかく、いったん判決が確定した懲役囚の家族が、復讐目的で代わりに殺されたなどという話が巷間伝わるのを想像してみたまえ。事は裁判制度の是非に留まらない。それこそ司法システム延いては法治国家に対する不信に繋がりかねん」

たった一件の殺人事件でそれほど世間が騒ぎ立つものなのか――そういう疑問も湧くが、一方で硬直化した組織やシステムほど反動に過敏になるという理屈を思い出す。

硬直化した司法判断が世間からの批判を浴び、焦燥に駆られた法務省の取った手段が市民参加の裁判員制度だった。だが憲法違反の謗りを受けてまで採用した新制度は結果的に判決の厳罰化を招いた。論理よりは感情を優先させる国民性にそぐわなかった点もあるが、とどのつまりは法曹界の自助で改めなければならない問題を一般市民に丸投げしたツケに過ぎない。市民感覚から乖離していると本気で考えているのなら、自分たちが市民感覚を獲得すればいいだけのものを面倒臭いと放棄したばかりにそうなった。

そして今、裁判員制度によって下された判決が上級審で覆される事案が増えてきている。これは制度の失策を認めざるを得なくなった司法システムからの揺り返しだと岬は考えている。結局、司法システムは硬直化したままなのだ。

そこまで考えると弘前の危惧も頷ける。硬直化は脆弱性を生み出す。現状の司法システムを知り尽くしている弘前だからこそ、一般市民からの不信がいかに脅威となり得るかを計算している。

「元より仇討やら四十七士の討入りに喝采を送る国民性だ。表だって口にはしないものの、逃げ得の犯罪者や、道理に合わない判決を下した裁判所への復讐に同調する向きは必ず一定数存在する。そして、そうした感情に裏打ちされた声が徒に増幅してしまう国なのだよ、この国は」

「ずいぶんと悲観されているのですね」

「今のはわたしの考えではない。もっと上からの嘆き節みたいなものだ。しかし満更杞憂とも言い切れん。もし本当に復讐だとすれば、これは司法システムに対するテロリズムと同義になる。裁判所が下した判断に市民が反旗を翻して私刑に走ることを許せば、法治国家の根幹を揺るがしかねない」

不意に熱を帯びた声を聞きながら、岬は別方向に考えを巡らせる。東京地検検事正の上、となれば高検か最高検か、それとも法務省か。

だがさすがに弘前はこちらの惑いを読んでいた。

「今、嘆き節の出処を考えていたのかね」

「いえ。どこが出処でどんな思惑があるにせよ、凶悪犯罪を許さない検察の意義に反するものではありませんから」

「相変わらずだな」

「何がでしょうか」

「体面を保つことと理想を追うこと。相反する二つの目的を無理なく重ね合わせる。そういうことのできる人材はどこでも重宝されるし、どこでも信頼を得る」

弘前は意味ありげに笑ってみせるが、生憎岬の方には追従笑いするつもりがない。

「具体的に上は何を言っているのですか」

「〈ネメシス〉の存在を公にすることなく、事件の早期解決を図れ。と、まあそういうことだろう」

「それなら事件の管轄から言ってもさいたま地検が相応しいように思いますが……」

「君がそれを看過できるのかね」

弘前から睨めつけるような視線を浴びせられ、岬は内心で歯噛みする。

くそ。この男は自分の性分を知っている。自分の仕事に拘りを捨て切れず、いつまでも失敗を反芻する性分を知悉している。

「上からの声は当然さいたま地検にも届いている。県警へのネジ巻きはしているだろう。君がするべき仕事でもない。だが、これを知らせなかったら、君が大層不愉快になると思ったものでね」

あざとい物言いだった。

一応、釘は刺した。

だが個別に動く分には禁則に該当するものではない、という含みを残している。そしてこういう場合の返答は決まっている。

「ご配慮に感謝します」

「いいや、わたしとしては君が納得してくれるならそれに越したことはない」

岬はこの言葉も脳内で変換する。東京とさいたま両地検に迷惑の及ばない限り、納得するまで動け——そういう意味だ。

「他になければ失礼します」

「ああ。君の貴重な時間を要らぬ世間話で潰してしまって悪かった」

検事正の部屋を辞去してから、岬は自室に急いだ。未決書類は山積しているが緊急のものは何もなく、それなら軽部の事件記録を読み返す余裕もある。

判決文のみならデータベースを当たって簡単に検索できるが、それだけでは到底足りない。岬は検察事務官の横山順一郎に命じて、浦和駅通り魔事件の公判記録の全てを取り寄せた。

「この事件は、次席検事がご担当されてたんですね」

公判記録の一部を見たのだろう。横山は資料を机の上に置くと、開口一番そう言った。

「目敏いな。もう中身を読んだのかね」

「少しだけ。各書類の事件番号が合致しているか確認する目的もありましたから」

「では判決を読んで情けなく思っただろう。死刑間違いなしと思われた事件が無期懲役になっている。油断した愚か者が敗退した記録だ」

「そんな風に仰っては……」

「検察は勝って当たり前。負けた案件については徹底的に担当者をこき下ろし、二度と同じ轍を踏ませないようにする」

「その……当時の次席検事もこき下ろされたんですか」

「しばらくは登庁するのも憚られた」

岬は苦々しく当時を振り返る。同僚や上司から冷ややかな視線を送られることよりも、被害者遺族に報告に赴くのが辛かった。遺族から労われるのが更に辛かった。

「それにしても、何故今頃これを」

横山は不思議そうに訊いてくる。彼もまた懲役囚の家族が惨殺された事実には思い至っていないのだ。

「ただの確認事項だよ」

「ただの確認事項でも、わたしなら自分の敗退記録からは目を背けてしまうでしょう。しかもとっくの昔に終結している案件じゃありませんか」

横山は無遠慮に称賛の目を向けてくる。

勘弁してくれ、と思う。この男はどうも崇拝する対象を間違えている。

そしてもう一つ間違えている。あの事件は終結していない。今になって墓場から甦ってきたのだ。

横山が退出すると、岬は早速公判記録に目を通し始めた。公判中、それこそ穴の開くまで読み込んだので、ざっと流し読みするだけで些細な情報までが次々と脳裏で再生されていく。

今検証しても岬の敗因ははっきりしている。裁判官たち、別けても無期懲役を強く支持した渋沢裁判長の心証を変えられなかったのが一番の原因だ。現行犯逮捕だったので目撃者には困らなかった。過剰なほどに物的証拠も揃っている。検事調書では軽部の身勝手な理屈と、無残に殺された二人の無念さを過不足なく記載した。そしてそれ以上に、二人を殺害した犯行態様は事実をそのまま記すことで充分残虐性を主張できると思っていた。

だが、それでは足りなかった。少なくとも渋沢に犯行の残虐性を明示し、軽部に更生の可能性がないことを納得させるだけの材料にはなり得なかったのだ。当時はまだ被害者遺族が裁判に参加することは認められておらず、その遺影を法廷に持ち込むことさえ被告人に不要な心理的圧迫感を与えるという理由で禁じられていた。被害者参加制度は平成二十年十二月一日から導入されたが、もしこの導入がもっと早い時期から行われていれば、判決が変わっていたかも知れない。

しかし改めて思う。十二歳と十九歳の無抵抗な少女たちを出刃包丁でメッタ突きにした。その行動だけで充分に残虐ではないか。まさか被害者の血を啜りその亡骸を穢すに至らなければ、渋沢には残虐性を認めないとでも言うのだろうか。

被害者遺族たちは岬と同様か、もしくはそれ以上に渋沢への不信感を露わにした。一ノ瀬遥香の母親佳澄は気も狂わんばかりに泣き叫んだ。いったいあの裁判長は家族を持ったことがあるのか。自分の子供を何の理由もなく殺されたのに、それでも犯人の死刑を望むなというのか。あの男が獄中で寿命を全うするまで、わたしたちにその生活費を払い続けろというのか。

小泉玲奈の両親は激昂した。今から軽部の収容先に乗り込んで、娘がされたようにあの男を刺し殺すのだと言った。

もしもそうなったら、自分は次にあなたたちを起訴しなければならなくなる――岬がそう告げると、父親の茂春は憤懣やる方ないという風に返した。岬さん、わたしたちは江戸時代の人たちが羨ましい。当時は仇討が許されていたんですよね。近代になって仇討は禁じられ、その代わりに裁判制度と死刑制度が確立されたと思っていました。でも違いました。裁判制度は遺族の無念を晴らしてくれるものじゃなかった。それどころか理不尽な殺人者を手厚く擁護し、終生面倒をみてくれる福祉制度だったのですね。

岬には返す言葉がなかった。

即日控訴したが結局二審は地裁判決を支持し、検察は上告を断念した。この時も岬が両遺族に事情を説明に出掛けたのだが、両家族とも失意と絶望の淵に追いやられていた。生きる希望を失くしたように全員が虚ろな目をしていた。

家族を殺されても国は被告人の人権と生活を擁護するだけで、殺された者やその遺族にはひとかけらの慈悲すら与えようとしない。法廷は復讐の場ではないと言い募り、遺族に一方的な忍従を強いる。

岬も法曹界に身を置く者として法に従わざるを得ないことは承知しているが、彼ら遺族のやる瀬ない気持ちも痛いほど理解できた。岬が一敗地に塗(まみ)れた当事者だったから、その思いも尚更だった。

法廷が復讐の場ではないとするなら、いったい死刑制度は何のためにあるんでしょうか。

小泉玲奈の母親から問われた際も、岬は答えに窮した。人権や犯罪抑止力という観点で説明するのは容易(たやす)いが、それで遺族たちが納得するとは到底思えなかった。彼らが欲しているのは法律学者の弄(ろう)する理屈ではなく、死刑台にぶら下がる軽部の姿なのだ。

次第に岬は困惑を覚えてくる。記録を繰れば繰るほど〈ネメシス〉の正体が遺族の誰かに思えてくる。いや記録を見るまでもない。軽部亮一の親族に憎悪を抱くとしたら、彼ら以外には有り得ないではないか。

いったい捜査本部ではどこまで遺族に迫っているのだろうか。既に誰かを容疑者として追及しているのか。

気になった岬は卓上の電話で埼玉県警を呼び出した。さいたま地検に在籍していた時分から県警にはパイプを繋いでいる。現在の里中本部長との接点はないものの、幹部連中の何人かとは未だに年賀状のやり取りが続いている。

確認すると専従で捜査に当たっているのは渡瀬班とのことだった。そうか、と言って岬は電話を切る。

渡瀬警部。未だに検挙率では県警のトップに君臨する男。その実績と能力を考えればとっくに警視になっていておかしくないのに、過去の賞罰に引き摺られて昇進する気配がない。警部階級でありながら現場に拘るのが昇格の遅れる一因とも噂されるが、本人もそして県警本部も圧倒的な検挙率ゆえにそれを黙認している。

岬自身、さいたま地検時代に一度ならず渡瀬と顔を合わせたことがあった。確か岬の方がわずかに年上だったはずだが、あの男は初対面から不機嫌そうな顔をして一度も笑いかけることがなかった。そのこと自体に岬の不満はない。却って、相手の肩書きに合わせて頭の下げる角度を調節するような人間は願い下げだ。

黙っていれば捜査一課ではなく組対の刑事に見えるほど凶悪な顔つきをしていた。だが話してみれば捜査の勘所は押さえてあり、豊富な経験と明晰な頭脳を持っていることがすぐに分かった。送られてきた捜査資料にも遺漏は一切見当たらず、恐ろしく緻密な仕事をする男だと感心した記憶がある。

あの男ならまず誰を疑うのか——そこまで考えた時、岬は別の角度からある可能性に思い至り、あっと声を上げそうになった。

もし〈ネメシス〉なる者が復讐目的で軽部の母親を殺害したとするなら、その対象者は彼の家族だけに留まらない。

たとえば彼の弁護を手掛けた堤真吾弁護士。堤弁護士の法廷戦術が功を奏して軽部が死刑を免れたと〈ネメシス〉が判断したとしたら、堤弁護士は軽部と同等に罪深き人物と映るだろう。

そして彼に懲役刑を申し渡した渋沢裁判長もまた、遺族にとっては許されざる存在だ。戸野原貴美子以上に憎まれて当然と言える。

まさか——一笑に付そうとしたが、上手くいかなかった。冷静になって考えてみれば、懲役囚の家族を殺害するよりも、軽部の死刑回避に尽力した人間を屠る方が復讐として相応しいではないか。

今すぐ堤弁護士と渋沢判事の安否を確認する必要がある。岬は再び卓上の電話に手を伸ばした。

2

東京高裁の合同庁舎は岬のいる第六号館の斜め向かいに位置している。歩いてもほんの数分しかかからない距離だ。

先刻の電話でアポイントは取り付けてある。刑事部の事務受付で来意を告げると、すぐ奥の裁判官室に通された。

部屋の前で岬は異様な圧迫感に立ち止まる。

裁判官室は一種の聖域だ。この中で裁判官たちは判決内容の摺り合わせを行い、そして判決文を認める。いわば裁判事務の最終工程がここで行われる。一般人はもちろん、検察官や弁護士でもおいそれと足を踏み入れられる場所ではない。岬が東京地検の次席検事でなければ門前払いを食った可能性もある。

裁判官室に入ると、五脚ある机の一つに渋沢がいた。

「やあ、岬検事」

渋沢は片手を上げて岬に穏やかな顔を向けてきた。

渋沢英一郎。白髪交じりの頭をオールバックで整え、理知的な瞳はまるで哲学者のそれを連想させる。軽部の事件ではさいたま地裁の判事だったが、現在は東京高裁刑事部の総括判事の肩書きを持っている。

裁判官の定年は最高裁や簡裁の判事以外は六十五歳と定められている。してみれば総括判事は来年六十五歳を迎える渋沢への功労人事なのだろうと、意地の悪い見方をする者もいる。

岬は勧められて渋沢と対面のソファに腰を下ろす。渋沢の座るデスクチェアの座高が高いために自ずと見上げる恰好となり、まるで法廷の位置関係そのままだと内心で苦笑する。法廷で裁判官席が高い位置にあるのは判決の厳正さを再認識させるためのものだが、渋沢はそれを法廷外にまで持ち出すつもりなのか。

「検事の活躍ぶりはここにも届いています。ご健勝で何よりです」

「いえ、まだまだ若輩者です」

「それはそうと急を要する話があるとか」

「はい。判事の身辺警護に関する話です」

すると渋沢は眉間に皺を寄せた。

「身辺警護。穏やかな話ではなさそうですね」

「ずいぶん前、平成十六年ですが判事がさいたま地裁、わたしがさいたま地検であった頃に審理された浦和駅通り魔事件をご記憶でしょうか」

「憶えていますよ。確か二審で被告人の無期懲役が確定した案件でしたね。それがどうかしましたか」

「先日、その犯人の母親が何者かに殺害されました」

岬が事件の概要を説明している間、渋沢の眉間に刻まれた皺は消えることがなかった。

「犯人が〈ネメシス〉という言葉を残していることから、捜査本部では軽部亮一に恨みを持つ者に事情を聴取しているようです。しかし軽部本人に手を下せず、その代理として犠牲者を選んでいると仮定した場合、その対象は軽部の家族だけに留まりません」

　そこまで説明を聞き、やっと渋沢の皺が消えた。

「なるほど。それで彼に無期懲役の判決を下したわたしの身にも危険が迫っているという訳ですか。しかし、それなら二審で一審判決を支持した裁判長も同様に危険でしょう」

「当時、東京高裁で事件を担当されていたのは米倉判事でした」

　その米倉は三年前に退官、そして昨年の秋に物故している。さすがに米倉の逝去は知っていたらしく、渋沢は禁忌に触れたような顔で頷く。

「ではあの弁護士はどうです。確か堤弁護士でしたか、彼は二審も弁護人を担当したのではなかったですか」

「堤弁護士には別途、注意喚起する所存です」

「ははあ、弁護した人間よりも裁断を下した人間の方が標的にされやすいという理屈ですか」

「こんな言い方もどうかと思いますが、元々弁護士というのは人の恨みを買う職業です。実際に案件絡みで暴行を受けたり殺害されたりという事件も発生しています」

「ふむ。言われてみれば、確かに判決が不服だからという理由で裁判官が襲撃されたという事件は寡聞にして知りませんね。それで太平楽なわたしに注意を促しに来られたと」

渋沢はすっかり緊張を解いた口調になっていた。

「失礼ながら可能性はあるものの、わたしが標的にされると決まった訳ではない」

「その通りです」

「そしてここにいる限り、見知らぬ狼藉者が庁内に侵入できる可能性は甚だ小さい」

それも渋沢の指摘通りだ。合同庁舎の主要各所や法廷には常に警備員が配置されており、侵入者が突然暴挙に出ても直ちに制圧できる態勢になっている。

「わたしとしては警視庁警備部の協力を仰ぎ、ご自宅周辺の警備をしてもらえれば、と考えています。事件を担当している捜査本部も、そういう申し出を無下には扱わないでしょう」

「本当に自宅警護は必要な措置と考えていますか」

「何かが起きた後では手遅れです」

「外部に洩れでもしたら、やれ税金の無駄遣いだとかやれ特権階級の驕りだとか言い出す者が出てこないとも限らない」

「対策を打たずに災禍を招いて非難されるより、対策を打って何事もないまま非難された方が数段マシです」

渋沢はしばらく真意を測るように岬の顔を見ていたが、やがて納得したのか目元を緩ませた。

「わたしが断れば断ったで、色んな部署に迷惑がかかりそうですね」

「おそらくそうなるでしょう。法曹の世界も警察組織も、そしてマスコミも、事が起きてからの犯人捜しが大好きですから」

「これは手厳しい。検察というのは仲間内で足の引っ張り合いでもしているのかな。いや、これは冗談ですが」

渋沢も結構人が悪い。傍目(はため)には一枚岩と見られている検察も、中に入れば権謀術数が吹き荒れている。大量採用した時期の検事が中堅に育っているのに、相応しいポストが不足しているのがその原因だ。硬直化した組織の持病のようなものだが、渋沢ともあろう者がその事実を知らないはずがない。こういう意地の悪さは渋沢の個性なのか、それとも老人特有の狷介(けんかい)さによるものなのか。

「脅かす訳ではありませんが、判事ご本人のみならずご家族が標的になり得る場合もあるのです」

「おお、そういう可能性もありますな。我が身と家族を護っていただけるということであれば、依怙地(いこじ)に謝絶する理由もない。その際はよろしくお願いするとしましょう」

本人の了承は取り付けた。後は正式なルートか独自のパイプを使って警備を要請するだけだが、不意に意識の底から疑念が浮き上がってきた。この数年、割り切れない思いとともに深奥に沈めてきた疑問――。

その解答が今、目の前に座っている。

求刑を退けられた当事者が裁決を下した者に直接理由を質すのが禁忌(きんき)であることは充分承知している。理由は判決文に明示してあると一喝されればそれまでだ。

だが、あれから時間が経過している。しかもその判決を巡って新たな事件が発生している。身辺警護を提案した者として、これは避けては通れない質問だった。

「判事。ひとつお訊きしてよろしいでしょうか」

「何だろう」

「あの事件で軽部被告に無期懲役の判決が下された際、渋沢裁判長と左陪席の東川判事補が無期懲役、右陪席の照間判事が求刑通りの死刑判断でした」

「よく憶えておいでですね」

「負けた裁判でしたから。そしてもう一つ記憶しているのは、東川判事補の担当した最初の事件が軽部の事件でした」

岬はまるで昨日のことのように思い出す。その過程で生まれた疑念もある。負けた悔しさも手伝って、担当した裁判官の経歴や評判を拾い集めた。

左陪席東川判事補は渋沢判事に丸め込まれたのではないか。そして判事歴十年のベテランだった照間判事は逆に抗ったのではないか。

裁判官は一人一人が独立した存在とされているが、法服を着て間もない判事補が老練な先輩にあれこれと問答を重ねられたら翻意してしまうのではないか。

判決は全員一致ではなく合議体の過半数で決定されるから、渋沢は左右どちらかでも味方につければ自分の裁断に持ち込める。それならベテランの照間よりも新人の東川を懐柔するに決まっている。

ふむ、と渋沢は頬杖を突いた。

「どうやら検事は、わたしが殊更に死刑回避を画策したとお疑いの様子だ」

「そんなことはありません。ただ今回の事件が発生したからには、量刑合意に至る経緯を知りたいと思います」

「合議は密室、つまりここと同じ裁判官室で行われるからね。外部の人間がそれを疑惑の目で見るのは仕方のないことかも知れない。しかし現役の、しかも次席検事という立場のあなたに疑義を差し挟まれるのは予想外だったな」

渋沢は面白そうに言う。言葉の端々にどことなく嘲笑の響きを感じるのは、岬の自意識が過剰なせいだろうか。

「最初に結論を言えば、三人の意見は判決文に反映している。照間判事の反対意見もしっかりと記載されているからね」

やはり紋切り型の回答でお茶を濁すつもりか――諦めかけた時、渋沢が間髪入れずにこう切り出した。

「思えばわたしがあまり有難くない二つ名で呼ばれ始めたのも、あの案件がきっかけだった。〈温情判事〉と。あなた方検察の人間からすれば、煙たいというか迷惑千万な綽名なのでしょうね」

「検察にも温情はありますよ」

「これはまた失礼。しかし付き纏った(まと)のは綽名だけではない。わたしが死刑廃止論者ではないかとの噂も立った。騒ぎ立てたのは例によって新聞・週刊誌だったが、検察にもそのテの話が巡ったのではありませんか」

岬は敢えて口を閉じた。沈黙することで肯定の意を示したつもりだった。

「裁判員制度が始まり、その裁判員選任手続きにおいて裁判長が裁判員に質問することがあります。その中の一つに〈絶対に死刑を選択しないと決めていますか〉というものがある。つまり不公平な判断をする惧れのある候補者を外すための質問です。翻って考えれば、裁判員に望むことは当然裁判官にも望まれるという訳ですね」

最近のニュースで取り上げられていた話題だったので、岬も知っていた。死刑も予想される裁判で、裁判長がその質問をしなかったことが問題にされたのだ。

「ただし、これは最高裁が質問例として挙げているだけで、その質問自体もあくまで判断材料に過ぎません。死刑廃止か存置か、内心の問題にまで踏み込むと際限がなくなってしまいますからね。だから現場としても、宗教上の理由で死刑判決を下せない人間には辞退を認めるけれど、死刑廃止論者を排除する必要はないという意見があります」

「僭越ですが、判決が合議体の過半数で決することを考えれば、裁判官の中に死刑廃止論者が加わることは、そのまま判決内容を左右する要因になりませんか」

「つまりあなたは内心の問題に留まらない、と仰る訳だ」

岬の反駁を聞いた渋沢に悪戯っぽい笑みが浮かぶ。

「裁判所が公にしている立場は死刑廃止論自体を拒絶しているものではない。だが、あなた方検察は必ずしもそうではない」

「死刑制度の否定は現行の法体系にそぐわないと思っています。法改正でもない限り、我々法曹界の人間はまず死刑制度ありきという立場で、咎人を捕らえ、起訴し、そして裁くものと考えます」

「内心の問題にまで踏み入れないと言った手前、わたしが死刑廃止論者か存置論者かという個人的な事情はいったん棚上げしましょう。その上で検事に問いたいのですが、啓蒙思想家ベッカリーアの主張をどう考えますか」

チェーザレ・ベッカリーアは十八世紀イタリアの法学者だが、著書『犯罪と刑罰』の中で拷問と死刑への反対論を展開している。渋沢の指摘はその内容を指している。

「人が社会契約を結ぶ際、その生命に対する権利までを預託してはならない。従って国家が正常な状態において死刑は廃止すべきである……でしたか」

「左様」

「しかし一方、社会契約説を最初に唱えたトマス・ホッブズやカントは生命権・自由権・財産権の一つを奪うことは社会契約の違反であるから、その応報として死刑が殺人に対する合理的な帰結としています」

「それでは死刑廃止論者が一番、声高らかに叫ぶ冤罪の危険性についてはどうですか」

渋沢は少し居心地悪そうな表情を見せる。

「裁判官である我々とて死刑廃止論を無視できないのは、やはり過去に冤罪とされる事案が発生しているからです。いや過去だけではなく、現在も我々の見えない深部に潜んでいるかも知れない」

冤罪と聞いて居心地が悪くなるのは岬も同様だった。何となれば冤罪とは警察・検察が拵え、それを裁判所が認めて成立するものだからだ。言い換えれば、冤罪の発生については検察と裁判所は共犯関係にある。

「被告人が死刑になってしまえば後から冤罪であることが発覚しても取り返しがつかない。しかし懲役に留まっていれば再審し、名誉回復できる可能性が残ります。歴代の法務大臣が死刑執行命令書への署名を迷ったのも、この誤認逮捕と誤審の可能性を捨て切れなかったせいです」

「死刑になってしまえば取り返しがつかないと言われますが、長期の懲役で人生を無駄にしてしまえば取り返しのつかないことは一緒でしょう」

「それこそ詭弁というものです。死以外のことは大抵、取り返しがつくのですよ。卑俗な話ですが、そのために賠償という制度が存在します。失った時間を戻すことは不可能でもカネに換算することはできます。しかし死刑台の露と消えた命を戻すことは神にもできないことです」

「しかし誤審を失くすために死刑そのものを廃止するというのは、法治国家の否定に繋がる暴論ではありませんか。第一、それでは肉親や近しい者を殺された遺族や関係者が苦しみ続けることになります。法律が無辜の人間を苦しませ続けるなど本末転倒もいいところです」

「刑罰は被害者や被害者遺族の処罰感情に応えるために存在しているのではありませんよ。また百歩譲って刑罰にそうした一面があったと仮定して、加害者を死刑に処することによって被害者がどの程度満足するのか客観的な証明はできません。犯人が死刑になったからといって、関係者全員胸の閊えが下りるとは限らない。これは釈迦に説法ですが、刑法の目的とは犯した罪に応じた処罰をすると同時に、犯罪者を矯正し更生させた上で社会秩序を維持することにあります。言い古された言葉ですが、法廷は復讐の場ではありません」

終いの言葉には岬も頷かざるを得ない。法廷は復讐の場に非ず。全くもってその通りだ。

しかし、だからこそ〈ネメシス〉は法廷の外を復讐の場に選んだのではないのか。現状の、被告人の人権ばかりが重視される法体系に反旗を翻し、自分自身の法律に従属したのではないのか。

「人を殺しても死刑にならないとなれば、凶悪犯罪の抑止力が喪失してしまいます」

「犯罪抑止力に関しての論議は科学的な論拠がありません。逆に国連犯罪防止・犯罪統制委員会が二〇〇二年に改訂した調査結果報告書は、死刑のもたらす脅威がそれより軽い終身刑と比較して犯罪抑止力に差異があることを認めていません。もっと卑近な例を挙げれば、法務大臣が如何に多くの死刑執行を命令しても、その途端に犯罪件数が減少したというデータは存在しません」

「昨今の調査では、国民の八割以上が死刑を存続するべきだと考えています」

「内閣府の発表した〈基本的法制度に関する世論調査〉のことですか。あんなアンケートは質問内容や対象者を弄れば、いくらでも数値が変動しますよ。国民投票でもするなら話は別ですけどね」

岬の主張に、渋沢は悉く反論を仕掛けてくる。少し考えればそれも道理で、渋沢が口にしているのは死刑廃止論者が常に叫んでいることの引き写しだ。双方の論を矛盾だ詭弁だと潰し合うので、結局は水掛け論に終わってしまう。

　そして岬は不意に気づいた。

　この不毛な存廃論議を続けることで、渋沢は死刑廃止論と同様に存置論も胡乱であると言いたいのだ。

　岬の顔色を読んだのか、渋沢はどこか得意げに微笑んでみせる。

「もうお気づきだろうが、実は存廃論議にそれほどの意味はない。何故ならあなたの言う死刑存続を望む八割以上の国民は、そうした論議ではなく感情で意思を決定しているからだ。死刑制度の是非は、その国の政治体制と国民感情によって形成されている。それは世界で死刑制度を存続させている国が、ある法則の下に偏在していることからも明らかだ」

「結局は感情論だと仰るのですか」

「そうではない。わたしが軽部被告に懲役刑を下したのは、死刑制度の存廃論や感情論に左右されたのではなく、ただ単に判決文に認めた以外のことは何も含まなかったと言いたいだけだ」

　果たしてそうだろうかと岬は訝しむ。長々と渋沢の話を拝聴しているが、この男はまだ一度も自分が死刑廃止論者ではないと断言していない。

「しかしわたしが裁判に臨む態様とは別に、世界の潮流は間違いなく死刑廃止に向かっている。国連拷問禁止委員会は日本に対して死刑執行停止を勧告している。国連人権理事会の理事国を務める我が国がそれを無視し続けることはできない。無論わたしは世界の潮流を背景にして判決文を書いたことなどないが、日本の司法がガラパゴス状態になるのを防ぐにはやはり一定の配慮が必要になってくる。それによって国民が違和感を覚えるというのなら、それはこの国の国民が世界市民としては未成熟ということなのではないかな」

いいようにあしらわれたようで岬は到底納得することができない。世界市民云々に至っては、責任転嫁の物言いにさえ聞こえる。

「久しぶりに実のある話ができた。検事の貴重な時間を浪費して申し訳なかったですね」

「いえ、判事のご高説は大変得難いもので有難く拝聴させていただきました。それでは失礼いたします」

無意識のうちに険が出たのだろうか。岬が席を立とうとすると、渋沢がそれを制した。

「ちょっと待ってください」

「何か」

「このまま退出させられたのでは検事も腹に据えかねるでしょう」

「そんなことはありませんよ」

「隠さなくてもよろしい。わたしも多少は人の機嫌が分かるし、つまらない誤解であなたを不愉快にさせたくない」

今の話のどこに誤解を生む余地があるというのか。腹立たしさが募ったが、浮かしかけた尻を元に戻す。

「これは裁判所の関係者でも知る人の少ない話です。おそらく警察関係者ではもっと少ないでしょう」

俄に渋沢の口調が一変する。今まで快活ささえ感じさせていた声が、一段低く落ちる。

「ときに岬検事。あなたの息子さんも大活躍の様子ですね。確か洋介（ようすけ）くんといったか」

意表を衝かれて思わず固まった。

まさかここであいつの名前が出てくるとは予想もしていなかった。

「いつぞやテレビ中継で拝見した。何とショパンコンクールのファイナリストとはな。あなたもさぞかし鼻が高いだろう」

「ここ数年は没交渉でしてね」

岬は不機嫌さを隠そうともしなかった。あんな親不孝者は顔も思い出したくない。

「ふむ。これはつまらんことを訊いてしまいましたか」

「わざわざ隠すほどのことではありません。単に不肖の息子というだけで……しかし、わたしの息子がこの話とどう関係あるのですか」

「あなたにご子息がおられるのなら、わたしの気持ちもいくぶん理解してもらえると思ったものでね。軽部被告の事件を審理する一年ほど前、わたしも自身にも事件が降り掛かったのです。それが軽部被告の事件に全く影響がなかったとは断言できません」

「わたしの孫娘が誘拐され、そして殺害されました」

岬は声を失った。

「当時、わたしの娘は一般企業に勤める男に嫁ぎ、東北に暮らしていました。夫婦仲もよく、やがて子宝にも恵まれました。娘によく似た珠のような女の子でした。それが三歳になった頃、無職の男が誘拐を企てたのですよ。警察は持てる機動力をフルに発揮してくれたのですが、犯人を突き止めた時にはもう孫娘は殺されていました。小さな首を絞められていました。苗字も違い場所も離れていたので、ほとんどの報道機関は近親者に現役の裁判官がいることを報じませんでしたね」

「……犯人はどこで裁かれたのですか」

「盛岡地裁です。一審判決は無期懲役。二審もそれを支持し、検察が上告しましたが最高裁で棄却されました」

聞きながら胸が詰まった。それでは軽部の事件とそっくりではないか。

「判決が確定し、犯人の男は旭川刑務所に収監されました。その誘拐が初犯ではなかったのですよ」

岬は混乱した。孫娘を殺した犯人が無期懲役の判決を受ける。そしてその後に起きた類似の事件で、渋沢は犯人に懲役刑を下したというのだ。

「同じ幼女を殺した犯人ではありませんか」

「そうです。誘拐と通り魔の違いはありますが、犯罪の態様と結果は似た様なものです」

「それなのに、軽部に無期懲役を申し渡したのですか」

「だからこそですよ」

渋沢は諭すように言った。

「我が身に痛みを覚えようと、それを基準にして罪を裁くことは厳禁です。それこそ先ほどわたしが忌避した感情論で被告人を裁くことになる。犯人に対する個人的な憎悪は、公正な目を曇らせる夾雑物でしかない。犯罪で近親者を亡くしたからといって裁判官が厳罰主義に走れば、それはもう秩序とは言えない」

毅然とした言葉が胸を打った。

己を律する――口にするのは簡単だが、渋沢の置かれている立場でそれを実行するのは容易ではない。岬はしばらくの間、気圧されて身動きができなかった。

「恥を忍んで自分語りをしたのは、さっきも言ったように検事に不快な思いをして欲しくないからです。確かに軽部被告の事件において、あなた方検察の求刑は退けられた。しかしそれは胡乱な死刑廃止論や、低俗な感情論に左右されることのない判断であったことを知ってもらいたいのです」

岬の頭は自然に垂れていた。

「……知らぬこととはいえ、色々と失礼な発言をしました」

「あなたの立場ではそれが当然です。気になさらぬように」

岬は居たたまれぬ思いで裁判官室を後にした。

3

結局、渋沢の身辺警護は管轄のこともあり、警視庁警備部に要請することにした。当初、先方は警護の必要性について疑念があったようだが、岬が事件の概要を説明すると二つ返事で了承してくれた。

岬は次に堤真吾弁護士を呼ぶことにした。

堤真吾の事務所は赤坂にある。地下鉄でふた駅分、大人なら楽々歩いて行ける距離だ。渋沢に注意を喚起する時にはこちらから出向き、堤に対しては呼びつける。見事に差別化した扱いには日頃の敵対関係が作用している。子供じみた話だが、堤には最低限の礼儀さえ尽くせば充分だ。

同じ法曹界の住人でありながら、法廷では検察と弁護士は敵対関係にある。それでも篤実さや誠意ある対応を旨とし、岬が敬意を払いたくなる弁護士は少なくない。立場を超え、杯を交わしながら法律論を戦わせたいと思う人物もいる。

しかし堤はそうした部類の男ではなかった。

第一東京弁護士会所属、弁護士番号３０００番台。事務所のホームページや自身のＳＮＳではくどいくらいに〈人権派弁護士〉を謳っている。岬は人権派弁護士に何ら偏見は抱いていないつもりだが、殊更に己の主義主張を喧伝する輩に碌な者はいないと思っている。

また堤は、日弁連刑事弁護センター死刑弁護小委員会が作成した〈死刑事件の弁護のために〉という手引をホームページ上で公開していた。手引では死刑回避を唯一最大の目標と明記しており、その達成のためには否認事件の場合に被害者の裁判参加に反対すること、そして捜査段階の取り調べでは黙秘権の行使を原則とすることとしている。もちろん日弁連内部にも異論はあるが、堤は手引の内容をこれ以上ないほど賛美していた。

それより何より、岬は堤の人となりが好きになれなかった。

事務所のホームページで戦績を誇示するのも、守秘義務に抵触するぎりぎりで法廷闘争の詳細を語るのも嫌悪感を招いたが、一番鼻白んだのはロレックスのコレクションを〈TPOに合わせて楽しんでいます〉とのコメントを付して開陳していることだ。弱者の味方などと嘯き（うそぶ）ながら一方で高級時計を見せびらかす成金根性は、滑稽でしかも醜悪だった。

裁判以外で弁護士が検察から呼び出しを食らうなど、そうあることではない。堤は約束の時間より早めに到着したと、受付から連絡が入った。岬が面会約束のあることを告げると、初めて面会者はエレベーターに乗り込むことができる。

自分の部屋に入れることに抵抗があったので別室で待たせておく。約束の時間から少し遅れて別室のドアを開けると、そこに不安げな表情の堤が待っていた。

「お待たせした」

「いえ。わたしの方が早く着いたので……」

何か後ろ暗いことでもあるのか、普段法廷で見せる尊大さはすっかり影を潜めている。

「急な呼び出しを受けて少々面食らっています。いったい何事ですか」

「平成十六年にあなたが手掛けた浦和駅通り魔事件を記憶していますか」

「浦和駅通り魔事件……ああ軽部亮一の事件でしたね。ええ、憶えていますよ」

「先日、彼の母親が熊谷市の実家で死体となって発見された」

そう告げると、堤は訝しげに目を細めた。どうやらその事実が何を意味するのか、把握しかねている様子だ。

警察の捜査資料を容易に入手できる立場の渋沢と異なり、弁護人となった事件以外では堤は単なる一般人だ。不用意に捜査情報を洩らす訳にはいかない。岬は事件の概要と、現場の状況から復讐が動機に考えられると説明した。

「復讐……」

「そう、軽部亮一に対する復讐、もしくは彼を死刑にできなかったことへの報復」

「そんな馬鹿な」

堤は一笑に付そうとする。だが岬の真剣な顔を見てすぐに笑みを引っ込めた。

「確かに馬鹿げた話に思える。しかし本人には何ら殺害される理由がない母親が殺害されるというのも、相当に馬鹿げた話だ。まだしも復讐と捉えた方が理に適っている」

「そんな。全然理に適ってなどいないですよ。軽部亮一は正式な手続きを踏んだ裁判で裁かれ、今も千葉刑務所で償いの日々を送っている。全てが法律に則り、粛々（しゅくしゅく）と進められてきたはずだ」

粛々と、か――岬は苦々しくその言葉を聞く。

「それはあくまで加害者側の論理だな。あなたと軽部は法の裁きを受けたと思っている。だが肝心なことを忘れている」

「何ですか」

「他人を殴った痛みだ。そして殴った方は忘れていても、殴られた方は決して忘れていない」

「しかし、もう十年も昔の話じゃないですか」

そう、あれから十年が過ぎ去った。

酒なら上手い具合に熟成され、芳醇な味わいを醸し出している頃合いだ。

「時間を経て濃縮される感情もある。あなたは被害者遺族の立場になって考えたことが一度もないのか。肉親を奪われ、希望を奪われ、しかもその苦痛が懲役囚の生きている間延々と続く。それは経験した者にしか分からない地獄の苦しみだろう。あなたはそういう無念さを想像したことがあるのか」

「それこそお門違いというものでしょう。わたしは仕事として弁護を依頼されただけであって」

「それもあなただけの理屈だ。軽部が死刑を逃れられたのは敏腕弁護士であるあなたの尽力に拠るところが大きい。それは衆目の一致するところだろうな」

「冗談じゃない」

堤は顔色を変え、まるで岬が犯人であるかのように抗議する。

「こっちは依頼人の利益を護るために必死だったんです。遺族宅に手紙を送らせたのも、本人の家庭環境に問題があったと盛ったのも、全部そのためです。そりゃあ多少はあざとかったり誇張したりした部分もない訳じゃないが、そんなのは許容範囲でしょう。別に珍しいことじゃない」

　これでは堂々巡りだ——岬は内心で嘆息する。

　この男に被害者を思い遣る心はなきに等しい。依頼者のためと言えば聞こえはいいが、痛みを与えた依頼者に相応の贖罪を課すことをまるで考えていない。

　少しでも被告人に楽な判決を捥ぎ取る。それは弁護士の存在意義として間違いではないかと、岬は思う。より安楽な処罰ではない。より妥当な刑罰と贖罪の方法を模索する——それこそが真に被告人の利益となるのではないだろうか。

「第一、まだ動機が復讐だと決まった訳じゃないんでしょ。ただの居直り強盗や精神障害者の犯行という可能性だってある」

「堤さん。あなた、軽部がどんな風にして二人の女性を殺害したか、憶えていますか」

「ええ。一人目は凶器の出刃包丁で何度も突き刺した。二人目は頸動脈を切り裂いた」

「軽部の母親は一人目と酷似した殺され方をしていた。それだけでも、わたしは復讐の念をひしひしと感じ取るのだがね」

　堤は口を噤んだ。ひょっとしたら我が身が刃物でメッタ突きされている光景を想像したのかも知れない。

「捜査情報だから詳細を伝える訳にはいかないが、現場には確かに復讐を連想させる物的証拠が残されていた。だからこそ捜査本部も、怨恨の線を当たっている」

「それなら犯人の見当は簡単につくじゃないですか。軽部に殺された被害者の遺族を一人一人当たっていけばいい」

「あなたに指図されるまでもなく、捜査本部は当然そうしているだろう。だがいささか視野狭窄に陥っていないかね。軽部の判決で怒りを覚えたのは、何も遺族だけじゃない。テレビの前、ネットの前で正義面している人間は皆同じことを思ったはずだ。この世には公憤というものが存在する。そして正義面した者は、叩かれている人間は叩かれるだけの理由があると信じてやまない。頭のネジが緩んだ誰かが憤りに駆られ、仮にあなたを襲撃したとしても何の不思議もない」

堤は急にそわそわし始めた。目は迷子のそれのように、弱々しく揺れている。

「岬検事。わざわざわたしを呼び出して警告してくれたのは、何らかの警護態勢をとってくれるということなのでしょうか」

「わたしは警告するのが精一杯だ。警護なら警察に話を通しておきましょう。従って堤さん」

「はい」

「事件が解決するまであまり外出はなさらない方がよろしい。目立った行動は自殺行為に等しい」

堤はこくこくと慌しく頷いてみせた。

堤を帰した後、岬は公用車で埼玉県警に向かった。横山は自分が運転しましょうと買って出たが、本来の業務以外の仕事を検察事務官にさせるつもりは毛頭ない。

十七号線を直進していると、懐かしきさいたま地裁とさいたま拘置支所の建物が近づいてきた。そこから県庁を過ぎて右手に曲がると、目指す埼玉県警本部がある。

外来駐車場にクルマを停め、庁舎へ向かう。一階フロアで身分と来意を告げると、受付の女性は一瞬で顔色を変えた。県警本部に東京地検の次席検事が訪ねるのは、やはり異例なのだ。

受付で捜査一課の刑事部屋を案内される。若干年季の入ったエレベーターから降りると、壁やら天井やらに薄くヤニの沁みついたフロアに出た。

目指す男は窓際の席に座っていた。どこにあってもこの凶悪そうな顔を見紛うはずもない。

「おお。ずいぶんとご無沙汰でしたな、次席検事」

「見たところ変わりなさそうだな、警部」

渡瀬はゆっくりと席を立ち、軽く頭を下げる。居合わせた他の捜査員たちは何事が起きたのかと、目を丸くして二人のやり取りを見守っている。

「何年ぶりかな」

「最後にお会いしてから丸十年は経ってます」

「そんなに久しぶりなら、もっと歓待用の顔を見せたらどうかね」

「わたしが笑う顔をご覧になりたいですか」

「今、ちょっといいかね」

「そろそろ来る頃だと思ってましたよ」

「何だ、織り込み済みか」

「他で話しましょう」

岬の方に否やはない。

半ば啞然としている一同を尻目に、渡瀬と岬は別室に移動する。

「相変わらず階級は警部のままか」

「人の上に立つ器量じゃないんで」

「幹部連中に聞かせたい皮肉だな。今更だが警部に出世欲というものはないのか」

「わたしにはちょうどいいポジションですよ」

「それはそうと、熊谷市の独居婦人殺し。あれはどこまで進んでいる」

「一ノ瀬と小泉の遺族に会ってきました」

「心証はどうだ」

「確たるアリバイがないので裏付け捜査の途中です。ただ軽部本人あるいはその家族に憤っているのを隠そうとしない者もいますね。心証は今のところクロに近いグレーといったところですか。検事に話がきたのはいつですか」

「今朝だ。登庁したての頃、呼び出しを食らった」

渡瀬はそれを聞いて納得したように頷く。

「それでこの時間に来られたということは、早速誰かに注意を促しましたか」

岬は内心で舌を巻く。たったこれだけのやり取りで、岬が関係者と話したことを見抜いている。風貌も変わらないが、抜け目のなさも相変わらずだ。

「その前にまず確認しておきたい。事件の成り行きによっては、これは単なる独居婦人の殺害事件ではなく、裁判所延いては法務省に弓を引くような事件に発展しかねない。ここまではいいか」

「異議ありません」

「仮想の被害対象には現役の裁判官も含まれている。まだ直接の被害が出ていないうちから、表立って東京地検が捜査に介入する訳にもいかない。しばらくはわたしが警部と共同戦線を張ることになると思う」

「こちらもそう願えればと思います」

渡瀬はこちらの申し出を予測していたように答える。味方だから頼もしく思えるが、そうでなければ途轍もなく忌々しい存在になるだろうと思った。

一方、妙に心が騒ぐ。

次席検事になってから法廷に立つことはほとんどなくなった。担当検事に指示をし、地検全体の運営に携わることが主業務になった。だが捜査資料に目を通し、現場の捜査員と膝詰めで話をしていると、一番多忙だったが一番充実していた担当検事の頃が甦る。渡瀬に触発されたせいではないのだろうが、やはり自分も現場仕事に愛着があるのだろう。

「地検に近かったから、渋沢判事と堤弁護士には事件の内容を伝えておいた。ひょっとして捜査妨害になったかな」

「いいえ。判事には、わたしが出向くより岬検事の口から言った方が早かったでしょう。判事はどんな反応を示されましたか」

「死刑存廃論議を持ち掛けられた。死刑廃止は世界の潮流であって、自分の下した裁断が世界の良識から外れたとは考えていない。自身で明言はしないものの、判事は死刑廃止論者だ」

ほう、と渡瀬は興味深げな声を上げる。

「裁判長を務める人物が死刑廃止論者というのは問題になりませんか」

「人の内面に関わることだから最高裁幹部も法務省も、信教以外の主義についてそれが直ちに裁判官としての欠格条件とはなり得ないとコメントはしている。だが実務上、死刑判決を下せない裁判官を法廷に立たせる訳にはいかないから、弁論準備や書面作成といった裏方に回すようになるだろうな。今言ったように、渋沢判事は自分の裁断は良識的で他人の非難を浴びるものではないと見ているようだ。一応、警視庁警備部に自宅の警護を要請しておいた」

「堤弁護士の方はどうでした」

「あれはとんだ小心者だな。自分の方から警護を頼んできたよ。確固たる信念もない癖に功名心と打算だけで弁護をするから、いざこうなった途端に馬脚を露す。見苦しいことこの上ない。今になって思うが、あの男に弁護を頼んだ被告人たちは揃って貧乏くじを引いたのかも知れん」

「しかし死刑相当の罪を犯して懲役で済んだのなら、一概に貧乏くじとは言えんでしょ

「禍福は糾える縄の如しだ。無期懲役を勝ち取ったはいいが、それが原因で家族が惨劇に巻き込まれるなら、やっぱり貧乏くじではないか」

「当の軽部亮一は、そうは思っていないようでしたね」

「軽部に会ったのか」

「千葉刑務所へ面会に行きました。母親が殺害されたことを聞いて驚きはしましたが、嘆いている風ではなかったですな。酷い母親だったから死んでくれて清々したという口ぶりでした」

「……実の母親だぞ」

「実の母親だから、余計に愛情が歪んだのかも知れませんな」

「あいつは他にどんなことを言っていた」

渡瀬は舌の上に不味いものを乗せたような顔をする。

「聞いたら胸糞悪くなる」

「構わんよ。あいつの顔を思い出した時点で気分は最悪だ」

渡瀬は軽部と面談した際の会話を再現してみせた。両親に対する罵倒、刑務所暮らしは快適であること、そして法廷で述べた謝罪の言葉が本気だったのかどうか――。

なるほど渡瀬の言う通り、聞いていると胃の辺りに嘔吐感を覚える。

「最後には楽しい時間だったと言われましたよ」

「その話を渋沢判事にも聞かせてやりたいな。いや、たとえ目の前で聞かされても判事は眉一つ動かさなかったかも知れん」

「自制心がどうこうという話ではないですな」

「裁判に感情を持ち込むべきではないというが、法廷外でも鉄面皮を決め込まれると、少々あの人の人間性を疑いたくなる。これはわたしが卑俗なせいかな」

「何にせよ、人を裁く人間は神の代行者ですからね。神様に人間らしさを求めるなと一喝されるかも知れませんよ」

「神の代行者と言うのならネメシスも同様だ。警部、ここは腹を割って話そう」

岬が身を乗り出すと、渡瀬は片方の眉を上げた。

「警部が確証のないことを安易に喋る男でないのは知っている。しかし敢えて訊こう。〈ネメシス〉の目的は何だと思う。やはり復讐なのか」

「行きずりの犯行でも物盗りでもなければ復讐の線は濃厚です。ただ個人的な復讐ならまだ救いがある」

「どういう意味だ」

「ネメシスの本来の意味は義憤です。個人的な復讐の念ではありません」

「まさか……」

「もし犯人が本来の意味で〈ネメシス〉を名乗っているとすれば、犯人の動機は人ではなく社会に対するものです。その場合、〈ネメシス〉が獲物の対象とするのは軽部亮一の関係者だけには留まらなくなります」

冷静な口調だったので、尚更思考が混乱した。

「警部は〈ネメシス〉の事件がこの一件では終わらないと言うのか」

軽部の事件のみならず、被害者および被害者遺族の遺恨になるような判決が下された事件。

世間を騒がせながら、判決が不当に軽いと非難された事件。

そうした事件全てについて〈ネメシス〉が食指を動かすのだとしたら――。

「そもそも裁判員裁判が導入されたのは、司法判断が市民感覚から乖離していると批判を受けたからだ。言い換えれば、それ以前の裁判で被害者側から恨みを買うような判決など、星の数ほどもあるぞ」

「ええ、だから個人的な復讐ならまだ救いがあると言ったんです。軽部の事件は平成十五年、インターネットが爆発的に普及する寸前の頃に起きた。仮に〈ネメシス〉が直接の事件関係者でなくとも、ネットで軽部の母親の情報を得た可能性があります」

そう言って渡瀬は懐からA４サイズの紙片を取り出した。

「ご覧ください」

紙片の内容を見て、岬は思わず声を上げそうになる。

『浦和駅通り魔事件の犯人、軽部亮一の母親（戸野原貴美子）はここに住んでいる』

表題部の下に熊谷市佐谷田〇―〇と住所が明記され、戸野原と表札の上がっている建物が大写しになっている。ご丁寧に住宅地図まで添付されている。

『軽部亮一の無期懲役が確定し、遺族側が民事訴訟をするや、この恥知らずな母親は旧姓を名乗り実家に戻った。自殺した父親、投獄された息子に全ておっ被せて、自分だけは安全地帯に逃げ込んだのだ』

所謂、巨大掲示板の中のスレッドだった。スレッドには延々と不特定多数からの書き込みが連なっているが、そのどれもが悪意に満ち、戸野原貴美子に正義の鉄槌を下せと大合唱している。

「これは……」

「先日、ネットから拾い上げたものです。諸々の書き込みは数年前に途絶えていますが、このスレッド自体はまだ残っています。事件関係者ではない第三者も、このスレッドを覗けば容易に戸野原貴美子の住まいを知ることができる。獲物の渉猟(しょうりょう)は更に簡単です」

ぞくりとした。

個人情報保護もへったくれもない。

渡瀬の指摘通り〈ネメシス〉が義憤を動機にするなら、ネット情報で事足りる。第三者による行きずりの犯行なら、地取りも鑑取りもまるで意味がなくなる。そして迷宮入りする確率の一番高いのが行きずりの犯行だった。

「警部の仮説が正しければ……いや、正しくないことを願うが……それは無差別殺人だ。予想のしようもなければ、捜査のしようもない」

「だから危惧(きぐ)しています」

最前から渡瀬が一度も笑おうとしないのは性分のせいだと思い込んでいた。

だが、この理由も存在したのだ。確かにこんな可能性を思いつけば不機嫌にもなる。

今回、万が一の場合を想定して渋沢判事と堤弁護士に警護をつけた。だが警護対象が百人二百人になった場合はどうすればいいのか。各県警本部との連携は取れるのか、警察庁の判断はどうなるのか――。

いや、それよりももっと重大な問題が発生する。

パニックだ。

今までにも加害者家族に対する排斥や抑圧は当たり前のように発生した。人間は正義が大好きで、その錦の御旗さえあればどんなに卑怯なことをしてもどんなに冷酷なことをしても、称賛に価する行動だと思っている。

それでもやがて沈静化していく。所詮薄っぺらな正義が長続きするはずもなく、人々の関心は新たな事件に向かうからだ。

だが加害者家族が次々狙われるような事態になれば、間違いなく薄っぺらな正義を誘発させる。それも数百件単位でだ。

「現状、戸野原貴美子の殺害については軽部との繋がりに限定して捜査を進めています。情けない話、今はその線から容疑者が浮かんでくるのを待つしかありません」

「分かった」

渡瀬は待つしかないと言うが、この男がただ指を咥えて待つ訳がない。部下任せにせず、自分も猟犬の一匹となって獲物の巣穴に鼻を突っ込むに決まっている。そして岬は、その嗅覚に望みを託すより他にない。

「密に連絡を取ろう。こちらも警護している二人の周辺をチェックする。妙な動きがあれば、直ちに情報を流す」

「よろしく」

素っ気ない返事だったが、だからこそ信頼できる。

別室を退出する間際、岬は不意に愚痴りたくなった。

検察庁の中で個別案件について愚痴ることはまずない。愚痴るとしても相手は階級が上席者に限るとルールを課していた。それを渡瀬に向けたくなったのは、おそらく自分と似た臭いを嗅ぎ取っているからだろう。

「最近は面倒でややこしい事件が増えたな。昔はもっと単純だった」

「今も昔も、そんなに変わりゃあしません」

「そうかな」

「隠れていた悪意が目に見えるようになっただけです」

4

午前六時三十分、房内放送で一斉にチャイムが鳴り渡る。

相良（さがら）美津男（みつお）はバネ仕掛けの人形のように上半身を起こすと、すぐ作業着に着替えて布団を畳んだ。そして独房の中を掃除、洗顔。以上の行動を八分で済ませた。当初は制限時間の十分を超えたために看守から何度も叱責されたが、最近になってようやく時間内での処理が可能になった。よくしたものでチャイムが鳴る寸前には、自然に目覚めるようになった。規則正しい生活をすれば人間の身体は時計のような働きをすると聞いたことがあるが、おそらくそのせいだろう。

部屋の中央で正座していると、六時四十分きっかりに看守がやって来る。

「点呼！」

看守の号令で、端から順番に呼称番号が叫ばれていく。

「二千三百五十四番！」

相良は自分の番号を叫ぶ。懲役囚に名前はない。ただ番号があるだけだ。聞くところによると、塀の外では遠くない将来に国民総背番号制ができると言う。してみれば刑務所はその未来を先取りしているのかも知れない。

七時ちょうど、囚人たちは番号順に並んで食堂に向かう。食事は一日のうちで数少ない娯楽なので、献立を見るだけでも少し心が浮き立つ。今朝は鮭の切り身にきんぴら牛蒡(ごぼう)、中華スープとこれは毎度お馴染みの玄米飯。これもまた十五分以内で済ませなければならない。残してもいいが、そういう囚人は滅多にいない。

朝食を片付けて部屋に戻り、作業場へ行く準備を整えてからまた正座をする。

七時三十分に出房、この際にも相良は「二千三百五十四番、出ます！」と声を上げる。とにかく部屋の出入りにはこの儀式が欠かせない。大型車がバックする時に『バックします』と合成音を発するが、慣れてくると自分もそれと同じように思えてくる。最初の頃こそ軍隊のような扱いに辟易(へきえき)したが、今では何も感じない。

皆が行進してまず検身場へ向かう。検身場の中は狭小だ。囚人と検身役の看守が入るとそれで一杯になる。

相良は手早く作業着を脱いでパンツ一丁になると、手を広げて万歳をし、口を大きく開けながら両足の裏を看守に曝け出す。通称カンカン踊りといい、部屋と作業場を行き来する間に危険物を持ち込まないかを確認するための行為だ。隠し持った物がないことを証明してまた作業着を着る。これも非人間的な扱いだと屈辱を感じたものだが、慣れというのはその屈辱さえ日常にし、無感覚にさせる。

ラジオ体操を終えてから作業場へ出役、八時に始業となる。

相良に割り当てられているのはチラシやカタログなど各種印刷物の製作で、二番目に多い作業人員を抱えている。刑務所内部の作業場といえども馬鹿にはできない。オフセットフォーム印刷機や電子組版システムを導入しており、仕上がりは町の印刷屋のそれに引けを取らない。ただし、たまに印字や写真がずれるのはご愛嬌だ。

こうした印刷物に限らず、刑務所で製作したものは市価の半額ほどで取引される。安価の理由はもちろん人件費が値段に上乗せされないからだが、代わりに囚人には専門知識を習得させるという大義名分を持たせて帳尻を合わせている。もっとも出所した時点で塀の外の技術が比べものにならないほど向上していることが多いため、折角習得した技術も使い物にならない時がある。結局、大義名分はどこまでいっても大義名分に過ぎない。

作業が始まると私語が一切禁止されるため、場内は印刷機の音だけが支配する。それでも相良のいる作業場は静かな方だ。自動洗車機を製作する作業場では一日中旋盤や研磨機が稼働しているため、中には騒音で聴力に変調を来たす者がいるという。

作業上必要な会話だけは許されるがそれも看守の許可が必要であり、勝手に喋ると処罰の対象となる。誰も口を利かず、黙々と己に振り分けられた作業をこなしていく。相良も収監されるまではよく喋る男だったが、今では一日中黙っていても苦にならない。体のいいロボットだが、やはりこれにも心身が慣れてしまう。規則に慣れ、号令に慣れ、叱責に慣れ、そして屈辱に慣れるうちに感情を摩耗していく。言い換えれば、懲役とは人間性の徹底的な剝奪だ。

九時四十五分、午前中の休憩に入る。たった十分しかないので、トイレ休憩のようなものだ。

相良は息抜きのために天井を見上げる。天井にヌード写真が貼ってある訳ではないが、周りの看守や囚人の顔を見るよりは数倍心が落ち着く。

「おい、知ってるか」

隣に立っていた二千三百五十五番が不意に声を掛けてきた。房が隣なので本名くらいは知っている。長谷川(はせがわ)といってシャバでは強盗殺人をやらかした男だ。

「知ってるって何を」

「千二百七十五番の面会に刑事がやって来たってよ」

千二百七十五番と聞いてもすぐに顔が浮かんでこない。

「ほれ、十年くらい前、浦和駅の構内で女子大生と小学生の女の子を殺したヤツだよ」

それでようやく軽部亮一という名前を思い出した。八百人にも上る懲役囚の中で名前を憶えているのは、それが世間を騒がす重大事件か幼女を殺した事件かのどちらかであるためだ。そして重大事件はともかく幼女殺しが何故悪名高くなるかといえば、囚人の中に子供を持つ者が多くおり、それゆえに幼女殺しは最低の犯罪と位置付けられているからだ。殊に幼女姦で収監された者はロリコン野郎と蔑まれ、出所するまで最底辺の扱いを受けることになる。

軽部は重大事件と幼女殺しの両方を満たしていたので尚更、悪名高かった。

「刑事がどうして面会に来たんだよ」

「ヤツの母親が殺されたんだ。それがよ、ヤツのとばっちりを受けちまったらしいんだな」

「とばっちりって何だよ」

「本当なら死刑相当なのにあいつの弁護士が上手く立ち回ったお蔭で懲役刑に収まった。それを快く思わない誰かが、母親を殺したんだとよ」

「えらく詳しいじゃないか。まるで本人から聞いたみたいだな」

「本人があちこちで喋ってるんだ」

長谷川は道端で糞を踏んだような顔で言う。つられて相良も似たような顔になる。

「犯人に直接手出しができないから、代わりに母親を殺すのかよ。ずいぶん執念深いヤツもいたもんだな」

「ああ。内容が内容だから、房内に話があっという間に広がってらあ」

ここ千葉刑務所は懲役十年以上の囚人が収監されている。中には二十五年というほとんど終身刑のような刑期の者までいる。被害者家族にとってみれば、復讐したくても手も足も出ない。数多い遺族の中には、本人の代理にその家族を殺してやろうと考える者も出てくるだろう。

「塀の外に嬶(かかあ)やガキを残したヤツらも沢山いるからな。そういうヤツらにとっちゃ気の休まる話じゃねえよな」

「よっぽど恨みつらみがあったんだろうさ」

「しっかしよ、親兄弟に仕返しされるなんざお門違いもいいところだぜ。千二百七十五番は嬉しそうに吹聴してやがるが、元々あいつは女の子供に手を掛けるような人非人だからな。俺たちとは違わあ」

長谷川はまだ話し足りないようだったが、ちょうど看守が休憩の終了を告げたために話はそこで中断された。

「作業再開！」

号令とともに、相良も長谷川も機械の一部となってオフセットフォーム印刷機にかかりきりになる。ただし、手足は機械のように動いても頭は別のことを考えている。

お門違いでとばっちり、というのはなるほどその通りだろう。

しかしどのみち自分には関係のない話だ。

どうせ自分にはとばっちりを受けるような家族は残っていないからな――相良は内心でほくそ笑む。誰が犯人かは知らないが痛快なことをしてくれる。できれば同様の事件が頻発し、各地で懲役囚の家族が次々に惨殺されていけば堪らなく面白いのに。

相良は昨年、懲役十六年の判決を食らって千葉刑務所に収監された。罪状は殺人、検察側の求刑は死刑だったから、その伝でいえば相良も危うく死刑から逃れられた一人だった。

二年前、強盗に入った。

てっきり留守宅だと安心していたのだが、運悪く奥の部屋で母娘が寝ていて侵入に気づいた。こうなれば相良も居直るしかない。運が悪いのは双方同じだ。

まず大声で叫んだ母親を殴った。気絶させるだけのつもりだったが、よろけた母親は偶然化粧台の角に側頭部をぶつけて動かなくなった。慌てて駆け寄ってみると絶命していた。

それを娘に目撃された。まだ二十歳ほどだったが、だからといって見過ごしていいはずもない。一人殺したことで気が動転していたこともあり、こちらも息が途切れ途切れになるまで殴った。

ぐったりとした娘を尻目に家探しして、金目のものを掻き集める。予想していた以上に現金や貴金属があり、収穫は満足できるものだった。

どうせ顔を見られているので娘を生かしておく訳にはいかない。行きがけの駄賃に凌辱し、行為の途中で首を絞めてやった。噂通り、首を絞めると膣口も締まるのでとても具合がよかった。ただしそれも長くは続かず、数分もしないうちに娘は息絶えた。

息絶えた身体からは途端に糞尿が放出された。下半身が糞尿塗れになるとさすがに気も陰茎も萎えてしまい、相良は精を放つことなく、娘の死体から身を離した。どちらにしろ死体の膣内に自分の体液を残すつもりもなかったので、潮時でもあったのだ。

下半身の汚れを浴室で洗い流してから家を出た。前科もないので指紋程度は残しても大丈夫だと高を括っていた。

だが日本の警察は優秀で且つ執拗だった。目撃者を探し、防犯カメラの画像を解析し、ものの二カ月ほどで相良を検挙した。現場に残した指紋と毛髪、そして娘の下腹部に残存していた汗がＤＮＡ鑑定によって相良のものと特定された。

検察は身勝手で残虐な行為であると断罪し死刑を求刑した。裁判に臨んだ六人の裁判員も被告席の相良を憎々しげに睨んでいたので、そのまま審理が進めば死刑判決になった可能性が大きい。

ところが裁判長が救いの神になってくれた。どんな合議があったかは聞かされていないが、下された判決は懲役十六年。死刑を覚悟していた相良にとっては、正に生還だった。確か渋沢とかいう裁判長で〈温情判事〉という綽名があるらしい。他人に感謝することのない人生だった。両親は早くに亡くし、悪事を諫めてくれる者もいなかった。渋沢は判決文の中で、その生い立ちに同情すべき点があると言っていた。その日から相良にとって渋沢は唯一感謝できる人物となった。

判決時、相良は三十四歳だった。十六年の刑期を無事に勤めれば出所時には五十歳。模範囚になればもっと早く出られるかも知れないが、正直最近は塀の外よりも中の方に居心地の良さを感じ始めている。何しろ、ここは幼女殺しを除けば懲役の長さで箔がつくようなところがある。周りの囚人も何気なく気を遣っているようだし、第一勝手な言動が禁じられているので変に突っかかられることもなく、至極平穏でいられる。仕事は軽労働で、三食の健康食に規則正しい生活。エアコンのないのが玉に瑕だが、夜露をしのげるのだからこの際贅沢は言っていられない。中卒、品性不良と陰口を叩かれ、どこにも寄る辺のなかった外に比べれば天国のようなものだ。折角刑期を終えて出所したにも拘わらず、微罪を重ねて舞い戻って来る者たちの気持ちは痛いほど分かる。自分も出所後は先輩たちの行動を見習う確率が高い。

五十路の前科者がシャバに出たところで、碌な仕事にありつける訳がない。契約社員になれる目も薄く、時給千円程度の最下層の仕事を与えられて細々とした余生を送るのが関の山だ。

それに刑務所という場所は悪事の最高学府だ。窃盗・詐欺に始まってありとあらゆる犯罪の専門家たちが、多士済々と集まっている。こちらに学習意欲がなくとも、優秀な講師たちの話が耳に入ってくる。ものの半年も講義を拝聴していれば一端の聴講生になれる。そして身についた知恵と技術は行使せずにはおられない。出所するや否や早速勉強の成果を発揮して、また刑務所に舞い戻って来るという寸法だ。

最近、相良はよくこんなことを考える。

この世には悪事と無関係に生きていける者とそうでない者がいる。犯罪というのは両者を同じ場所に置くからこそ当然に発生するトラブルだ。犯罪を未然に防ぎ、市民の生命と財産を護りたいと本気で考えているのなら、どうして両者の棲み分けを実行しないのだろうか。刑務所が更生施設であり、ここで刑期を過ごした者は真人間に矯正できるものだと信じているのだろうか。

人間は朱に交われば赤くなる。極悪人の集団に閉じ込めておいて、矯正させようなどと狂気の沙汰だ。悪党を善人にしたいと思うのなら、善人の集団に放り込むのが道理のはずだが、為政者も役人も誰一人としてそれを提案しない。いや、そんなことを提案しないから為政者でいられ、役人でいられるのだろう。

まあいい。

いずれにしても相良は〈温情判事〉のお蔭で九死に一生を得た。折角長らえた命なので平穏に、安穏に全うしたい。塀の外でお門違いの復讐者が殺戮（さつりく）を繰り返してくれるのなら、自分は安全地帯にいて高みの見物を決め込むまでだ。

昼食まではあと二時間少々。

今日の献立はと考えた瞬間、最前まで頭の中にあった出所後の青写真は雲散霧消した。

三　悲憤

1

九月三日、午後十一時三十五分。

スーパーでの勤務を終えた二宮輝彦は家路に就いていた。いつもの堤防沿いの土手を直進、葛飾大橋が見えてくれば我が家まであとわずかだ。

まだ残暑が厳しく、この時刻になってもアスファルトからは昼間の熱気の残滓が立ち上っている。しかし自転車を漕いでいる分には、川からの涼風が肌に心地いい。アパートから勤め先まで決して近くはない距離を自転車で通っている理由の一つは、この快適さだった。もっとも最大の理由は軽自動車もバイクも手が届かないからなのだが。

今日の陽射しもきつかった。アスファルトの照り返しを受けながらカートを回収していると、ものの二十分で下着は汗でずぶ濡れになった。擦れ違う買い物客が自分を避けていたのは、この汗臭さのせいに違いない。

ともあれ仕事は終わった。籠の中ではスーパーのレジ袋に入った発泡酒が蓋を開けられるのを今か今かと待っている。もうすぐ日付の変わる頃だが、急いで帰る必要は特にない。帰ったところで誰も待つ者もなく、しなければならないこともない。ただ発泡酒の缶を空けながら、のんべんだらりとニュース番組を見るのが二宮の憩いだ。

張合いも目的もなく、生活の糧を得るだけのために働く。いずれは体力の衰えとともに働けなくなり、家賃滞納のアパートの一室かどこかの路上で野垂れ死にする予感が日増しに現実味を帯びてくるが、微温湯に浸かっている安堵がそれを忘れさせる。

以前はこんな風ではなかった。大手自動車メーカーの営業担当として腕を振るっていた頃は、毎日に張りがあった。家族を護り生活を豊かにしていくという目的が労苦を半分にし、喜びを倍にした。思い描く将来の青写真は希望と安寧に満ちていた。労働にはいくつもの意味があり、家には愛すべき家族と日々の積み重ねがあった。日常は生の実感に溢れていた。

しかし今は生きている気がしない。いったい、いつから自分はこんな風になったのだろうか。すぐに思いつくのは圭吾があの事件を起こしてからだ。あの事件を境に家族は崩壊し、二宮は愛すべきものと護るべきものを失った。護るものを失った途端に心は折れ、気力は萎えた。希望と可能性を奪われると人間はこんなにも脆いものなのか。

それでも圭吾が逮捕送検され、裁判が始まった時分にはまだ家族との一体感が持続していた。妻の邦枝と手を携えながら圭吾の無罪を祈っていた。

だが犯した罪があまりにも大き過ぎた。動機や経緯はどうあれ、人を二人殺したのだ。被告人が精神障害を負っていない限り、無罪判決など有り得ない。

何度かの公判を経て、圭吾には相応の判決が下された。世間からは手ぬるいと反感を買ったが、逆に二宮たちには苛烈と思える判決だった。

懲役の長さに胸が重くなった。何も揉め事を起こさず、無事に刑期を終えて出所したとしてその時圭吾は四十七歳、二宮に至っては七十歳近くなる。下手をすれば息子と再会する場所は墓場になるかも知れない。

住み慣れた川越市のマンションを出て、近隣の目から逃れるために現在のアパートに越してきた。しばらくは二人で住んでいたが、圭吾の出所を待つ生活に疲れた邦枝が離縁を切り出し、愛媛の実家に帰ってしまった。民事裁判を通じて被害者遺族から請求されている賠償金の支払いが苦しかったせいもあっただろう。それから二宮は2DKの部屋にずっと一人で住んでいる。

三十年近く勤めていた会社も居辛くなって辞めた。露骨な誹謗中傷はないものの、懲役囚の父親を見る目は想像以上に冷酷だった。

支給された退職金を全額注ぎ込んでも尚、賠償金の半分にもならなかった。被害者遺族からは不足分の追加請求がきたが、もう放置するより他なかった。二宮にも自分の生活がある。

ハローワークは五十過ぎの男に条件のいい仕事を恵んではくれない。求人情報から年齢制限は撤廃されていても、面接で自動的に撥ねられたら同じことだ。結局、五社目の面接でスーパーのカート運びにありついた。サラリーマン時代に比べれば愕然とするような時給だったが、贅沢は言っていられない。

堤防沿いに自転車を走らせていると、左手に広々とした運動公園が見えてきた。今は人の気配もないが、日中はどこかの野球部が練習に勤しんだはずだ。

二宮は唐突に、圭吾とのキャッチボールを思い出した。そう言えばあれも同じような河川敷だった。

圭吾は小学生の頃から野球を始め、中学高校大学とユニフォームを着続けた。多くの野球少年と同様、プロになる夢を持っていたがやはり多くの野球少年と同様、才能の限界を突きつけられて羽を捥がれた。それでも卒業後は草野球のピッチャーをしていたのだから、未練はあったのだろう。

二人でキャッチボールをしていた頃、圭吾は確かに真っ当な子供だった。今となっては単なる世迷言と身に沁みているが、当時は『健全なる魂は健全なる肉体に宿る』という標語はもっともだと感じ入っていた。それが、どうして懲役を食らう羽目になってしまったのか。本人の資質に問題があったのか、それとも自分の育て方が間違っていたのか。

はっきりしているのは自分が力不足だったという事実だ。仕事で人とカネを動かし一人前の男のように振る舞っていたが、全ては会社の看板と肩書きがあったから可能なことだった。家に帰りネクタイを外せば、裸の男に戻る。そして裸となった二宮は父親としても夫としても半人前だった。

ああ、駄目だ駄目だ。

家族のことは思い出さないつもりだった。思い出せば、現状の侘しさと殺伐さが嫌でも襲ってくる。

二宮は考えを断ち切るように二度三度と頭を振る。

そして、ふと気づいた。

最前から自分の数十メートル後方に、一台のクルマがぴたりとつけている。殊更ペダルを早く漕いでいる訳でもないのに、クルマとの間が縮まらない。後続のクルマが堪えきれずに追い越していくが、問題のクルマはまるで気にする風もない。

暗闇の中、ヘッドライトだけが煌々と灯り、車種も車体の色も分からない。しかし怪しさは感知できる。

まさか自分が大金を持ち歩いているように見えるのだろうか。いや、そんなはずはない。通勤はいつもくたびれたズボンと、安物のシャツで済ませている。どんな間抜けなひったくりでも、多少は身なりで獲物かどうかを判断するだろう。

何を企んでいる——訝しく思っているとやがてクルマはスピードを上げ、二宮との距離を縮めてきた。

気のせいだったか——二宮はほっと胸を撫で下ろす。考えてみれば当然だ。カネなし、資産なし、家族なし。こんな人間を襲って、いったい何を奪おうというのか。

いささか過剰と思えた自意識を恥じていると、クルマはどんどん間合いを詰めてくる。

いや、急加速して迫ってくるようにも感じる。

気味が悪くなり、二宮は路肩に自転車を寄せる。

背後からエンジン音が迫りくる。二宮は更に左側へ逃げながらペダルを強く漕ぐ。

間違いない。

このクルマは自分を狙っている。

そして全身がヘッドライトに照らされたと思った瞬間、エンジンが凶暴に吠えた。

咄嗟にハンドルを左に切ると前輪が路肩から外れ、自転車は二宮を乗せたまま堤防の坂を滑り落ちていく。

叫ぶ間もなかった。落下の最中、反射的にハンドルを離すと、二宮の身体は宙に浮いた。

天地が逆転する。

衝撃。

激痛。

衝撃。

激痛。

護岸ブロックに何度も激突した後、二宮は河川敷に転がり落ちた。

節々の痛みに堪えながら上半身を起こす。頭をぶつけなかったのは不幸中の幸いだった。

斜面を滑り降りてくる音に振り向くと、自分に迫っていたクルマが停車し、何者かが自分に近づいてくる。きっと責任を感じて様子を見にきたのだろう。ちょうどいい。大事を取って病院に運んでもらうなり救急車を呼んでもらうなりしよう。

人影が二宮を見下ろす。街灯の灯りが逆光になって男か女かも分からない。

急に腹が立ってきた。

「あ、あんたが乱暴な運転するもんだから」

言葉は最後まで続かなかった。

人影が大きく振り被った両手には棒状の物が握られていた。

その棒が自分に向かって振り下ろされる。

前頭部に衝撃を受けた瞬間、二宮は自分の頭蓋骨が陥没する音を直接聞いた。

＊

翌日、渡瀬は古手川の運転で松戸市小山の現場に向かっていた。

「それにしても、どうして千葉の事件でウチに通報があったんですか」

古手川が訝しげに言う。

「松戸署の強行犯係から連絡をもらった。どうやら〈ネメシス〉が関連していると先方が判断したらしい」

ネメシスの名前については、非公開ながら警察内部の情報として全国の警察に流布している。だからこその通報だった。

万全の協力体制は心強いが、渡瀬には不安の方が大きい。何故、二件目の事件が松戸で起きたのか。軽部亮一の係累で千葉県内に住んでいる者はいないはずだ。

では、これは軽部とは別個の事件であり、渡瀬の危惧が的中したということではないのか。

現場は葛飾大橋の手前、堤防下の河川敷だった。道路から見えないようにブルーシートのテントが張られ、その周辺を松戸署の捜査員と鑑識の連中が忙しく動き回っている。

立入禁止の黄色いテープを潜ると、見知った男が駆け寄って来た。

「ご足労をおかけしましたね、渡瀬警部」

強行犯係の帯刀(たてわき)だった。渡瀬とは別の事件で合同捜査をしてからの知己だ。

「〈ネメシス〉の関連だと聞いていますが」

「まあ、見てやってください。ちょうど検視が終わったところです」

遺体は河川敷の比較的平らな場所に安置されていた。シーツを捲(めく)ってみると死因は一目瞭然で、検視官の仕事が早々と終了したのもなるほどと頷けた。

遺体の前頭部が柘榴(ざくろ)のように割れていたのだ。

割れ目から溢れた脳漿(のうしょう)が凝固しつつある。傷口から夥(おびただ)しい量の出血があり、遺体の上半身は流血で斑(まだら)になっていた。既に気温が上がっているせいだろうか、死後間もないはずなのに早くも腐敗臭が鼻腔に侵入してくる。

「第一発見者は付近でジョギングをしていた近隣住人。死体は特に隠されてはいなかったようです。死因は見ての通り頭蓋骨骨折による脳挫傷。凶器は持ち去られていますが、検視官は鉄パイプのような形状ではないかと言ってましたね」

「ホトケの身元は、もう分かっているんですか」

「懐から社員証が出てきました。二宮輝彦五十五歳。この先にある〈スーパーコヤマ〉

の従業員で、帰宅途中に襲われたようですね」

帯刀は堤防下の坂の方を指差す。

「既に鑑識が搬出してしまいましたが、本人の自転車があの辺りに横倒しになっておりました」

「本人が自転車に乗っていたのであれば、襲撃の方法も限定されるでしょうな」

「仰る通りです。バイクかクルマで追跡した可能性は否めません。ただ、道路上に目立ったタイヤ痕は発見されていません。自転車に衝突の痕も見当たらないので、単に幅寄せされて本人がハンドルを取られたのではないかと鑑識は見ています」

渡瀬は死体の天辺から爪先まで丹念に眺める。膝と脛、そして肩の一部に打撲傷が認められるが、創口の形状から殴打されたものではなく何か平らなものに激突した痕であるのが分かる。おそらく滑落途中、護岸ブロックに当たってできた傷だろう。右手人差し指の先端には血を拭ったような痕跡がある。

「現在、周辺で訊き込みをしていますが……まだ、これはという目撃証言は得られていません。死亡推定時刻は午後十一時から深夜零時までの間。その時間帯、人通りは絶えていますし、近隣住民も悲鳴や物音は聞いていないようです」

「本人は深夜勤務だったのですか」

「〈スーパーコヤマ〉は十一時まで営業しております。本人はカートの片付けをしており、閉店後すぐに店を出たと。これは勤務先に問い合わせて確認しました」

最近は購買層の生活習慣の変化に合わせて、営業時間を延長する店舗が増えている。

午後十一時閉店というのは妥当なところだ。

「本人は終業直前にスーパーの食品コーナーでサバ缶と発泡酒を購入していました。そして買ったものを入れていたのが、このレジ袋です」

帯刀はポリ袋に入った白いレジ袋を差し出した。

渡瀬の目はその一点に吸い寄せられる。

レジ袋に血文字で記された言葉。

〈ネメシス〉

自分の横にいた古手川が低く唸った。

死体の人差し指に残っていた血痕は、この四文字を書かされた跡に相違なかった。

「埼玉県警に連絡をいただいた理由はこれでしたか」

「ええ。このサインがなければ近所の悪ガキの仕業と考えたかも知れません。何せこういう身なりですし、財布の中身は手つかずでしたからね。レジ袋には被害者の指を使って書いたのでしょう。さっき鑑識が簡易採取でそう見当をつけました」

「つまりこの被害者も過去の事件の関係者という訳ですか」

「四年前に起きた上尾（あげお）ストーカー殺人事件……ご記憶ですよね」

渡瀬は無言で頷く。忘れるどころではない。担当した上尾署のみならず、埼玉県警本部の汚点とまで呼ばれた事件だった。

平成二十一年九月五日、上尾市水上公園付近の工事現場で二人の女性の変死体が発見された。殺されたのは大学四年生だった久世紘子（くぜひろこ）二十二歳（当時）と祖母の領子（りょうこ）七十二歳。死体には争った跡があったが、より顕著だったのは致命傷だった。彼女たちは鈍器で何度も殴打され、頭を割られていた。度重なる衝撃で頭部はまるで原形を留めていなかった。

県警本部との合同捜査で容疑者はすぐに逮捕された。川越市在住、スポーツ用品店に勤める二宮圭吾二十九歳（当時）。被害者紘子とは最近別れたばかりであり、当初は痴情の縺れが原因の殺人事件と目された。

しかし捜査を進めるうち、県警本部は上尾署の不審な動きを察知する。紘子の両親の証言では事件発生の前に告訴状を提出しているというのに、上尾署にその記録が存在しなかったのだ。しかも両親の事情聴取の際には、何かと理由をつけて上尾署の捜査員が同席しようとする。

不審に思った専従捜査員が関係者全員を調べたところ、警察にとっては不名誉な事実が山のように出てきた。紘子とその両親は以前から二宮圭吾のストーカー行為に悩まされ、何度も上尾署に相談していたにも拘わらず、署員は民事不介入を理由にまともに捜査しようとしなかったのだ。二宮圭吾の行為が自宅への恐喝、父親勤務先への嫌がらせにまで至るなど、事態が深刻化した頃に提出された告訴状は上尾署担当者の手によって単なる被害届に改竄されており、その直後署員からは『一度、告訴を取り下げてくれ』との申し出さえあったという。告訴を一度でも取り下げれば同じ内容で告訴することができなくなるが、署員はその事実さえ虚偽の説明で誤魔化していた。

もし告訴を受理した時点で上尾署が捜査に着手し二宮圭吾を逮捕していたら、紘子と領子は殺されなかっただろう——。暴露された事実にマスコミが食いつき、世間が激怒した。不祥事は捜査ミスではなく職務怠慢と事なかれ主義の所産であり、最終的には上尾署の担当者数人が懲戒免職となり、内部調査をした県警本部は謝罪と国家賠償請求訴訟に追われることになる。

「あの事件では上尾署の怠慢ぶりが大きく喧伝され、肝心の二宮の行状がその陰に隠れてしまった感があります。別に上尾署を庇うつもりはありませんが、二宮の犯行自体も凶悪でした」

渡瀬とともに古手川も黙ったまま頷く。事件の起きた平成二十一年といえば古手川が捜査一課に配属された頃だから、当然事件の概要は知っているはずだ。

「このまま自分を無視するのなら、お前の両親を殺す。そう脅して被害者と心配で付き添ってきた祖母を工事現場に連れ出し、資材に紛れていた鉄パイプで殴打。確かそうでしたな。つまり今回、二宮の父親が殺害されたのと同様の手口だ」

帯刀は同意するように首を振る。

犯人の親族を、その被害者と同様の手口で殺害する——〈ネメシス〉は几帳面に、第一の犯行を踏襲してきたのだ。

その後、さいたま地検に送検された二宮は殺人罪で起訴された。裁判は二宮の犯行態様が傷害致死なのかそれとも殺人なのか、つまり殺意の有無に争点が置かれた。

「さいたま地検は以前からのストーカー行為の悪質さと、再三の恐喝文言から殺意の存在を主張した。しかし弁護側は、凶器となった鉄パイプが元々現場に落ちていた事実から傷害致死を主張……でしたかな」

「その通りです。結果は一審判決が懲役十八年。検察は控訴しましたが二審は地裁判決を支持、検察が上告を断念して一審判決のまま確定しました。当時、上尾署の不祥事も相俟って世間は二宮に悪感情を抱いていましたが、それが判決内容に反映されることはありませんでした」

渡瀬たちが到着する前にひと通りは事件記録を渫ったのだろう。帯刀の説明には澱みがなかった。

説明を聞くうちに、上尾ストーカー殺人事件が世間を賑わせた顚末も甦ってくる。事件報道は上尾署の不祥事に重点が置かれていたため、二宮の犯行については詳細が語られなかった。

だが埼玉県警の謝罪と関係した署員の処分が決まり警察への追及に幕が引かれると、裁判の冒頭陳述によって犯行の一部始終を知った世間が今度は二宮とその家族に牙を剝いた。

被害者とその家族を追い詰める執拗さと犯行の残虐さ、そして一方的に自分の愛情を押しつける身勝手さ。精神の未成熟を擁護する少数の声も、紘子たちとその遺族に同情する大多数の声に封殺された。だからこそ一審での懲役十八年の判決は、あまりにも市民感覚から乖離したものだと非難を浴びたのだ。

そして、これもまた軽部の事件と酷似している。本来は死刑判決が妥当であったのに、予想以上に減軽された判決。死刑を免れたことでより憎悪の対象となった被告人。

「同じだ」

古手川がぼそりと呟いた。

「個人じゃない。〈ネメシス〉は司法制度自体に復讐しようとしている」

対面の帯刀も同様に考えているのか、黙ったまま反論しない。経験の浅い古手川とそこそこ場数を踏んだ帯刀の見方が一致したということは、常識的な結論であるのを示唆している。

「二宮の家族は他にも母親がいたと記憶していますが」

「二宮邦枝ですね。邦枝は二宮の刑が確定してから輝彦と一緒にここ松戸市に転居しましたが、ほどなくして離婚しています。現在は実家のある愛媛へ出戻っているようですね」

事件発生からまだ数時間しか経過していないというのに、もうそこまで調べ上げたか。

「現在、二宮圭吾はどこの刑務所に収監されていますか」

「岡山刑務所ですよ」

帯刀はあっさりと回答する。

「岡山。では二宮本人に父親が殺害されたことはまだ伝わっていないんですな」

「ええ。今日中にでも岡山刑務所に連絡を入れるつもりですがね」

「よければ、わたしが出向きましょう」

途端に帯刀は訝しげな顔になる。

「渡瀬警部が直接、ですか」

「帯刀さんには愛媛の母親に連絡をしていただきたい。いや、こんなことでもないと遠出ができないもので」

遠方に住まう邦枝も収監中の圭吾も、今回の事件に直接の関係がないのは明らかだ。しかし〈ネメシス〉の実体に近づくためには、禍根の元凶である圭吾に会っておかなければならない。今の自分の立ち位置なら岡山出張を申し出ても却下されることはないだろう。

「相変わらずフットワークが軽いですなあ」

帯刀は半ば呆れ、半ば羨ましそうに言う。

「迷惑ついでにもう一つ。ストーカー事件の被害者遺族の連絡先も教えて欲しい」

「それは構いませんが……ひょっとして、それも警部が事情聴取されるつもりですか」

申し訳ないと軽く頭を下げて、帯刀の視線を躱す。相手にどう思われようと知ったことではないが、最低限の筋は通しておきたい。

情報交換の約束を取りつけてからブルーシートの囲いから出る。陽射しは更に強くなっていた。

「班長。岡山行き、早速手配しますよ」

「切符は一人分でいい」

「えっ」

「お前には別途、やらせることがある」

言うが早いか、次に携帯電話で彼を呼び出す。立場や階級を飛び越えているが、この直通電話の番号は本人から教えてもらったものだ。多少の無礼は先方も承知の上だろう。

『はい、岬』

「渡瀬です。次席検事、〈ネメシス〉による二件目の事件です」

電話口で岬が絶句しているのが目に見えるようだった。

だがそれも最初だけで、二宮輝彦殺害の概要を説明すると岬は要所要所で確認を入れてくる。

『警部、待ってくれ。上尾ストーカー殺人事件で一審の裁判長を務めたのは確か……』

「そうです、渋沢判事ですよ。前回と同様に」

横で二人の話を聞いていた古手川が目を剝いた。黙っていろ、と片手で制しておく。

『過去の事件と同じ殺害方法、世間から非難を浴びた判決、そして裁定を下したのは同一の判事、か。あまり嬉しくない符合だ。これで渋沢判事個人への復讐という意味合いが一層強くなったな』

「その傾向は否定できません。しかし世情に流されず、永山基準をなぞったとするなら二宮の懲役十八年は妥当な判決だったかも知れません」

『何が言いたい』

「あの場合、裁判長が渋沢判事以外であっても同一の判決が出た可能性が高い。すると渋沢判事個人というより、やはり司法制度そのものに対するテロという考え方はできませんか」

『相変わらず物騒なことを言う男だな』

「楽観視するよりはリスク回避ができると思いますが」

『違いない。それでわたしに何を頼むつもりだ』

「渋沢判事の警護をより厳重に。それから〈ネメシス〉についての箝口令を徹底していただければ幸甚です」

『言われるまでもない』

事情も対処の仕方も分かり合っている者同士は多くの言葉を必要としない。連絡はそれきりで終了した。

横で聞いていた古手川が口を開く。

「班長。俺にやらせる仕事って何ですか」

「二宮輝彦と久世紘子の解剖報告書を取り寄せろ」

「二件は使用された凶器も死因も同じじゃないですか。どうしてわざわざ」

「全く同じじゃあない」

渡瀬は相手の顔も見ずに言う。

「二件とも致命傷となったのは頭部への打撃だった。しかし久世紘子の場合は数度に亘って殴打されているのに、今度の二宮輝彦は一撃で終わっている。その点がどうにも引っ掛かる」

「被害者がどの時点で絶命するかによるんじゃないですか。死んじまったら、もうそれ以上は手を下す必要なんてない訳だし」

「それは解剖報告書が教えてくれることだ。予断するな」

2

用途と資材が同じであれば、どこにあっても施設の仕様は似通ってくる。渡瀬が岡山刑務所を訪れるのは初めてだったが、受ける印象は千葉刑務所のそれに限りなく近い。同じLA級刑務所で囚人の収容人員が同程度なので、尚更そう感じる。

本来であれば正規の手続きを踏むところだが、今回は事情が異なる。事前に県警本部経由の申し入れをしていたので、目的の人物とはすぐに面会が叶った。

アクリル板越しに見る二宮圭吾は落胆しているように見えた。

「何でも遠いところからわざわざ来ていただいたようで……ど、どうも有難うございます」

今年で三十三になる計算だが、軽部と違ってこちらは年相応の顔つきをしている。

「昨夜、担当さんから父さんの話を聞いたばかりなんで……すいません。まだちょっと落ち着いてなくって」

「どこまで聞いている」

「昨日の朝、松戸のアパートの近くで死体が発見されたとしか……刑事さん、それを教えに来てくれたんじゃないんですか」

切実な目で見上げられた。渡瀬は捜査本部が公にした情報を伝える。無論〈ネメシス〉の血文字については まだ秘匿(ひとく)しておく。

「頭を鉄パイプのようなもので殴られた、ですって」

「ああ、それが致命傷になった。慰めにはならんだろうが、おそらく自分に何が起きたのかも分からなかったと思う」

「どうして、そんな殺し方をしたんですか。紘子と婆さんを殺された恨みなら僕にぶつけるのが筋ってもんでしょう」

復讐という動機は圭吾もすぐに思いついたらしい。

「あんたに恨みを持った人間の犯行だと思うか」

「当然です。父さんは他人に憎まれるような人間じゃない。どこにでもいる平凡で優しい父親です」

女性とその家族をつけ回し、恐喝し、挙句の果てに殴り殺した男が、父親に対しては孝行息子の顔になる。初めて見た者は違和感を覚えるだろうが、渡瀬には慣れた光景だった。

「優しい父親、か」

「これでも昔は野球少年でしてね、父さんにはよくキャッチボールの相手をしてもらいました。僕にもう少し運があれば、今頃はプロ選手になって楽させていたかも知れないのに」

「もう少しの運か」

「甲子園に行ったヤツらだけが名選手じゃありません。プロになれるかどうかなんて結局は運だけですよ」

またこの言説か、と渡瀬は興味を失う。能力のない者に限って、自分の力不足ではなく運のせいにしたがる。

「僕は元々運のない人間なんですよ。紘子みたいな尻の軽い女性に巡り合いさえしなければ、あんな事件も起こさなかった。父さんをあんな風に悲しませることもなかった」

殺された久世紘子の両親がこれを聞いたら、どんな顔をするだろうと思った。

「決して運が悪い方だとは思えないな。二人殺したのに、たった十八年ここにいるだけで外に出られる」

「たった十八年ですか。そりゃあ、こういうところに入ったことのない人間の言い草ですね」

圭吾の目が昏く沈んだ。

「二宮さんはよく面会に来ていたのかね」

「いえ、千葉と岡山では距離があるんで……」

「しかしオフクロさんの実家がある愛媛とは近いじゃないか」

「あんな女、こっちから願い下げですよ」

不意に圭吾の言葉が尖る。

「家族が一つにならなきゃいけない時だってのに、すぐ逃げ出した女ですよ。碌な母親じゃない。どうしてあんな女がのうのうと生きているのに、父さんが殺されなきゃならないんだ」

「それで困っている」

渡瀬はアクリル板に顔を近づけた。

「手口から見て、あんたに恨みを持つ者の犯行であることは察しがつく。では、あんたと二宮さんに恨みを抱く者の心当たりはあるかね」

「まず常識的には紘子の両親でしょうね」

　圭吾の口角がわずかに持ち上がる。

「あのクソッタレな夫婦は、自分の娘がどれだけビッチだったのか知ろうともしませんでした。いや、知っていて知らんふりをしていたのかな。あんなにひどい女だったのに、まるでどこかの国の王女を亡くしたような大袈裟な嘆き方でさ。刑事さん、知ってますか。僕の裁判の時、あの夫婦も法廷にいたんですよ。それで僕に向かって、何故娘と婆さんを殺したんだとか、贖罪の気持ちはあるのかとか、もう顔中を口にして喚（わめ）くこと喚くこと。あの二人は僕が極刑になるようにと望んでいました。だから懲役の判決が下された時は見ものでしたね。この世の全てに絶望したって顔で。今までの努力が全部徒労に終わると、人間はああいう目になるんだと思いましたよ」

「じゃあ、久世さん夫婦が二宮さんを殺したとでもいうのか」

「殺したかどうかはともかく、恨んでいるのは確かでしょう。だけど父さんが退職金をはたいて、賠償金を支払ったはずですよ。そりゃあ全額とはいかなかったらしいけど、僕が懲役に服して自分たちはカネまでもらえたんだ。もう恨まれる筋合いなんてないですよ。それでも僕や父さんが憎いってんなら、ほとんど逆恨みですよ」

　話しているうちに自分の言葉に興奮したのか、圭吾の口調は次第に熱を帯びていく。

「いったい僕や父さんはどれだけ償えばいいっていうんですかね。あんな女どもを殺したくらいで。僕、弁護士から教えられたんですよ。初犯だったら人一人殺したくらいじゃ死刑にならない。二人殺しても情状酌量の余地があれば回避できる。三人殺したら、これは難しい……そういう相場が歴然としてあるんだって。だったらあんな性悪女が一人この世から消えたくらいで、何で僕たち父子がこんな目に遭わなきゃいけないんですか」

「久世紘子さんは性悪女か」

「ええ。僕があれだけ愛してやったのに、すぐ心変わりして。本人だって僕のことを愛してくれていたのに、自分でそれが分からなかったんですよ。僕は紘子の本当の気持ちに気づかせてやりたくて何度も心のドアをノックしたんですけどね。彼女はとうとうドアを開いてくれなかった」

それで無理やりドアを破壊したという訳か。盗人にも三分の理とはよく言ったものだ。古手川を同行させなくて正解だった。ここにいれば顔色を変えるか、アクリル板の向こう側に喧嘩を売っていたかも知れない。

「他には」

「直接的ではないですけど、我こそは正義の味方って顔をしている連中ですかね。後から入ってきたヤツに聞いて知ってるんですよ。ネットで僕や家族に誹謗中傷浴びせてるヤツが大勢いるんでしょ。匿名でなけりゃ悪口一つ言えないような卑怯者たちが。まあ、そういう連中の中に一人か二人は仕事人気取りで実行に移すのがいるかも知れませんね」

「ありきたりな話だな。それじゃあ犯人の特定には到底役に立たん」

渡瀬は挑発するように言う。自我の幼稚な人間には、この話し方が一番効果的だった。

「言い忘れたが、わたしは二宮さんの事件の専従だ。もう二宮さんの仇を取れるのはわたししかいない。だからもっと真剣に考えろ。二宮さんが死んで得をするヤツは誰だ。あんたを苦しめて、一番笑うヤツは誰だ」

渡瀬の言葉を聞き、圭吾は束の間思案顔になる。だが、いくら考えても渡瀬を納得させるような容疑者は思いつかなかったらしく、ゆるゆると首を横に振る。

「僕が考える限り、実行に移しそうなのはやっぱり久世の夫婦だけですね。もう、あの二人は調べたんですか」

「同時進行だ」

刑事さん、と今度は圭吾が身を乗り出した。

「お願いです。必ず父さんの仇を討ってください」

その目が普通に真っ当な色をしていたので、渡瀬はそろそろ鼻白んでくる。

「もちろん捜査に一切手抜きはない。だが仇を取ると言っても、所詮警察の仕事は犯人を逮捕・送検するまでだ」

「罰を与えるのは裁判所の仕事ですからね」

「そうとは限らん」

すると圭吾は不思議そうな顔をした。

「意味、よく分かんないんですけど」

これ以上話しても得るものはないと判断し、渡瀬は席を立つ。

「邪魔をした」

「本当にお願いしますよ、刑事さん」

背中を向けてから、ふと気になった。

「さっき、刑務所の中の十八年が死刑よりも苦しそうな言い方をしたな。あれはどういう意味だ」

「どういう意味も何もないです。実感ですよ」

圭吾はそんなことも知らないのかといった口調で言う。

「死刑は人間を一瞬で殺す刑罰です。懲役刑というのは人間をゆっくり殺していく刑罰なんですよ」

「文学的な比喩か」

「実感だと言ったじゃないですか。ここの刑務所にも収監されて二十年目という先輩がいますけどね、もう廃人みたいなものです。ちょっと見には普通だけど、あれじゃあ外に出ても一週間と保ちゃしない。人と普通に接すること、倫理観、価値観、そういうのがここにいると歪んで矯正不能になるんですよ」

得々と話すところを見ると、どうやら圭吾自身も自覚症状があるらしい。なるほどさすが罰を受けている当人だけあって、懲役刑についての考察はなかなか的を射ている。

ついでにもう一つ訊いてみることにした。

「〈ネメシス〉という言葉に聞き覚えはないか」

問われた圭吾は狐につままれたような顔をする。

「何ですか、それって」

「いや、いい」

渡瀬はもう二度と振り返らなかった。


とんぼ返りで岡山から戻ると、一服する間もなく県警本部の古手川と合流した。時刻は既に午後八時を過ぎている。

「二宮輝彦の解剖報告書、上がりました。それから、こっちが久世紘子の解剖報告書」

渡瀬は奪うようにして二枚の報告書を見比べる。死因はともに頭蓋骨骨折による脳挫傷。ただし二宮は一撃で終わっているのに対し、久世紘子の方は大小七カ所の殴打痕がある。そのため二宮は前頭部の破砕(はさい)だけに留まっているが、久世紘子は顔面と鎖骨、更には肋骨までへし折られている。現場写真を見ずとも、報告書に記載された内容だけで死体の惨状がありありと浮かんでくる。

この七カ所の殴打痕を作ったのがあの父親想いの圭吾であることを考えると、何やら居心地の悪さを感じた。

「岡山の方はどうでしたか」

「自分と父親を殺したいほど恨んでいるのは、久世夫婦しか思いつかんらしい。想像力貧困にもほどがあるが、それなら最重要の容疑者から当たるだけのことだ。行くぞ。久世夫婦は今も上尾市内に住んでいる」

「了解」

古手川にハンドルを握らせると、渡瀬は半眼で腕を組む。傍からは居眠りをしているように見えるらしいが、脳細胞は普段よりも忙しく動いている。

「班長。今、いいですか」

「何だ」

「ずっと考えてたんですけどね。どうして〈ネメシス〉はネットなりマスコミなりに犯行声明を出さないんでしょうね」

渡瀬は薄目を開けた。

「ヤツの目的がこの国の司法制度への復讐だっていうのなら、もっと大勢の市民に宣伝しなきゃ意味がない。要するに個人的なテロなんだから。でも戸野原貴美子の事件が起きた日からこっち、どこのサイトや掲示板にも〈ネメシス〉のネの字もない。犯人はだんまりを決め込んだまま。これって本当の目的は私的な復讐ってことじゃないんですか」

少しはものを考えるようになってきたか——渡瀬は古手川を一瞥(いちべつ)すると、再び薄目になった。

「じゃあ、その復讐の対象者は誰だ。戸野原貴美子と二宮輝彦を結ぶ共通点は、今のところ渋沢判事だけだぞ。復讐の対象が渋沢判事なら、彼を差し置いて懲役囚の家族を殺す理由が不明になる」

「だから、困ってるんですよ。そこから先が思いつかなくて」

「じゃあ、もっと考えろ」

突き放すように言い放つ。この若造は、突き放してやれば必死になって追いかけてくる。その脚力がやがて地力になっていく。

「可能性がゼロと思えるまでは、頭の隅に叩き込んどけ」

殺害現場となった水上公園付近を右手に通り過ぎ、十七号線をそのまま北上すると低層住宅街が現れる。久世夫妻はその一画で息を潜めるように暮らしているはずだった。

久世宅は二階建てのこぢんまりとした家だった。並びの六戸の外観が同じなのは、一帯が同時分譲の建売住宅だからだろう。ぽつりと灯った門灯がひどく物哀しく見えるが、どこでも見かけるようなごく普通の構えの家だった。

だが、この普通の家に普通ではない悲劇が飛び込んできたのだ。

表札には『久世隆弘　春乃　紘子』とある。死んだ人間の名前がそのまま残っているのは、遺族の深い未練を思わせる。

インターフォンで身分と来意を告げると、ややあってドアが開けられた。陰気そうな四十代の主婦だが、おそらくこれが久世春乃（はるの）だろう。

「二宮さんが亡くなったのはテレビのニュースで観ました。ちょうど主人も帰っておりますので……」

渡瀬と古手川が居間に通されると、そこには髪がすっかり白くなった男がソファに座っていた。

「紘子の父親です」

久世はそう名乗った。年齢はまだ五十前のはずだが白髪と深い皺が、本人をそれ以上に老けさせている。ソファの数カ所がガムテープで補修されているのも侘しさを誘った。

「二宮さんの件で来られたとか」

「こんな夜分に申し訳ありませんな。殺人事件なので、全ての関係者から話を伺っております」

「全てというと、あの男にもですか」

あの男、が誰を指しているのかは聞くまでもない。

「二宮圭吾には今日、面会してきました」

「父親の訃報を聞いて、あの男はどんな顔をしていましたか」

久世の口は期待に歪んでいる。

「ひどく落胆していたようでした」

「そうですか」

安堵したように溜息を洩らす。

「落胆していましたか……うん、うん」

「二宮の反応が、そんなに気になりますか」

「ひどい男だと思われるでしょうが、いい気味だと思っております。いや、もちろん殺されたお父さんは気の毒ですが、それであの男が少しでも傷ついてくれれば嬉しいのですよ。すぐにまた自己嫌悪にも陥りますがね」

「二宮輝彦さん本人に思うところはありませんか」

「正直、事件の起きた当初は恨みに思ったこともあります。もう少し、あの男をまともに教育してくれていたら、あんなことは起きなかったんじゃないかと……しかし事件報道でマスコミや世間が二宮さんを叩くのを見ているうち、あの人も被害者の一人だと思うようになりましてね」

「被害者、ですか」

「無言電話、表の張り紙、ネットでの誹謗中傷。程度の差こそあれ、わたしたちと二宮さんが受けた仕打ちは似たようなものでした」

久世の隣に腰を下ろした春乃が話に加わる。

「本当に、どうして世間というのはこんなに残酷なんだろうと思いました。犯人の家に嫌がらせするのならまだしも、何故娘たちを殺されたウチにまで心ないことをするのか」

春乃の洩らした悲嘆も珍しい話ではなかった。紘子と領子が惨殺された翌々日から、無言電話や中傷が始まったというのだ。

無論、哀悼を伝える者も一緒に泣いてくれる者もいた。しかしその一方で家族が受けた傷口を広げ、塩を塗りたくる者もいた。

「あたし、悔しくて情けなくって……外に出たら近所の人が蔑んでいるように思えて、半年近くは日中に外出することもできませんでした」

「二審であの男の懲役刑が確定すると、わたしたちは検事さんと相談の上、民事で賠償請求の訴訟を起こしました。先方からは請求額の半分にも満たない金額が振り込まれてそれっきりになり、残りも早急に支払ってくれと督促(とくそく)したんですが……それが退職金だったのは後になって知りました。奥さんとも離婚され、今回もこんなことになって、結局は二宮さんがあの男の分まで罰を受けた形になってしまいましたね。どうせあの男は、獄中でも自分の犯した罪を後悔なんかしていなかったでしょうからね」

久世は半ば憎々しげに、そして半ば寂しげに語る。

「二宮さんとは正面きってお会いしたことがありませんでした。会ったとしても被害者と加害者の親同士です。いったいどんな顔をして何を言ったらいいのか見当もつかない。いや、顔を見た瞬間にこちらから殴りかかるかも知れない。そう考えると、なかなか会う気がしなかった。しかし一度くらいは会ってもよかったんじゃないかと、今は遅まきながらそう思いますよ」

「でも二宮圭吾だけは絶対に、絶対に許せません」

春乃は夫の弁を打ち消すように割って入る。

「一審でも二審でも死刑を免れると、あの男はあたしたちの方を向いてにっと嗤(わら)ったんです。ま、まるで勝ち誇るように。他の人にはそうと気取られないように」

「よさないか、春乃。みっともない」

「だ、だって」

「どんなに悔しがっても、あいつに俺たちの手も声も届かない」

「でも、あたしたちがこうしてずっとあの男を憎んでやらなかったら、紘子とお義母さんが不憫で不憫で」

春乃を諫めるでもなく久世はただ俯く。

被害者はいつもこうだ、と渡瀬は既視感に囚われる。愛する者、大事なものを失った欠落感を埋めるために、いつも怨念を駆り立て続けなければならない。欠落したものを忘れないために、無念さを胸に刻み続けなければならない。

だが怨念にしろ無念にしろ、胸に残せば澱となり毒となる。いつしか本人の精神を蝕み、肉体を疲弊させる。久世が実年齢よりも老いて見えるのは、身中の毒に侵されたからではないのか。

「形式的な質問で恐縮ですが、九月三日の午後十一時から深夜零時の間、お二人はどこにいらっしゃいましたか」

「お決まりのアリバイというヤツですか」

久世は自嘲気味に笑った。

「まあ二宮さんを殺したいほど恨んでいるとなると、普通はわたしたちを疑うでしょうからね。ただ刑事さん、その時間は二人とも床に就いてましたよ。夫婦同士の証言は当てにならないでしょうけど」

「その時間帯ではむしろ当然でしょう」

「ニュースでは詳しく報道されませんでしたが、二宮さんはどんな風に殺されていたんですか。頭部を殴打されたということですが、ひょっとしたら紘子と同じように鉄パイプで頭を割られたのではないですか」

「似たような状況であったのは確かです」

すると夫婦は顔を見合わせ、どちらからともなく頷き合う。

「……こういうこともあるものなんですなあ」

「こういうこととは」

「以前から、こいつと折に触れて話していたことがありましてね。もし夫婦のどちらかがトチ狂って、二宮さんたちに復讐をするとしたら、いったいどんな風にするのかって。長い間一緒に暮らしていると考えも似てくるんですかね。二人の答えは同じでした。『紘子と母さんがそうされたように、鉄パイプで相手の頭を割ってやる』」

「刑事さんは、あの娘の可哀想な有様を見ましたか」

「いいえ」

「母親のあたしが言うのも何ですけど、紘子は目鼻立ちの整った綺麗な娘でした。それをあの男は鉄パイプで台無しにしてしまいました。切れ長の目も、すっと伸びた鼻もぐちゃぐちゃにされていました。だから復讐するんなら、相手もふた目と見られない顔にしてやろうってずっと決めてたんです」

「その相手が二宮さんになってしまったのは不本意ですが、世の中には似たようなことを考える人がいるんですなあ。胸の閊(つか)えが取れた訳ではありませんが、何だか癒されたような気がします」

人が死んで癒されたような気分になれる——それはそれでひどく救われない話に思えるた。

「これは愚痴になってしまいますがね、刑事さん。どうしてあの時、裁判所はあの男を死刑にしてくれなかったんでしょう。もし、あの男に死刑判決が下されていればわたしたち夫婦がこんなにも苦しめられることはなかった。二宮さんにしてもいっときは辛いだろうが、しかし今度みたいに殺されることはなかった。奥さんとも別れずに済んだかも知れない。あの男を生かしておいたことで他の何人もが不幸になってしまった。そんな判決に、いったいどんな価値があったというんでしょうか」

夫に追従するように、春乃もこちらを切実な目で見る。

二人が何を求めているのかは手に取るように分かる。警察関係者の口から、あの判決は誤審であったと明言して欲しいのだ。

「申し訳ない、久世さん。我々の仕事は容疑者を逮捕して送検するまでです。裁判の行方や判決の功罪について語る資格は持ち合わせていない」

そう告げられると、久世夫婦は揃って唇を噛んだ。

「時にお二人とも。〈ネメシス〉という言葉に心当たりはありませんか」

「〈ネメシス〉……」

久世は呟いたきり、また春乃と顔を見合わせてから首を横に振る。その仕草に芝居臭さは微塵も感じられなかった。

3

その後捜査本部は戸野原貴美子の事件で捜査線上に浮かんだ一ノ瀬遥香及び小泉玲奈の遺族についても九月三日のアリバイを確認したが、渡瀬の言説通り全員が就寝中あるいは在宅していたと証言した。もちろん、これを裏づける証言は本人もしくは家族しかおらず、証拠能力としては無きに等しい。

一ノ瀬遥香の弟、俊樹（としき）にも連絡が取れた。現在俊樹は大阪市の不動産会社に勤務しており、戸野原貴美子の事件についても今回の二宮輝彦の事件についてもアリバイが確認されていた。それまで唯一連絡の取れていない関係者だっただけに俊樹を疑う声もあったが、彼のアリバイ成立をもってその可能性も断たれた。

第一の事件、第二の事件ともに使用された凶器は発見されていない。唯一の進展は両現場に残されていた不明の下足痕（げそこん）と、〈ネメシス〉と記した筆跡が一致したことくらいだ。この一致によって、改めて両事件の犯人が同一犯であることが確認できた。

しかし第一の事件が発生してからそろそろ一カ月が経過しようというのに、未だ有力な手掛かりも容疑者も浮上していない。捜査本部の面々、殊に陣頭指揮にあたっている八木島（やぎしま）管理官と里中県警本部長にとっては忍耐の日々であるのは容易に察しがつく。

もちろん焦燥に駆られたのは上層部だけではない。渡瀬班を中心とした県警本部、そして熊谷署と松戸署の各所轄もそれぞれに捜査員を動員させていたが、一向に成果の上がらない捜査に早くも倦み始めていた。

その中でもわずかながら救いなのは、〈ネメシス〉の存在がまだマスコミに漏洩していないことだった。これは八木島の情報管理が徹底していたことに加え、記者クラブに対する岬の圧力が効いていたからと思える。とにかく二つの事件の関連がマスコミの知るところとなれば、市民の動揺と混乱は避けられない。そして混乱すればするほど、捜査の進展に影響が出るのは自明の理だった。

渡瀬が古手川に裁判記録を調べるように命じたのはちょうどそんな時期だった。

「渋沢判事が裁判長を務めた事件、全部をですか」

「軽部亮一の裁判以後に限定していい。判事が〈温情判事〉と呼ばれ始めたのはその頃だからな」

「まさか、班長」

「その、まさかだ」

面倒臭いので最後まで言わせなかった。

「重大事件で死刑相当の声があったにも拘わらず懲役刑もしくは刑罰が著しく減軽された事件。その加害者家族をリストアップし、一つずつ潰していく」

「……班長は〈ネメシス〉が三つ目の犯行をすると考えているんですか」

「そうでない可能性はどこにもない」

「裁判官は、普通午前一回午後一回で毎日二件は法廷に立っているって話を聞きました。

軽部事件は平成十五年だから、足掛け十一年。ざっと計算しても相当な案件数になりますよ」

「なるな」

「一件当たりの加害者家族の数を掛け合わせると数倍になります」

「だろうな」

「その関係者全員を警護しろなんて無茶もいいとこですよ。今だっていい加減手が足りてないってのに」

そんなことは部下から指摘されるまでもなく承知している。

「〈ネメシス〉が狙う対象は決まって渋沢判事が判決を下した事件の関係者だ。彼らをマークするのは警護の意味もあるが、それ以上にヤツの先回りをするためだ」

「その理屈は分かりますけど」

「リストアップされていたにも拘わらず、何も手を打たないうちにその中の誰かが三人目の犠牲者になってみろ。人手不足だったとか、三つ目の犯行は予測できなかったとか、そんな言い訳は通用しない。第一、こっちの良心が悲鳴を上げる。やらずに後悔するよりも、やって後悔する方が何倍もマシだ」

古手川は殊勝に頷いてみせる。

「しかし実際、マンパワーの不足は否めませんよ」

「県下全域の所轄署、足りなければ他県に応援を要請してでもやる。もっとも命令するのは上の方だがな」

すると古手川はたちまち渋面になった。

「班長。里中本部長をこき使うつもりですか」

「上司は上手く使いこなせ。いつもそう言っているはずだ」

「……そりゃあ易々と使いこなせるような上司を持った人間の台詞ですよ」

「口動かしてるヒマがあるんだったら、とっとと手を動かせ」

ものも言わずに刑事部屋を飛び出した古手川の背中を見送りながら、渡瀬は次の一手を考え始める。

獲物を捕縛するには、まず獲物と同じ感覚を獲得することだ。獲物と同じ視覚でものを見、同じ聴覚で周辺を警戒する。すると自然に狙う対象の範囲が狭まってくる。

〈ネメシス〉が渋沢案件に視線を注いでいるのは見当がつく。それも司法判断が甘いとされた案件で、被告人が収監中のもの。目的が被害者の復讐の代行なら、家族よりも懲役囚が優先されなくては理屈が合わない。それをしないのは、視界に入っている案件で既に出所した受刑者がいないからだ。

ここまではいい。獲物の視線とも大きく外れてはいないはずだ。では、次に〈ネメシス〉の内面を探ろう。

そもそも自分は犯行動機を司法制度への復讐と仮定し、里中県警本部長も岬次席検事もその可能性を否定しなかった。

だが復讐を果たすことによって〈ネメシス〉が享受する利益とはいったい何なのか。金銭ではない。

では政治的な主張か、それとも宗教的悦楽か。いずれにしても充足感が根底にある。しかし、たかが充足感のために人は同族を殺せるものなのか。

もちろん海の向こうに政治的・宗教的な背景で行われる殺人が多々存在することは否定しない。相手を殺害することで、大いなる充足感を味わいもするだろう。だが政治的には穏当であり、宗教観も大らかな日本人にはそぐわない動機でもある。

では社会騒乱を目論む愉快犯なのか。渡瀬はその仮説にも諾うことができない。騒乱が目的なら、他にもっと無害で効果的な方法がいくらでもある。殺人という選択はあまりにリスクが高過ぎる。

必ず何かあるはずだった。〈ネメシス〉が享受し得る、金銭以外の形ある何かが。

椅子に沈んで黙考していると、卓上の電話がそれを邪魔した。パネルには内線のランプが点り、液晶部分には発信元四桁の番号が表示してある。掛けてきた相手はすぐに分かった。

渡瀬は舌打ちを一つして受話器を上げる。

「はい、渡瀬」

『今すぐ来てくれ』

里中の声はかすかに緊張していた。もっともよほど緊張するような事態が起こらなければ、県警本部長自らが一介の警部ごときを呼びつけるはずもない。

本部長室に入ると、里中が忌々しそうに唇を曲げていた。

「何かありましたか」

らある。

里中は黙したまま机上の新聞を顎で指し示す。無礼さは慣れを通り越して自然体です

埼玉日報の本日付夕刊第一面。そのカット見出しに渡瀬の目は釘づけとなった。

『司法制度への挑戦か』

続いて主見出しと袖見出し。

『熊谷と松戸で連続殺人』

『被害者はともに懲役囚の家族』

そして前文。

『先月十日に発生した熊谷市の戸野原貴美子さんの殺害事件と今月三日の二宮輝彦さん殺害事件は同一犯である可能性が高いことが、関係者の話から明らかとなった。戸野原さんと二宮さんは、それぞれ過去に重大事件を起こした懲役囚の関係者であることも判明している。また犯人は双方の現場に〈ネメシス〉という文字を残しており、それが同一犯である根拠になっている。捜査本部は二つの事件が、現在の司法制度に不満を持つ者の犯行であることを視野に入れ捜査を進めている』

「これは夕刊の早刷りだ。埼玉日報で懇意にしている知り合いが届けてくれた。二時間後には県下全域で配達される」

さすがに里中の表情は強張っていた。

「あれだけ箝口令を敷いていたにも拘わらず、この始末だ」

里中は机に拳を叩きつける。よほど腹が立ったらしく、この男にしては珍しく感情を

露わにしている。

「いったい誰が情報を洩らした。本部の捜査員か。それとも所轄か」

「おそらく両方とも違うでしょう」

渡瀬は平静を装う。

「それにしては記事の内容がえらく正確だ。どこからかリークでもない限り書ける記事じゃない」

「埼玉日報は記者クラブに出禁でしたね」

「何年か前に、君がそうしろと進言したじゃないか」

「記者クラブに来ていないから、そこでのリーク情報を入手できるはずもない。これは抜いた記者の独自取材ですよ。敵ながら天晴れというところでしょうな」

記事に署名はなかったが、埼玉日報の中でこういうスクープを抜ける記者は一人しか思いつかない。多分あの男が独特の嗅覚と呆れるような取材力で咥えてきたネタに違いなかった。

「箝口令といっても、効力があるのは捜査関係者と記者クラブに詰めているマスコミだけですからね。それ以外の蛇口を閉め忘れた我々のミスですよ」

「その口ぶりでは、閉め忘れた蛇口の場所を知っていそうだな。だったら警部の手で閉め直しておいてくれ」

里中は溜息交じりに命じる。もちろんそれだけの用事で呼び出した訳ではないのは、渡瀬も承知している。

「今更、漏洩したものを回収することもできん。〈ネメシス〉とやらのことも、その企みも万人の知り得るところとなった。こうなってしまえば、もう猶予はならん。一刻も早く〈ネメシス〉を逮捕しなければ、社会不安が増大する」

社会不安ではなく法曹界不安だろう、と渡瀬は心中で修正する。裁判員による厳罰意識が招いた死刑判決を、前例と経験則に拠って上級審で引っ繰り返した裁判官。死刑廃止を公言して憚らない弁護士。更には何の脈絡もなく欧米の例を引き合いに出し、死刑は前近代的な残虐な制度であると論陣を張る司法マスコミ。そういう者たちにとって〈ネメシス〉の存在は市民感情の代弁者という側面を持つ。脅威といえば確かにその通りなのだろう。

「〈ネメシス〉の犯行は歪んだ報復行為に過ぎない。しかし、そういうことを肯定的に捉える向きは必ず一定数存在する。国民の八割以上が死刑制度存置派であるこの国なら、その傾向は尚更顕著になる」

里中の危惧もあながち大袈裟とは言えない。凶悪犯は死刑にした方が社会秩序の一助になる――普段はなかなか公言できない主張も、こと八割以上の人間が同意見となれば実名でも声高に述べることができる。

だが行き過ぎた報復主義と仇討礼賛は、懲罰よりは更生による社会秩序を謳っている現行の裁判制度を否定する勢力になりかねない。死刑囚を収監したまま、その執行に躊躇する法務大臣および法務省への批判に転じる惧れさえある。

「刑事部長からは、捜査の進み具合が捗々しくないと報告を受けている。原因は何だ、捜査員の怠慢かね」

「怠慢ではなく、偏に証拠物件の少なさによるものです」

「プロファイリングはどうだった」

「あれが結局は机上の空論に近い代物で、実際にはクソの蓋にもならんことは本部長もご存じでしょう」

いっときは流行った捜査手法だったが、冤罪が表面化した足利事件では誤認逮捕の原因と糾弾され、世田谷一家惨殺事件では捜査陣の迷走する要因ともなった。比較的凶悪事件の少ない日本では分析するためのデータ自体が僅少であり、そのために精緻な結論が得難いのだ。

里中の顔つきはいよいよ険しくなる。

「じゃあ、今必要なものは何だと思う」

「捜査の進展も必要ですが、これ以上事件が拡大しないよう予防線を張っておくのも一考でしょう」

「予防線だと」

渡りに舟だ。渡瀬は渋沢案件に関わる被告人の家族について、監視体制を組むことを提案する。

「次の被害者になりそうな人物のリストアップにも着手しています。お望みであれば一両日中にも提出できますよ」

すると、予想通り里中は消極的な反応を示した。県警本部の管轄内だけならまだしも、それ以外への応援要請となれば各方面に頭を下げ、身内の恥を晒す局面も出てくるからだろう。

「その予防線はどこまで有効だと思う」

「少なくとも、何らかの不本意な事態が生じた場合に抗弁できる程度には」

「……相変わらず口と頭がよく回る男だな」

不満げに締め括ったところをみると、渋々ながらこちらの提案を検討するつもりらしい。

「じゃあ、蛇口の閉め直しの件はよろしく頼む」

上司を上手く使いこなすために、まず自分が動いてみせる。情報の出処を確認するのは、元よりそのつもりだったので渡瀬の方に否やはない。

見当もとうについている。

午後七時少し前、東京高裁の入っている合同庁舎を張っていると、果たしてその男が正面玄関前に姿を現した。

埼玉日報社会部記者、尾上善二。短躯でせかせかとした歩き方、齧歯類のように反った前歯。一度見たら忘れられない風貌だが、できることなら忘れたい。

渡瀬を見つけた尾上は、露骨に嫌な顔を晒した。

「おや、渡瀬警部じゃありませんか。お疲れ様です」

「ああ、誰かが要らんスクープを抜いてくれたんで、えらく疲れた」

「ひょっとしてワタクシを待ち構えていらっしゃったんですか。いや、まさか」

「スクープを抜いた後は、一番取材が困難な関係者を直撃するのがお前のやり方だ。渋沢判事の退所時間が大体この時間なのを調べた上で接触しようとしていた。違うか」

　尾上は不快そうに顔を顰(しか)める。

「……全部見透かされているようでいい気はしませんが、概(おおむ)ね仰る通りですよ。で、ワタクシに何のご用なのでしょう」

「〈ネメシス〉のネタ元はあのジョギング野郎か」

　こういう人間に婉曲的(えんきょくてき)な訊き方は通用しない。単刀直入に斬り込むだけだ。

　埼玉日報の一面を見た時から、あの第一発見者が怪しいと睨んでいた。四十代、付近のアパートに住む中年男性だが、捜査員以外に四文字の署名を目撃したのは彼だけだった。そして尾上という男は、そういう人間の隙を突く手管(てくだ)に長(た)けている。

　案の定、尾上は諦めたように短く嘆息した。

「まあ、ちょろい相手ではありましたね。若干の取材費と功名心を煽(あお)ってやったら、ぺらぺらとよく喋ってくれました」

「熊谷の事件では死体の第一発見者は〈ネメシス〉のメッセージを見ていない。なのに二つの事件を繋げた理由は何だ」

「そりゃあ両方に渡瀬警部が出向いていらっしゃるからですよ。逆に言えば松戸署管轄の事件に埼玉県警の警部が首を突っ込まれる方が理屈に合わない。で、ちょいと調べてみたら被害者は二人とも懲役囚の家族だった。それで同じ括りの事件だと見当をつけた次第で」

くそ。

渡瀬は内心で歯嚙みする。まさか自分自身がネタ元になっているなどとは想像もしていなかった。

「でも公務の妨害になるような真似はしていないつもりですが」

「あんなカット見出しつけといて、のたまう台詞じゃないな。ありゃあ、どう好意的に受け取っても法曹界に対する挑発だ。よく社会部のデスクが承知したもんだな」

「ウチみたいな地方紙はエリート揃いの全国紙と違って自由度が高いもので」

「そのエリートたちの作る新聞が、明日にはお前らの後追いをすることも織り込み済みなんだろう」

「うふふふ、それがスクープを抜く醍醐味ってヤツですよ。新聞社の箔も予算も組織の大きさも関係なし。ブン屋の勘と裁量だけでタメを張れますから」

「スクープすることで社会不安やら騒動を起こすことは眼中になしか」

尾上は忍び笑いを洩らす。

「渡瀬警部もお人が悪い」

「何のことだ」

「ワタクシどもマスコミ人種は、権力側が隠したことを白日の下に晒すのが仕事です。そんなことは警部だって先刻ご承知でしょう。ちょうど警部のお仕事が犯人の逮捕と送検までに留まり、被害者とその遺族の精神的ケアではないことと同様にです」

今までにも色々と指弾されたのだろう。尾上の開き直り方はいっそ清々しささえ感じさせる。ただし本人の性格に難があるために、素直には受け取れない。

「そこまで言い切るからには、〈ネメシス〉の存在が何を引き起こすか、予想くらいはしているんだろうな」

「それはもう。ウチだけじゃなく全国紙が後追いしてくれれば、〈ネメシス〉は現行の司法制度そのものへのアンチテーゼに成り得るでしょう。およそ更生など望めそうもないような凶悪犯であるにも拘わらず、極刑かどうかの裁断を下す際にはまず前例に従う。折角、死刑判決を下したにも拘わらず国民の血税で死刑囚に三度三度の食事まで世話し、歴代の法務大臣はそれが職務であるにも拘わらず執行命令書になかなか署名しようとしない。お蔭で全国の拘置所で執行を待つ死刑囚の数は減りもせず、刑場で縊られるより先に病死する輩まで出てくる始末です。僭越ながら申し上げれば、それはシステムの硬直化に他なりません。そしてその元凶が何であるか、賢明なる警部殿はとっくにご承知でしょう」

当然、察しはついている。しかし渡瀬の立場で軽々に口にできることではない。それを知ってか、尾上は今にも舌なめずりしそうな喜悦の色を浮かべている。

「おや、いつもはどんな命題にも快刀乱麻のごとくお答えになる警部がだんまりを決め込みますか。それではワタクシが代わりにお答えしましょう。司法関係者がなかなか迅速な死刑執行にアクセルを踏めないのは、冤罪のことが常に頭にあるからなのですよ」

やはり似たようなことを考えていたのか。

渡瀬は尾上を睨みつける。平素でも凶暴な面相の自分がこれをすれば相当な威嚇行為になるが、どうせその程度でしおらしくなるような相手ではない。

「死刑が執行された飯塚事件、最近では足利事件がありますが、世に冤罪を疑われている事件は少なくありません。死刑執行したはいいが、もし冤罪であったのなら執行に関わった人間には有形無形の災厄が降り掛かる。良心の呵責に耐えかねる方も出るでしょう。誤認逮捕と誤審の責任を追及され、職を追われる方も出るでしょう。それは四半世紀以上も前、浦和署がやらかした冤罪事件に名を連ねていた警部には釈迦に説法でしょうけれど」

これにも渡瀬は反論できない。あの時、冤罪を作った者、それを看過した者、隠蔽しようとした者はいずれも有形無形の裁きを受けた。一度でもあの災禍を見聞きした者なら、容疑者と断定し捕縛すること、訴えること、そして裁くことに必ずや逡巡を覚えるはずだった。

「彼らはそれが怖くてならない。だから執行を躊躇する。何のことはありません。法曹界という狭い世界の同居人を信用できない、自身の決断に責任を持ちたくない、自分に与えられた使命を全うできない、ただの卑怯者たちなのですよ」

「司法関係者全員がそんなろくでなしだと思うか」

「それはもちろん違いますとも。しかし警部殿、悪目立ちなのかも知れませんが、ワタクシの目にはそういう御仁しか目に入らないのですよ。法を護る、執行する。神の代行にも似た気高き職に就いていながら、中身はそこらのせこいサラリーマンか保身に走る官僚のような卑小な人間しかいない。それなら彼らがこの国の司法制度と死刑制度に、どれだけ真摯に向き合っているかを検証するいい機会だとお思いになりませんか」

尾上はさも愉快そうに喋る。長い付き合いなので分かっている。決して挑発などではない。この男は権力者を嗤い嬲ることが心底楽しくてしょうがないのだ。

「こういう仕事をしておりますとね、この国で起きている犯罪の形というものが、うっすらと見えてくるんです。渡瀬警部たちの日頃のご活躍で以前より犯罪件数は減っています。だけど一方でその中身は年々凶悪化している。厳罰化を裁判員制度の開始と結びつけている論調を多く見掛けますが、実はそれだけじゃなくて、犯罪の凶悪化に市民感覚が追走しているという見方もできるのですよ。そんな中出現した〈ネメシス〉というのは一種のトリックスターのような気がしますね。まあ被害者遺族の復讐を代行しているのですから、言わば復讐の女神ネメシスの使者といったところですか。法の女神テミスに挑戦するネメシスの使者。ワタクシは、今回の事件をそんな風に見立てているのですよ」

「お前のご高説は確かに承ったよ」

渡瀬は声を一段と低くした。

「記者クラブにも加盟していないのに、それだけのネタを拾ってきたことも評価してやろう」

「お褒めに与かり光栄至極です」

「だから忠告しといてやる。何故〈ネメシス〉が現場にサインを残しながら、その一方で劇場犯罪よろしく犯行声明を出さなかったか考えたことがあるか」

一瞬、尾上の表情が凝固した。

「ヤツは決して目立とうとしている訳じゃない。理由はまだ分からんが、自分の仕事だという証明を残したいからそうしただけだ。つまりマスコミに喧伝されるのはヤツにとって迷惑千万なのかも知れん。それにいつだったか埼玉日報は、死刑廃止は世界の潮流なのに、どうして日本は死刑存置に固執するのかと現制度に反旗を翻すような社説を掲げていたよな。もし〈ネメシス〉が死刑廃止に異議を唱える目的で犯行を繰り返しているのなら、次の標的は案外埼玉日報かも知れんぞ」

「そんな、馬鹿な」

「ほう、それなら被害者遺族の復讐を代行するのは馬鹿げた話じゃないのか。付け加えておくが、事件関係者を保護するのは警察の仕事だが、報道関係者はその限りじゃない。今からでも遅くない。護身用に何か仕入れといた方がいいぞ」

それだけ言い残して、渡瀬は踵を返す。尾上の反応はどうでもいい。明日、二宮の死体を発見したジョギング男にお灸を据えてやれば、里中の命令を果たしたことになる。蛇口は閉めた。残る問題は、噴き出した水がどこまで広がるかだった。

渡瀬たちが予想した通り、翌日の朝刊はどれも埼玉日報の後追い記事で埋め尽くされた。

記者にとって他社が抜いたスクープの後追いほど屈辱的なものはないが、記事の内容が内容なだけに無視を決め込むことは不可能だった。

反響は絶大なものだった。

二つの事件がそれぞれ重大事件と関わっていることも衝撃なら、その態様が死刑を免れた受刑者への復讐であることは更なる衝撃を市民に与えた。従来の殺人事件とは異なり、殺害されたのが加害者家族であった事実が市民の報復感情を微妙に刺激したのだ。加えて、忘却の能力に長けた市民に重大事件で受けた嫌悪感を思い出させる効果も生んだ。

軽部亮一に対する異物感。

二宮圭吾に対する義憤。

死刑相当と誰もが予想していた中での温情判決。

角質化した瘡蓋を剝がされたように、忘れていた悪感情が奔流となって甦る。すると殺害された戸野原貴美子や二宮輝彦に向けられるはずだった同情心も相殺される形で減じてしまった。無論、受刑者ではなくその家族に刃を向けるのはお門違いであるという意見もあったが、こうした正論ほど感情論に押し流される。識者という肩書きを誇示する輩がもっともらしく正論をまくし立てても、見聞きする者たちの琴線に触れることはほとんどなかった。

表面上、大部分の市民は〈ネメシス〉による殺人を非難した。だが復讐の代行まで非難する声は少なかった。一つには前述したように軽部・二宮両受刑者の所業があまりにも非道であったことに加え、被害者遺族の声が俄に注目されたからだ。

あるテレビ局は、軽部・二宮事件の被害者遺族の肉声を拾った。中でも軽部に殺された小泉玲奈の弟である英樹のインタビューは、亡き姉に対する哀惜とも相まって見る者の共感を誘った。

『殺されたのがあの男じゃなくて家族だったのは気の毒だと思います。でも正直言って、あの男に復讐してやりたい気持ちは俺にもあります。罪を憎んで人を憎まずなんて言葉があるけど、みんながみんなそんな風に割り切れる訳じゃないです。それに割り切っちゃったら、殺された姉さんが浮かばれないような気がするんです』

二宮圭吾に殺害された久世紘子の父親、隆弘の言葉は更に辛辣だった。

『二宮の父親が殺されたのは、本当にとばっちりみたいなものです。理不尽で、不合理だと思います。つくづく思いますが、どうしてあの時裁判所は禍根を残すような判決を下したんでしょう。二宮圭吾が死刑にさえなっていれば、こんな悲劇は起こらなかった。わたしたち遺族が苦しむことも、二宮さんたちが世間から糾弾されることもなかった。日本には死刑制度があり、二宮圭吾はそれに値する罪を犯したのに、裁判所は殺された紘子と母の命よりもあの男の命を優先させました。結局、裁判所がしたのは不幸の種をばら撒くことだったんです』

久世隆弘の訴えは死刑廃止論への異議申し立てであり、〈ネメシス〉の行動原理と同調するものだった。

そして、ここに至って俄に死刑制度の是非を巡る議論が顕在化した。受刑者の懲罰よりは更生に重きを置いた裁判制度、そして人権派を名乗る弁護士たちが声高に叫ぶ死刑廃止論が槍玉に挙げられたのだ。

死刑廃止論者たちの主張は旧態依然の誹りを免れなかった。主張の根拠となるデータは正確さに欠け、最後には決まって欧米に追随せよとの言説に尽きた。一方、存置論者の主張にも科学的なデータに基づく根拠はなく、ひたすら世論調査の結果を重視する感情論が大勢を占めた。

死刑制度の是非は宗教観と倫理観、そして内政問題に深く関与する。従って論議には法律家の他、宗教家、教育者、犯罪心理学者、社会学者、政治家、果ては元受刑者までが担ぎ出され、百家争鳴というよりは混迷の様相を呈した。

無論、法務省や裁判所も馬耳東風では済まされない。温情判決についての疑義はそのまま関係省庁への非難へと姿を変え、またぞろ市民感覚との乖離を詰られることになった。刑事訴訟法では、判決確定から六カ月以内に死刑を執行しなければならない旨が明記されている。それにも拘わらず就任以来一度も死刑執行命令書に署名しなかった現法務大臣は、国会質問で自らの宗教観を問われる羽目に陥った。

今や、岬や里中の危惧は現実のものとなった。〈ネメシス〉による加害者側への報復は従来の死刑存廃論議に一石を投じるどころか、巨岩を落とすような結果を招いたのだ。

だが、こうした一連の動きもむしろ当然ではないかという声もある。ある討論番組に出席した元新聞記者はこう述べた。

『これは出るべくして出た問題だと思いますよ。わたしは機会があって国連の死刑執行停止を求める決議の場にいましたが、日本政府は異議を唱えるでもなく決議に従うでもなく、ただ他国からの非難の嵐が過ぎ去るのを、頭を低くして待っているようにしか見えませんでした。これはいち内閣だけの問題ではなく、歴代の政府が積み残してきた政治課題でもあるんです。この国では長らく一党が長期政権を担ってきました。そして政権が長期になればなるほど現行の制度は継続される傾向にあります。問題が顕在化しなければ、何も慌てて変革する必要はないじゃないか、という訳です。その後に政権交代が起こり、新政権の政策インデックスには『死刑存廃の国民的議論を行う』とありました。いや、実際に法務省の法制審議会でこれを討論しようという試みもあったんですよ。ところが当時の法務官僚が『法制審議会はある程度議論が煮詰まった段階で結論を出す会議であって、まだ方向性も定まっていない状況で討議する場所ではない』とストップをかけてしまったんです。法務官僚にしても制度や体制の変更なんて煩わしいだけですからね。その後も有識者を集めての勉強会が計画されましたけど、皆さんご存じの通り新政権は三年間のうちに何度も組閣し直したため、この勉強会も自然消滅してしまいました。しかし、いつだって議論する機会はあったんです。それを見過ごしてきた法務省延(ひ)いては政府の責任は決して小さくありません。今回のことは機会があったのに手をつけようとしなかったツケが回ってきたようなものなんです』

ネットの世界は更に苛烈を極めた。本名登録のSNSはさすがに穏当な意見が大多数だったが、そうでない掲示板の書き込み、ツイッターの類はほとんどが〈ネメシス〉礼賛に終始していた。その行動原理が復讐の代行という点でネットユーザーの琴線に触れたのか、〈ネメシス〉は一躍英雄の称号を与えられていた。

『ネメシスはその名の通り神』

『まだまだ全国には枕を高くしている加害者の家族がいる。逃がすな。被害者遺族の恨みを晴らしてくれ』

『死刑の一つもできずに何が法治国家だ』

『今すぐ法務大臣は辞任。後任はネメシス』

『警察はネメシスの検挙より、クソッタレ加害者の家族を取り締まれよな。あいつらを生み出した時点で同罪じゃねーか』

英雄礼賛とともに盛り上がったのは迅速な死刑執行の要求と、死刑囚の待遇に対する異議だ。極刑に値するような罪を犯した者を、何故自分たちの税金で厚遇しなければならないのかという憤りが、若年層から中高年層まで、自分を取り巻く現状に不満を抱く人々に普く拡がっていた。

一方、突然火の粉が降り掛かった法務省は火消しに躍起になった。だが省庁のできることと言えば騒ぎが沈静化するのをじっと待つか、あるいは関係部署に圧力を掛けるかのどちらかしかない。

法務省はその二つを同時に行った。市民からの抗議に対しては耳を塞ぐ一方、内閣官房を介して警察庁に事件の早期解決を要請してきたのだ。この要請は警察庁長官から埼玉県警本部長を経由する間により苛烈な指示となり、捜査本部に下りる頃には至上命令に変わった。かくて捜査本部は増員の必要に迫られたが、先に渡瀬の提案を受け入れた里中が渋沢案件の加害者家族に相当数の捜査員を投入していたため、思うような拡充ができなかった。

　そしてこのまま捜査の進捗(しんちょく)が見込めなければ、早晩捜査本部に警察庁が介入してくるのは火を見るよりも明らかだった。

4

　刑務所の朝は早い。

　服役囚の起床が平日は午前六時五十分と定められているため、職員もその時間までに日勤しなければならないからだ。

　速水翔市(はやみしょういち)の勤める川越少年刑務所もその例外ではない。七時きっかりに刑務官全員が整列して職員点検に臨む。

　朝の早い時分、刑務所内の空調はまだ充分に効いていない。官舎に隣接しているとはいえ、着替えたばかりの制服は通気性に乏(とぼ)しい。早朝のうちに籠もった熱気がじわりと肌に纏(まと)わりつく。

「礼っ」

「お早うございますっ」

　挨拶の後は携行品の確認に移る。

「刑務官手帳」

「携帯捕縄」

「呼子笛（よびこぶえ）」

刑務官たちはその一つずつを提示して確認作業とする。速水は看守業務に就いていないが、それでも携帯三品を義務づけられている。

次に上司である小曾根（こそね）統括矯正処遇官の訓示が始まる。特に注意事項がなければひと言で済ませて欲しいものだが、生憎小曾根という男は訓示の長さで自分の地位を確認する癖（くせ）がある。今日も刑事施設を取り巻く諸問題やら服役囚の扱いについて、聞き飽きた内容をだらだらと続ける。時折、これが刑務官に対する懲役刑のようにも思えてくる。

職員点検が終わると刑務官は各々の持ち場に散る。勤務する刑務官のほとんどは受刑者の起床を確認するために開房点検へ向かうが、速水と他数人は房棟ではなく別棟に移る。

速水たちが向かったのは分類審議室だ。十五畳ほどの広さで、空調が充分過ぎるほど効いている。この部屋に速水を含め五人の心理技官が詰めているが、うち二人は本日非番となっている。

自分のデスクに座って待機していると、少し遅れて小曾根がやってきた。

「ええと、今日は受刑者面接が午後なんで、それまでは既決のカテゴリー分類やっておいて」

それだけ告げたきり、小曾根はそそくさと部屋を出て行った。

「速水くん、知ってるかい」

早速、隣席の境田（さかいだ）が顔を寄せてきた。

「今日の受刑者面接、本当は午前にもやる予定だったんだけど、急遽処遇部の会議が入って変更になったらしい」

「あ。その話、わたしも聞いた」

正面に座る橘京香が興味深げに境田を見る。

「でも、それって何の会議かしらね」

「アレじゃないのかな。ほら、例の〈ネメシス〉とかいう愉快犯」

ああ、と合点したように京香は頷く。

「『日本の司法制度に挑戦する』とかワイドショーじゃあ、その話で持ちきりよね。確かに懲役囚の家族が標的にされてるんなら、緊急会議にもなるだろうね」

「塀の外に家族を残してきた受刑者にしてみれば、気が気じゃないだろうし、そうなれば当然管理体制に支障が出ないとも限らない、か。でも正直、あれってどこまで信じていいのか、今イチ分からないんだよね。確かに死刑を免れた懲役囚に被害者遺族が憎しみを抱くってのは理解できるんだけど、それを全くの第三者が代行するなんて、中二病の発想じゃないの。およそ現実味がないって言うかさ。速水くん、どう思う」

「色んな犯罪者がいますからね」

速水は肩を竦めた。

「この狭い川越少刑の中だけでも、精神的にどうかなってのが結構いるじゃないですか。だったら刑務所の外はもっといる計算になりますよね」

「そうだよねー」

京香が合いの手を入れる。

「収監されているから、わたしたちも面接や心理検査してどういう人間なのかを分類できるけど、分類している分安心なのよね。こちらで事前に対処法を考えられるから。でも、いったん刑務所の外に出たら、誰がどんな人間かなんて表向きは分からないもの。澄まして道路歩いていても、頭の中では人体破壊の方法考えてるのかも知れないし」

「そうか。人間のカテゴライズがされていて管理体制が敷かれている分、刑務所の中の方が安全って訳だ。これって相当な皮肉だよね」

人間のカテゴライズというのはいささか不遜な響きがあるが、それが速水たちの仕事なのだから仕方がない。

心理技官というのは法務省所属の専門職員だ。受刑者の更生を図るために面接や心理検査を行い、今後の処遇について指針を出す職務を課せられている。改善指導プログラムを組んだり、受刑者のカウンセリングを行ったりする関係上、受刑者をいくつかの型に分類している。あたかも人をモノ扱いしているように捉える向きもあるが、刑事施設での管理を考えた場合、速水たちの仕事は必要不可欠だった。

「ただ、これは現場の意見だけど、犯罪傾向に比べて判決内容がそぐわない例は結構あるのよね。懲役三年の判決を受けてるけど、いやこれはどう見たって十年以上のL級でしょうって受刑者、最近ちらほら見掛けるもの。もちろん罪状が相応に軽ければそれで仕方ないんだけど、収容分類が最初から間違っているのに、レベル違いの現場に放り込まれてもねえ」

「個人的な興味があってさ、ちょっと調べてみたんだよ」

境田は盗聴されている訳でもないのに、声を低くする。こういう妙に芝居がかったところが境田の癖だった。

「〈ネメシス〉が標的に選んだのは浦和駅通り魔事件の軽部亮一の家族と、上尾ストーカー殺人事件の二宮圭吾の家族なんだけど、確かにその二人、犯罪傾向から考えると懲役刑というのは軽いんだよね。心理検査のデータが残っているけど、あれ見る限り更生や社会復帰の可能性なんて絶望的だよ。いったいどうしてあんな判決下したんだろうって思う」

「あれ、二件とも渋沢英一郎裁判長の案件だったでしょ」

「そうそう、例の〈温情判事〉」

「いくら本人の更生を図る上でも、徒に軽い刑罰で済ますのは温情じゃないと思うんだけど……」

「激しく同意。よそじゃ、こんなこと口が裂けても言えないけど、俺たち心理技官が束になっても、指導教官がどれだけ心を砕いても更生できない犯罪少年とかいるからね」

心理技官は成人の受刑者だけではなく、少年鑑別所に送致された犯罪少年に対しても面接や心理検査を行う。得られた検査結果でその後の処遇を決め、アセスメント（査定）を行うのも同様だ。

ただし手間の掛け方と実質的な責任の重さは少年の方に大きく偏る。殊に世間を騒がせた少年犯罪の場合、少年法の保護により刑罰は免れる代わりに、少年が無事に更生を果たせたかどうかが矯正局延いては法務省の面子に関わってくる。そのため、少年犯罪でも特に重大とされる事案については心理技官や指導教官が大掛かりなチームを編成して、少年が出所した後も観察を続けるケースが多い。収容年数を含めれば十年を優に超える長期観察であり、投入される人員と費用を考えればこれほどコストのかかる事案もない。しかも、すっかり更生したと思っていた矢先、成人となった犯罪少年が再び世間を騒がすこともままあるので、社会復帰に奔走したチームの面々にしてみれば労多くして実り少ない仕事だった。

「軽部亮一も二宮圭吾もそのクチだよ。今はそれぞれの収容施設でおとなしくしているけど、あれは時限爆弾みたいなものだから。犯行態様だって決して普通じゃない。心神喪失や心神耗弱(こうじゃく)ではないけど、反社会的傾向が強過ぎる。心理技官が口にしちゃいけないことなんだろうけど、あの二件について温情は何の意味も成さない」

「それは僕らが言ってもしょうがないことでしょう」

速水は努めて冷静に言う。

「判決を下せるのは裁判官だけなんだし、裁判官に心理技官並みのノウハウを求めるのは無理ですよ」

「うーん、相変わらず速水くんは割り切りがいいよなあ。俺なんか、送られてくる受刑者を面接するたんび、無力感に苛(さいな)まれるんだけど」

「無力感、ですか」

「だって考えてもみろよ。俺たち心理技官が気張っても、収容施設の設備を改善しても、再犯者率は数年来ずっと上昇傾向にあるんだぜ。まるで刑務所の居心地がいいから戻ってくるみたいだ。刑事施設とそこの職員が苦労すればするほど再犯者率が高くなるなんて、悪い冗談以外の何物でもないじゃないか」

「境田さんは逆に執着し過ぎなのよ」

京香が冗談めかしてとりなす。

「再犯者率が上昇傾向なのは確かだけど、それでも諸外国よりはマシだもの。それに犯罪件数自体は横這いか減少傾向なのよ。それは誇っていいと思う」

「いや、俺が言いたいのはさ、俺たち折角大学院まで出て、技官選考潜り抜けて心理技官になった訳でしょ。でも、成果が目に見えないと何か空しいんだよ。一生懸命やったことが全部無駄になってるみたいで」

横で聞いていて、頷けないこともないと速水は思う。

去年から制度変更になったが、二十三年度まで心理技官になるには大きく分けて二つの途があった。一つは国家公務員I種試験（人間科学I）に合格して法務省矯正局に配属される途。そしてもう一つは心理学系の大学院の修士課程を修了してA種認定鑑別技官選考で採用される途だ。どちらにしても専門知識の習得が必要とされ、しかも門戸は極端に狭い。

速水が選択したのは後者の技官選考だった。一次試験で基礎能力試験（多肢選択式）と専門試験（多肢選択式・記述式）、二次試験で面接試験を経てようやく採用となる。試験内容、特に専門試験は難関であり、ここで涙を飲む者も多い。速水自身、採用試験突破は大学入試よりも苦労した記憶がある。

　専門性を要求される職であり、罪を犯した者に愛情をもって接するという資質も必要になる。公務員の安定性を求めて採用試験を受けるような人間はあまりおらず、少年の矯正、受刑者の社会復帰を真面目に考えている者が大半だ。だからこそ入省前に抱いていた理想と現実の乖離に、誰もが多かれ少なかれ失望を味わう。境田はそれが尾を引いている典型だった。

「境田さんの気持ちも分かるけどねー、ここは速水くんみたいに割り切った方が楽だし、逆に言ったら割り切らないと長続きしないよ。仕事の悩みが昂(こう)じて鬱(うつ)病になった先輩がいるじゃない。ああなったら悲惨よ、もう」

「ミイラ盗りがミイラになる、か。まあ、笑い話にもならないよなあ」

「そろそろ仕事に入りませんか」

　速水はおずおずと申し入れた。

「午前中にカテゴライズ済ませておかないと、午後は通常よりも面接件数の多くなる予感が……」

「それ、すっごく正しい」

「俺も激しく同意」

　二人は慌てて作業に取り掛かる。

　心理技官の仕事には受刑者の精神的ケアの他にもう一つ、入所時調査と分類が挙げられる。小曾根の命じたカテゴリー分類というのは、この業務を指す。

受刑者の更生を効果的に図るには、個々の人格特性と環境を総合的に考える必要がある。言い換えれば軽微な罪を犯した受刑者の近くに重篤な犯罪傾向を持つ者を置いたら悪影響が懸念されるからだ。そこで受刑者に相応しい収容施設を全国から選択し、最も効果的と思える教育と指導を行うのだが、これを分類処遇体制と呼ぶ。

作業はまず受刑者一人一人を収容分類級に基づいて分類することから始まる。具体的には次の十級数だ。

Ａ級　犯罪傾向の進んでいない者
Ｂ級　犯罪傾向の進んでいる者
Ｗ級　女子
Ｆ級　日本人と異なる処遇を必要とする外国人
Ｉ級　禁錮に処せられた者
Ｊ級　少年
Ｌ級　執行刑期十年以上の者
Ｙ級　二十六歳未満の成人
Ｍ級　精神上の疾病又は障害を有する者
Ｐ級　身体上の疾患又は障害のある者

そして次に定める処遇分類級の判定に基づいて、具体的な処遇内容が決定される。

V級　職業訓練を必要とする者
E級　教科教育を必要とする者
G級　生活指導を必要とする者
T級　専門的治療処遇を必要とする者
S級　特別な養護的処遇を必要とする者
R級　治療的な生活訓練を必要とする者
O級　開放的処遇が適当と認められる者
N級　経理作業適格者と認められる者

この二項目の分類によって受刑者たちの収容先を決め、該当する施設に移送するのが心理技官の仕事だ。十把ひとからげに分類するだけではない。分類の基本データとなる精密な入所時調査は速水たちによる心理検査と面接結果が基底となっているので、速水たちが受刑者の運命を決めていると言っても過言ではない。

移送先の施設選定を間違った場合、受刑者のその後を狂わせかねない。だからこそ入所時調査は正確かつ厳正なものでなければならない。心理技官は公安職であるため、一般の公務員よりも給与が一割程度高いが、そのくらいの余禄で務まるような仕事ではない。心理技官の真髄（しんずい）はここにある。

こうした調査センターの機能を有する刑務所は全国に八カ所。処理件数は膨大なものになる。しかしこのうちの一件もあだ疎かに扱うことは許されない。受刑者といえども人の運命がかかっているのだ。

速水は黙々と作業をこなしていく。ともすれば他人の人生を弄んでいるような錯覚に囚われ、重責に胸が潰れそうになるが、我が身を叱咤して調査票を繰る。

今更弱音を吐いてどうする。学生の頃、友人と誓い合ったはずだ。速水は刑事施設に奉職し、自慢できる成果を上げるのだと。徹夜続きの試験勉強も、数多の愉楽を断ったのも全てはこの崇高な目的のためだったではないか。

速水は雑念を振り切って作業に没頭する。

狭い部屋の中で、三人の息遣いとキータッチの音だけが静かに流れていく。

四 憂憤

1

弘前から呼び出しを受けた時点で、どんな用件なのかは見当がついた。

岬は検事正の部屋に向かう途中、早くも胃の辺りが重くなるのを感じる。渡瀬から二宮輝彦殺害の一報を受けたのが一昨日だから、話題は十中八九それに相違なかった。

ドアをノックすると「どうぞ」と抑揚（よくよう）のない声が返ってきた。この声だけで相手の顔が見えるようだ。

部屋に入ると、果たして弘前は仏頂面を決め込んでいた。

「〈ネメシス〉の二幕目が上がったようだね」

嫌な予感ほど的中する。

「怖れていたことが二つも現実になってしまった。次の事件が起きたこと。そして二つの殺人の動機が第三者による復讐であること」

弘前のデスクの上には四つ折りの新聞が置いてある。見出しだけで分かる。岬も目にした埼玉日報の夕刊だ。

「君も当然読んだのだろう」

「はい」

「記者クラブには相応の配慮がされていたはずだが、聞けばこの新聞社は記者クラブから出禁を食らっていたらしい。にも拘わらずこういうスクープが抜かれるのは、どこからか情報が洩れていたのかね」

「いえ。確認したのですが、捜査本部や記者クラブからリークされた形跡は見当たりませんでした。そのスクープを抜いた記者の独自取材によるものだったようです」

「それが本当だとしたら地方紙にも隠れた逸材がいるということか。ふむ、そこまで手を拡げなかったのはこちらの落ち度という訳か」

弘前は悩ましげに新聞の見出しを指で叩く。

「前回、君に告げたことを憶えてくれているか」

そう言って悩ましげな視線を岬に移す。その刹那、視線が尖ったのは決して錯覚ではなかった。

「〈ネメシス〉の存在を公にすることなく事件の早期解決を図る。もちろん凶悪事件を早期に解決させるのは当然だが、それ以上に、不用意に市民感情を刺激するべからずという意味合いがあった」

言われずとも承知している。弘前も、それを知った上で話している。つまり、これは愚痴に形を借りた叱責に他ならない。

「ところが〈ネメシス〉の犯行が明らかになるや否や、有象無象の声が噴出した。加害者遺族に対する憤懣と同情、過去の判決における市民感情との乖離、被告人を懲役刑に留めてしまった検察の力不足、そしてこの国に巣食う死刑廃止論への疑義。それら全てを口にするつもりはない。市民感情を刺激してはならないが、市民感情に阿る必要はないからね。阿った挙句に、司法システムが混迷した先例もある」

弘前が言わんとしているのは例によって裁判員制度のことだ。一般市民が裁判に参加するようになってから、裁判は明らかに厳罰化の方向に傾いたが、行き過ぎた傾向の揺り戻しとして控訴審が一審判決を差し戻す事例が目立ってきた。審理が尽くされていないという理由つきだ。これには一審判決を出した裁判員が「議論したと言いたくても守秘義務があるから根拠を明らかにできない」と精神的ストレスを訴えた。他にも法廷で現場写真を公開されることに生理的な恐怖を抱いた裁判員が開廷直前になって出廷を拒否した事例、重大事件の公判後にその模様を裁判員がマスコミに洩らした事例も発生した。いずれも裁判官のみが事件を裁いていた頃には有り得なかった事象であり、司法システムを盤石にしようとした試みが逆に混乱を招いているのは皮肉以外の何物でもなかった。

「ただし度の過ぎた批判は考えものだ。市民感情の昂りで、またぞろ司法システム改革などと叫ばれては目も当てられん。しかも今回の騒動には死刑制度への言及も含まれている」

弘前は再び悩ましげに頭を振る。

検察と裁判所はそれぞれに独立した機関ではあるものの、監督官庁は同じ法務省だ。従って裁判所に対する懐疑や非難をまるで無視することもできない。

「日本は先進国の中でも死刑制度の存置を採用している、数少ない事例だ。それにも拘わらず拘置所には収容しきれないほど死刑確定者が溜まり、執行は亀のように遅い。死刑囚を長らえさせておく費用も含め、この矛盾が顕在化すれば早晩、死刑存廃の論議を引き起こす。いや、現にその徴候は顕われている。君は先の討論番組を見たかね」

「ええ。例の元新聞記者が証言した、国連の死刑執行停止決議における我が国の対応でしたね」

「癪な話だが、あの記者の話は的を射ている。歴代の内閣が死刑存廃の国民的議論を行うと謳いながらも、一向に実行しなかったのは死刑存廃論議がパンドラの箱になっているからだ」

パンドラの箱は言い得て妙だと感心した。箱を開けて飛び出してくるものは、体制側にとって災厄になるものばかりだ。特に刑事訴訟法四百七十五条二項の「死刑執行命令は判決確定の日から六カ月以内にしなければならない」という条項は、法務省および法務大臣にとって頭痛の種だ。先日の国会質問で自らの宗教観を問われた法務大臣もそうだが、今後の組閣において一種の足枷になる可能性は否定できない。死刑執行停止を決議した国連への対応をも非難されかねない。

ここはある程度、本音を晒すべきだろうと岬は判断した。

「上からの嘆き節が恨み節にでも変わりましたか」

弘前の眉がぴくりと反応した。

「本来なら〈ネメシス〉に向けられるべき怒りや非難が、何の間違いか自分たちに降り掛かっているとなれば恨み節にもなろうというものだよ」

「あながち間違いとは言えないような気もしますが」

岬は意地悪く疑義を差し挟む。

「降って湧いたような災厄であっても、お門違いなものではないでしょう。膿は遅かれ早かれ出てくるものです」

「がっちり構築されたシステムとその中で棲息する者は、急激な変革を好まない。下手に弄ろうとすれば自壊しかねないからね。政治の世界も法曹の世界も、その辺は似たようなものだ」

弘前は自嘲気味に笑う。この程度に腹を割るくらいは岬を信用しているという徴だ。東京地検検事正ともなれば、密室であっても滅多なことは言えないのだろうが、いちいち相手の腹を探りながら話をしなければならないので骨が折れる。

「だが急激な変革が瑕瑾を残すのも事実だ。殊に法治国家の根幹を成す司法システムは、そうした瑕瑾が残ることを良しとしない。世評がどうあれ摂理がどうあれ、慎重に変えていく必要がある。法曹に拙速は馴染まない」

「同感です」

「君の同意が得られて嬉しい。しかし〈ネメシス〉の事件は法務省延いては司法システムを徒に刺激するものだ。だからこそ上は事件の拡大に困惑し、憂慮している。上の溜息は下にも洩れてくる」

「その溜息は警察庁にも落ちているのでしょうね」

「ふふ。警察庁には溜息どころか怒号が落ちておるよ。前に知らせた手前、君には教えるが、さいたま地検にも最高検を通じてお達しがあるようだ。相当にドスの利いた怒号らしい。ではその上で訊くが、今回事件を担当している捜査本部は二つ目の殺人が発生するまで何をしていた。ただ手をこまねいていただけなのか。内情に詳しい者に訊いたところ、現場で指揮を執っているのは課長職らしいじゃないか」

瞬時に、あの凶悪顔の警察官が浮かんだ。

「現場に出張る課長というのも珍しいが、その人物の能力に問題があるのではないかね」

「わたしの聞き及ぶ限り、そういったことはないようです。埼玉県警の古強者で、検挙率の高さは県警内でも群を抜いているようです」

「次席検事とは知己の仲なのかね」

どうやら、これも調べ上げた上での質問らしい。知己の能力不足はお前のせいだと言わんばかりの口ぶりだ。

「わたしがさいたま地検に奉職していた際、何度か顔を合わせております。警察手帳と手錠を咥えて生まれてきたような男ですよ」

「それは頼もしいな。では、その生まれながらの警察官が何故、二度までも同一犯の犯行を許した」

「〈ネメシス〉の標的が多過ぎるからでしょう。事実二件目の殺人は千葉県警の管轄です。いかに優秀な警察官でも首都圏全域を網羅するのは不可能というものです」

「首都圏全域というのは、やはり標的が渋沢案件に限られていると仮定しているからか」

「事件の態様と例のメッセージを考えれば、留意すべき共通点です」

「だが軽部事件が平成十五年だから足掛け十一年。渋沢判事がその間に審理し、懲役で結審させた案件は十や二十では済まないぞ」

「かの警察官は、渋沢案件に関わる全ての加害者家族について洗い出しをしていると聞いています」

「ふむ。多少の人員を割いてでも第三の事件は未然に防ごうという肚か。確かに〈ネメシス〉の標的が広範囲に亘ることを考えれば、最善の策だろうな」

二十以上の案件と言っておきながら、その加害者家族を警護する人員が多少で済むはずがない。他人の懐具合には相変わらず無頓着な男だと思った。

しかし他方、他人の懐具合を始終気にしているようでは検察庁のトップには立てないという理屈も成り立つ。器量というよりは資質の問題なのだろう。

「何やら不満げな顔をしているな」

「検事正にそう映ったのなら申し訳ありません。生憎、愛想とは縁のない面ですので」

「軽部事件の繫がりだけで、直接は与り知らぬ今度の事件に付き合わされるのが迷惑かね」

「とんでもない」

「君の不満はもっともだ。前回、君の生真面目さをいいことに個別捜査を促すような物言いをしたが、翻ってこれは君の加点になるのではないかと思ってね」

弘前の目が値踏みをするように岬を睨めつける。

咄嗟に警戒心を挟んで弘前との距離を取る。

「どういう意味でしょうか」

「東京地検で次席検事を二年、次いで高検の次席検事を二年勤め上げれば、おそらく君はこの椅子に座ることになる」

弘前は自分の椅子の肘を叩いてみせる。

「しかし、もしここで法務省が困惑している案件を君の指示で解決できたとしたら、その間隔が驚異的に狭まったとしても何の不思議もない。事件の管轄地が違うという難癖をつける向きも出るだろうが、司法システムに対するテロを制圧したという功績の前では、そんな些事は木端微塵に吹き飛ぶ。行賞人事なら、それこそわたしと交代する形で君がこの椅子に座ることも充分考えられる」

「加点というのはそういう意味ですか」

「優秀な人間が上にいくのは健全な組織の習わしだ。君は自分を過小評価しておるようだし、現状の役職がその実力に必ずしも呼応しているものでもない」

「お誉めいただいて恐縮ですが、検事正の買い被りかも知れません」

「これでも人を見る目はあるし、そうでなければこの椅子には座っておらん。謙遜も過ぎれば自虐にしかならない。第一、誉めた相手に対して失礼だとは思わないかね」

「申し訳ありませんでした」

岬は詫びながら、頭では別のことを考えていた。

弘前は尊敬に値する人物だ。しかし、その尊敬の対象はあくまでも弘前の捜査手法と戦歴についてだ。

この男が部下の昇進だけを願って事件への介入を勧めているとは到底思えない。むしろ岬の名を上げさせる一方で、自分は実を取ろうとしているフシがある。岬の指示で事件が見事解決すれば本人への称賛はもちろんだが、上司である弘前もその指導力を評価されるからだ。

今しがた、次にこの椅子に座るのはお前なのだと持ち上げた。だが自分の退官と同時だとは言わなかった。岬が検事正に就任する時、自分は検事総長の椅子に座っているという計算なのか。いずれにしろ、降って湧いた災厄を己の昇進に利用するのは弘前らしいしたたかさと言えた。

「捜査の進捗状況は把握できているのかね」

「件の警察官とは連絡を密にしています」

「日々の案件を片付けながらで大変だろうが、考えようによっては有利な案件だ」

「何故でしょうか」

「見事事件が解決した暁には君のポイントになる。だが万が一解決できなくとも、第三者である君に非難の矛先は向けられない。つまりノーリスク・ハイリターンという訳だからな」

　したたかな上に狡猾ときたか。

　これ以上、この場にいると毒気に当てられそうに思えた。

「失礼します」

　弘前が鷹揚に頷くのを見てから部屋を出る。用件が済んでみると、胃の辺りの重さは胸糞の悪さに変わっていた。

　執務室に戻り、内線で横山を呼ぶ。

『はい、横山です』

「悪いが裁判記録を持って来てくれ」

　判例単独であればパソコンでデータベースを漁れば事足りる。だが岬は捜査資料も含めて紙ベースで閲覧したかった。

『条件づけはどうしましょうか』

「平成十五年以降、渋沢英一郎判事が裁判長を務めた案件を全て」

『承知しました』

　少なく見積もって件数は二十件以上。どんなに急いでも小一時間はかかると踏んでいたが、横山は四十分足らずで段ボール箱一杯の資料を抱えてやって来た。

「次席検事。ひょっとしたら〈ネメシス〉の関連ですか」

「どうしてそう思った」

「さすがに例のニュースは見聞きしていますから。軽部事件以降の渋沢案件と聞いてピンとこなかったら、次席検事付きの事務官失格ですよ」

何やらこそばゆいが、実際横山が有能な事務官でいてくれるお蔭で書類仕事に遅滞は生じていない。手際の良さと勘の鋭さは、他の検事に自慢してもいいくらいだ。

「しかし、どうして次席検事が〈ネメシス〉の事件を担当するのですか。現状、あれはさいたま地検と千葉地検の管轄でしょう」

「軽部事件を担当した腐れ縁みたいなものだよ」

「腐れ縁というだけでこれだけの案件をお調べになるんですか」

横山は段ボール箱から資料ファイルを一冊ずつ取り出していく。二言三言話すうちにデスクの上にはファイルが山積みになっていく。

「次席検事の仕事熱心さには頭が下がりますが、許容量を超えているようにしか思えませんよ。通常に処理しなければならない案件だってあるのに」

以前、岬を称賛していた目が、今は微かに非難の色を帯びている。

「僭越ですが、やっぱり終結した事件にいつまでも関わるのはどうかと思います。そのうち身体か心のどちらかが悲鳴を上げますよ」

悲鳴なら軽部亮一の母親が殺された時点で上げている。

「終結していなかったら、どうだろう。いや、そもそも事件に完全な終結などというものがあるのかな」

岬は一番上に置かれたファイルを叩いてみせる。

「この頃、とみにそれを考えるようになった」

「わたしにも分かるように説明してください」

「君のような人間には多くの説明は必要あるまい。誰かが誰かを殺す。警察が犯人を検挙し、我々検察が起訴し、裁判所が裁く。しかし、それで被害者とその遺族の生活が元通りになる訳ではない。被害者不在の空白を埋める者は誰もいない。その空白に澱(よど)むのは哀惜と怨念だ。おそらく犯人が絞首台の露と消えても、その感情が消えることはない。被害者遺族にとってそれは到底終結とは言えない。ましてや犯人が塀の内側でのほほんと生きているのなら、怨念は蓄積する一方だろう」

「まるで〈ネメシス〉にシンパシーを抱いておられるような言い方ですね」

「共感ではない。理解できると言っているだけだよ」

それは本音だった。今まで検察官の立場で、何百組もの被害者遺族を見てきた。悲嘆に暮れる者、憤る者、感情を堪(こら)える者。しかし皆に共通していたのは、血の出るような叫びだ。あれを間近で聞けば、時間が全てを解決してくれるなどという言葉は、戯言(たわごと)にしか思えなくなる。

「自分の家族や恋人が冷酷に殺されたというのに、その犯人は掠(かす)り傷一つ負うこともなく、刑務所に収容される。そこに待っているのは三食風呂つきの規則正しい生活だ。作業は生産的で、作った物は最近ではネット販売までされている。栄えある第二次産業従事者という訳だ。年に何回かはお笑い芸人やアイドルの慰問まである。しかもその人権は法律によって完璧に護られている。被害者の墓の前に立った遺族たちが何を思うのか、ほんのちょっぴり想像力があれば誰でも理解できる」

「確かに以前は、犯罪被害者のケアなんてほとんどありませんでしたからね」

「それもまた戦中の偏向した司法体系の大きな揺り戻しだった。加害者の人権と権利だけにスポットが当てられ、被害者遺族は蔑ろ。揺り戻したのはいいが、これも極端に過ぎた。評論家ぶるつもりはないが、日本人というのは少し極端な気がする。右が駄目だと言われれば左、左が駄目だと言われれば右。極端から極端に動く。感情ばかりが先に立って、冷静な判断ができないからだろう。システムもそれと一緒だ」

「〈ネメシス〉もそう思っているんでしょうか。現状の司法システムが偏向しているから、異議を申し立てているつもりなんでしょうか」

「それは本人から直接話を聞いてみないことにはな。しかし、渋沢案件ばかりを狙い〈ネメシス〉などと意味深な署名をしている限り、当たらずといえども遠からずだろう」

ふと見れば、横山が困惑の表情を浮かべている。

「どうかしたか」

「もしかして、次席検事は明治時代まで続いた仇討を支持されているんですか」

ふと、この若き事務官の意見を聞いてみたくなった。そう言えば横山が自分についてから一年以上になるというのに、互いの倫理観や司法システムについて語り合うのはこれが初めてだった。

「確かに仇討なら被害者遺族が自らの手で仇を取るのだから、復讐心は解消できるかも知れん。だが仇討といっても無闇に復讐が横行した訳じゃない。仇討は基本的に武士にしか許されず、それも両親など尊属の者が殺された場合に限られていた。奉行所への届け出も必要だったし、仇討をした相手への更なる仇討は禁止されていた。しかも敵方には正当防衛も認められていた。厳格に法制化されていたのはあくまでも復讐心を解消させるのが目的ではなく、武士階級の面目を保つためだった。支持も何もない。仇討も当時の司法システムの一部だったのだよ。そしてシステムというものに完璧なものはない。大抵、その網の隙間からこぼれ落ちる者が出てくる。わたしは、〈ネメシス〉はそのこぼれ落ちた一人のような気がしてならない」

「少々意外でした」

横山は困惑顔のままだった。

「次席検事なら、現状の司法システムを擁護されるとばかり思っていましたから」

「相応に経験があるからかね」

「ええ」

「経験を積めば積むほど見えてくるものと、逆に見えなくなってくるものがある。君もいずれそうなる。そう言えば被疑者の取り調べは未経験だったな」

「まだ事務方の処理をマスターするのに手一杯ですから」

検察事務官は国家公務員試験一般職の合格者の中から検察庁単位で採用される。文字通り庁内の事務仕事を一手に引き受けるが、他方検察官を補佐し、被疑者の取り調べ・令状の請求と執行、鑑定の嘱託などを行う。検察事務官二級を三年勤め上げれば考試の上、副検事への道も開かれている。

「わたし付きになったのは、君には不都合だったかな。わたしが被疑者取り調べをすることはあまりないからな」

「それと引き換えに次席検事の薫陶（くんとう）を得ていますので、お気になさらずに」

優等生の回答だが、横山の口から出ると違和感がない。

「わたしにしてみれば次席検事は検察官の鑑（かがみ）のような存在ですからね。司法システムに対しては、もっと盤石の信頼を置いていらっしゃるものと思い込んでいました。意外と言ったのはそのためです」

「幻滅したかい」

「いいえ」

「君は〈ネメシス〉をどう思う。被害者遺族の代弁者と見るか、それとも単なる享楽殺人者と見るか」

「見聞きしたニュースの中で元判事の方が、これは司法に対するテロだと答えていたのが印象的でした。わたしも同じ意見です。先ほどの次席検事の言葉をお借りすれば、〈ネメシス〉の行為は仇討でさえありません。被害者遺族から委任された訳でもありませんから、彼らの代行者でもありません。司法システムの隙間に爆弾を仕掛けて悦に入っているようにしか映りません。それこそテロリストの行為そのものではありませんか」

システムの隙間に爆弾を仕掛ける——なるほど上手い言い回しをする。被害者遺族の心情を斟酌（しんしゃく）しないという点は、確かにシステムにぽっかりと空いた穴だ。そこを突いてきたからこそ〈ネメシス〉に同調する者が生まれる。穴の空いたシステムに不信感を抱く者が共感を覚える。

「しかし巷間(こうかん)聞くところによると、ネットの世界では〈ネメシス〉を礼賛する者も多いらしい。テロリストがそんなにも市井の人気を集めるものかな」

「次席検事はネットにお詳しいですか」

「恥ずかしい話、あまりよく分からん。株価操作の経済事件で被疑者の関連資料として見ることはあったが、それもネットの世界のごく一部に過ぎないのだろう」

「ネット民の多くは匿名です。匿名の者の言説には責任がありません。責任のない言説を取り上げても意味なんてありませんよ」

横山は切って捨てるように言うが、岬はそうだろうかと疑問に思う。

匿名だからこそ口にできる真実がある。その多くは嫉妬や怨念や破壊衝動だが、人間の本質の一部でもある。ちょうど殺人犯〈ネメシス〉を崇拝するように。

そして思い当たった。

被害者遺族は法律から見捨てられた社会的弱者だ。そしてまたネットでしか思いを発散できない者も同様に社会的弱者だ。〈ネメシス〉が昏(くら)い情熱を持つ者から喝采(かっさい)を浴びるのは、その共通項があるからではないのか。

岬は不意にうそ寒さを覚える。

自分たちの対峙している相手が一人の享楽殺人者ではなく、社会と法律から弾(はじ)き出された者たちの怨念だとしたら、果たしてこちら側に勝ち目などあるのだろうか。

2

翌日、岬は千葉市中央区にある千葉地裁を訪ねていた。

二〇〇九年に完成したばかりの庁舎は垢抜けた外観のビルで、見慣れた東京地裁の厳めしさとはひどく印象が異なる。

事前に約束を取っておいたので、書記官室で来意を告げるとすぐ応接室に通された。約束の時間ぴったりに現れたのは、法服を小脇に抱えた長身の男だった。

「いや、お待たせしました。電話を頂いた岬検事ですね。照間です」

照間豊和はそう言って、軽く頭を下げた。

岬より四つほど年下のはずだが、しばらく裁判長を務めているせいか法服を着ていなくても、こちらの居住まいを正させるような威厳がある。急いでいたのか、額にはうっすらと汗が滲んでいる。法服を抱えてきたのは碌に着替える間もなく、次の法廷が待っているからだろう。

「ご多忙中のところ、申し訳ありません。もっと余裕のある時に伺えればよかったのですが」

「いやいや、大体いつもこんな調子ですからね。変わりゃしませんよ」

見掛けよりは、ずいぶんとっつきやすそうな男だった。

「では早速本題に入らせていただきます」

「浦和駅通り魔事件。軽部亮一の事件ですね」

こちらが何も告げないうちに、照間は用件を言い当てた。

「何故、分かりました」

「忙しくてもニュースくらいは見ます。今、世間を騒がせている〈ネメシス〉。最初の犠牲者が軽部亮一の母親で、面会の申し入れをされたのが岬検事。記憶を遡ってあの事件の担当検事も岬という方だったと思い出しました。こうしてお目にかかって、あの法廷に立っていた検事の顔も記憶に甦りました」

「ただ一つの案件でご一緒しただけですよ」

「事件の態様が態様でしたから記憶が鮮明だったのでしょう。しかし検事、軽部亮一は現在千葉刑務所で服役中のはずですが」

「今日お伺いしたのは軽部亮一のことではなく、あの判決内容についてです」

「判決文については、当時の雑誌が全文を掲載しています。検察庁のデータベースでも簡単に検索できるはずですが」

「わたしが知りたいのは法廷で話されたことではありません。裁判官室であなたと東川判事補、そして渋沢判事三人の間に交わされた話です」

照間は驚いたように目を瞠(みは)った。

「検事もご存じの通り、裁判官同士の合議内容は表に出すべきものではありません」

「軽部の裁判は裁判員制度が施行される前でしたから、一般市民は参加していない。事情を知っているのはあなた方三人だけです」

「わたしの反対意見も判決文に記載されています。全体を読めば合議の概要だって分かるでしょう」

「照間判事は検察の求刑を支持され、渋沢判事は死刑回避を主張。そしてこれが初の裁判だった東川判事補は渋沢判事に同調されました。わたしは渋沢判事が東川判事補を懐柔したのではなかったかと疑っています。ベテランだったあなたよりも東川判事補の方がはるかに与しやすかったからです」

「東川さん本人にお聞きになられたらいい」

「あなたは軽部事件以外にも、渋沢判事と同じ裁判を担当された。これは過去の裁判記録を繰っていて知ったことです」

「当時、さいたま地裁は事件が多かったから、自ずと一緒になることも多かっただけですよ」

「だからあなたに伺っている。何度も合議を重ねたあなたなら、誰よりも渋沢判事の変節を実感したはずです」

「裁判官一人一人は独立した存在です。わたしが他の裁判官についての是非を語って、何の意味があるというんですか」

「〈ネメシス〉を一刻も早く捕まえるためです」

その名前を出すと、照間は黙り込んだ。

「一連の事件が渋沢判事に関連した裁判に端を発しているのはご承知でしょう。犯人が被害者遺族の代行者を気取っているのであれば、その刃が渋沢判事に向けられても何の不思議もない」

「渋沢判事が標的にされているというんですか」

「もちろんご本人の自宅には警護の者を置きましたが、犯人逮捕のために必要な情報がまだ揃っていません。一つは〈ネメシス〉なるものの影。もし犯人が渋沢判事に敵意を持っているのなら、一度ならずご本人の顔をみていると思われます。そこで照間判事にお訊きします。何度か渋沢判事と同じ法廷に立たれて、傍聴席の中で誰か不穏な動きを見せた者はいますか。たとえば審理中に叫び出したとか、渋沢判事に向かって脅迫めいたことをしたとか」

照間は記憶をまさぐっていたようだが、やがて力なく首を振った。

「そんな傍聴人には覚えがない……いや、一人か二人くらいはいたかも知れませんが、何せ十年近くも前のことですからね、わたしが失念している可能性もある」

「重大事件で被害者や加害者の顔が公表されることはあっても、事件を担当する弁護士や検事、それから裁判官の顔がメディアに流れることはほとんどありません。〈ネメシス〉が渋沢判事を狙うと仮定すると、必ずどこかで本人を目撃している。思い当たる場所といえば、まず法廷内ですからね」

「しかし、それはあくまでも仮定にすぎないのでしょう」

「仮定が外れればよし。もし的中したらと考えると、どんな可能性も疎かにはできません」

「さっき一つは、と仰いましたね。まだ他にもあるんですか」

「渋沢判事は、やはり死刑廃止論者なのですかな」

問われた照間は質問の意図を探るかのような目で岬を見る。

「実はご本人とお会いした時もそれを確認したかったのですが、巧妙にはぐらかされてしまいました。長らく渋沢判事と同じ案件を審理されていたあなたなら、お答えいただけるのではないかと思いました」

「本人が答えなかったものをわたしに答えろと仰るのですか」

「死刑廃止論者であるかどうかが裁判官としての立場を危うくする……対外的には心の問題であり、裁判所はそれを排除の理由にしていないが、どんな凶悪犯罪にも極刑を裁断できない判事を裁判官席に座らせておくことはできないでしょう。だからご本人は尚更答え辛かった。しかし渋沢判事は現在、東京高裁刑事部の総括判事という立場ですから、今後法廷に臨まれることもない。明らかにしても誰が被害を蒙る訳でもない」

「それが今度の事件にどんな関係があるのでしょうか」

「護らねばならない人物の属性を知っておく必要があります。殊に〈ネメシス〉が死刑を免れた懲役囚の家族に殺意を抱いているのなら。嫌な言い方になるが、渋沢判事の主義こそが諸悪の根源となったと言えば、お話しいただく気になれますか」

「わたしの意見が役立ちますかね」

「裁判記録を拝見した限り、渋沢判事を一番近くで観察できたのはあなただ。そして〈ネメシス〉が二つの事件で殺戮を止める保証はどこにもない」

　しばらく照間は逡巡していた様子だったが、重そうに口を開く。

「渋沢判事のお孫さんの話は聞かれましたか」

「ええ。ご自分が世間が言うような死刑廃止論者ではないことの根拠として話されました」

「軽部事件の審理はその出来事の一年後でしたからね。軽部亮一も少女を殺害していたので、渋沢判事を軽部事件の担当とすることに危惧を抱く声があったのは事実です」

「それにも拘わらず、渋沢判事は検察の死刑求刑を退けた」

「ええ。さすが公私を弁える高潔な人物なんだと、法曹界ではちょっとした話題になりました。彼が温情判事と呼ばれ始めたのはその事件がきっかけでした」

「やはり渋沢裁判長が左陪審の東川判事補を説得するような形だったのですか」

「説得というよりは恐喝に近いものがありましたね」

わずかに照間の顔が歪む。

「東川さんはそれが初の法廷だった。言ってみればやっとよちよち歩きを始めた赤子です。渋沢判事は、その赤子の腕を強引に引っ張り回すような真似をしたんです。君の一票が人の人生を左右する、いったい君は贖罪というものをどう捉えているのか、罪を償う方法が絞首刑だけだと考えているならそれは視野狭窄だ……と、新人判事には反論しづらい言説を滔々と言い募った。あれでは東川さんはひとたまりもない。唯々諾々と渋沢判事の言いなりになってしまった」

「しかしあなたは最後まで主張を貫いた」

「あの時点でわたしには十年の法廷経験がありました。公判の最初からずっと軽部亮一という人間を見てきたが、その犯行態様、身勝手な動機、残虐性、そして改悛の情、どれを取っても更生の見込みはなかった。判決文にも書きましたが、彼の犯した罪には極刑をもって臨む他ないと判断しました。だが、渋沢判事の意見は全く違った。もし本人に改悛の情がなければ、死刑にしたところで意味がない。それは倫理を知らぬ獣をただ殺処分にするのと同じだ。本当の意味で償わせるには、被告人に真っ当な倫理を教えた上で後悔させることだと」

「至極、正当な意見にも聞こえるが……ある種の理想論に近いですね」

「ええ。いくら日本の裁判が更生主義を採っているとしても限度というものがある。法による社会秩序の維持という観点からも逸脱している。第一、法廷はいち判事の理想を実現させる場所ではなく、個別の案件に相応しい裁断を下す場所です」

「死刑回避は渋沢判事の理想だったのですか」

「軽部事件の後、類似の案件を合議しましたが、死刑に相当する事案であの人はことごとく懲役を主張しました。無論、死刑廃止論を声高に叫ぶことはなかったものの、それぞれに酌量減軽を引っ張り出して最終的にもう一人の陪審をやり込めた。何と言えばいいか、信条を隠して行動に表す、人道主義を謳っていながらユダヤ人を排斥するようなことをしていた」

「誰も渋沢判事を論破できなかったのですか」

「哀しいかな判事の世界も、肩書きと経験が幅を利かせる。渋沢判事とわたしでは経験だけでも二十年以上の開きがあった。わたしごときの見識では、とても論破などできませんでした」

「何故、渋沢判事はそこまで死刑回避に固執したんでしょう」

「分かりません。ただはっきりしているのは、お孫さんの事件をきっかけに渋沢判事は人が変わってしまったということだけです。死刑廃止を訴える弁護士は多いが、その執念と実績を考えた時、あの人の右に出る者はいない。事実上、渋沢判事は死刑廃止論の急先鋒と言っても過言ではありません」

「判事。その噂はわたしも耳にしたことがある。それを法曹界以外の人間が知るのは、可能だと思いますか」

「温情判事の下した判決については日弁連の機関誌『自由と正義』で度々取り上げられています。一部総合雑誌でも、彼の人となりを面白おかしく書き立てたところがあった。法曹界の住人でなくても、渋沢判事の判決傾向は容易に知ることができたはずです」

千葉地裁を後にした岬は、そのまま埼玉県警本部に立ち寄った。

応対した渡瀬は相変わらずの仏頂面だったが、元よりこの男に愛嬌を望む方が間違っている。そして余計な社交辞令も要らない。岬は早速本題に入った。

「警部の予想は大抵当たってしまうな。しかも最悪の方向に」

「傍迷惑なジンクスですな」

「二宮輝彦の捜査はどこまで進捗している」

渡瀬は問われるままに語る。岡山刑務所に赴き、懲役囚の二宮圭吾と面会したこと。

被害者久世紘子の両親から事情聴取したこと。そして第一の事件の関係者にアリバイを確認したこと――。

「結果として新しく判明したことはない訳か」

「まるで古い事件記録を無理やり見せられたような気分ですよ」

「こっちはついさっき、千葉地裁の照間判事から裁判官室における渋沢判事の振る舞いを聞いてきた」

「ほう」

岬は照間から訊き出した情報を細大漏らさず伝える。自分と同じ情報を得た渡瀬が、それをどう処理するかに興味があった。

「渋沢判事の変節についてどう思う」

「何やら妙な依怙地さを感じますね」

「依怙地さだと」

「孫娘をそんな風に惨殺されれば、誰しも否応なく厳罰化に走る可能性がある。渋沢判事の場合、それを必死に否定しようとするあまり、極端な行動に出ている。まるで子供の痩せ我慢のように映るのはわたしだけなんでしょうかね」

痩せ我慢か。確かにその発想はなかった。

「しかしな、警部。あれだけ長らく裁判長を務めてきた判事が、痩せ我慢くらいで温情判決を出し続けるか。それでは本当に子供だぞ」

「いっそ真逆の見方もありますよ」

「真逆だと」

「裁判員制度が施行されてからというもの、下される判決は明らかに厳罰化の方向に向かいました。その厳罰化の中で温情判事の存在は、さながら砂漠のオアシスのように珍重されます。事実、マスコミが渋沢判事の名前を持ち出す時は大抵好意的な書き方です。もしも判事が次のポストを睨んだ上での布石と考えれば、子供の痩せ我慢どころか用意周到な大人の処世に意味合いが逆転する」

話を聞きながら岬は半ば呆れる。自分も大概冷めた人間だが、渡瀬の冷徹さはそれ以上だ。

「最高裁がそんな世情に迎合した人事をやらかすと思うのかね」

「時流にもよるでしょう。人事異動の時期、何らかの事情で裁判所にアゲインストの風が吹いていたら、ガス抜きのために世間で評判の温情判事を最高裁に迎えることも充分有り得ます」

「どこぞの内閣と同じという訳か」

「どちらもピラミッド型の組織です。防衛手段も発想も似て当然でしょう」

「ピラミッド型組織というなら、警部の所属している警察が正にそれだと思うが」

「ええ、全くもって仰る通りです。ただし裁判所との違いは、ウチには渋沢判事のように向こう受けする人材が払底（ふってい）していることでしょうな」

最後には自虐めいた皮肉で落とすか。しかし組織の看板の大きさを己自身の価値と同一視する馬鹿どもよりは、よほど好感が持てる。

「渋沢判事の気紛れか深謀遠慮かはさておき、〈ネメシス〉が彼の温情によって救われた被告人たちを対象としているとなると、こちらは守備範囲が途方もなく広くなる。わたしも調べてみたが軽部事件以降、〈ネメシス〉が標的にしそうな案件が二十以上もある」

「正確には二十四件、でしたか」

「数えたということは、既に関係各所には連絡なり要請なりをしたということか」

「埼玉日報のスクープが意外なところで役立ちました。あれのお蔭で〈ネメシス〉の名前が首都圏に広まり、他の県警に加害者家族の警護を申し入れても門前払いは食わないようになりましたからね。問題は人員ですよ」

「やはりそうか」

「警視庁の警備部を含め、どこの署も加害者遺族の警護に人員を割くのは難しいと言ってきました。要人ならまだしも一般の、それも重大事件を起こした犯人の家族を大っぴらに警護できるか、とまあそんな扱いですな」

各県警の反応はもっともと思えた。

「それで、はいそうですかと済ませる警部ではなかろう」

「もしお宅の管轄で事件が起きた時、事前に勧告したことだけは忘れるな。そう言ったら電話を切られましたがね。話の途中で切るほどインパクトがあったのなら、頭からすっぽり抜け落ちることもないでしょう」

「人が悪いな」

「そうでなきゃ、こんな仕事やってられませんよ」

これもまた自虐めいた言葉だが、渡瀬の口から出ると痛快に聞こえるのが不思議だ。

だが岬は、その不貞腐れた口調に別の響きも聞き取った。

「何を考えている、警部」

渡瀬は半眼をこちらに向ける。

「君のことだからあまり口にしたくないとは思うが、わたしだけには話せ」

「これも最初から〈ネメシス〉の計略じゃないかと勘繰りましてね」

「何がだ」

「戸野原貴美子の殺人と二宮輝彦の殺人を結びつけたのはただ一点、現場に〈ネメシス〉の署名が残されていたからです。あれがなかったら、二つの事件は全く別物として扱われていたはずです」

「しかし、署名があったからこそ〈ネメシス〉はこの一連の殺人が復讐の代行であるのを我々と満天下に知らせることができた。言わば〈ネメシス〉の存在理由みたいなものじゃないか」

「しかし検事。ヤツがその署名を残したお蔭で、我々は渋沢案件全てに注目し、全ての加害者家族を監視せざるを得なくなった。そんなことをすれば早晩警察の捜査能力は機能不全に陥ります。警護に数を割かれ、肝心の〈ネメシス〉を追う犬が不足する」

「まさか、それを狙っての署名だったというのか」

「現にそうなりつつありますからね。〈ネメシス〉が狙ったかどうかは別にして、加害者とそれを許した者たちへの復讐という目的は充分に果たされている。そんな気がしませんか」

岬は唸るしかない。

戸野原貴美子と二宮輝彦の殺人によって、人々は死刑台に上るべき犯罪者と被害者の怨念が今もなお生きていることを知った。家族の事件が終結したと安寧を取り戻していた加害者家族は再び恐怖の淵に立たされ、法曹界は、安易な死刑回避が却って災禍を呼び起こすことを知らされた。渡瀬の言う通り〈ネメシス〉は二つの死体を転がすだけで、これだけの波及効果をもたらしたのだ。

「おまけに、これは渋沢判事への復讐でもあります。温情判事として大衆の人気を博した判事も、今回の事件で災禍の元を拵えた張本人としてクローズアップされる。評価は白黒反転し、定年後のバラ色の余生を夢見ていた判事には強烈なしっぺ返しになったはずです」

「つくづくシニカルな見方をする男だな」

「その方が色々と見誤らないものでしてね」

「捜査本部の方針はどうなっている」

渡瀬はふん、と鼻を鳴らす。

「埼玉県警と千葉県警の主導権争いがようやく一段落したところです」

「……今更そんなことにうつつを抜かしていたのか」

「一つには現場の士気がいつものように上がらんからですよ。軽部の事件も二宮の事件も現場の刑事たちには忘れがたい陰惨な事件だった。あの時の被害者遺族の沈痛な顔と声を、担当した刑事全員が記憶している。その後に死刑回避された判決も含めてです。あの時の加害者の家族が復讐の刃に斃れたとしても、被害者側に同情している分、どうしても腰が引ける。先の捜査会議じゃ、刑事の一人が被害者遺族の洩らしたのと同じ愚痴を吐露していましたね」

「その刑事が何を言ったのかね」

「『あの時、野郎を死刑にしてくれていたら、こんな事件は起こらなかったのに』。それを不謹慎だと諫める者は一人もいませんでしたな」

岬はまたもうそ寒さを覚える。

捜査会議上の愚痴を誰も責めようとしなかったのは、それが捜査員全員の気持ちを代弁していたからだけではない。

おそらくは事件報道を見聞きした一般市民も同様の感情を抱いていると思われるからだ。本来なら市民の敵、法治国家に仇なす者として忌み嫌われるはずの殺人犯が、今回は被害者遺族の怨嗟と市民感情を味方につけ、人の心の暗闇で跳梁跋扈している。

「事件関係者の多くが埼玉県内に居住していること。元々の事件がいずれも埼玉県警管轄で発生したこと。この二つを根拠として合同捜査本部の主導権は埼玉県警の八木島管理官が握りましたよ」

「その口ぶりでは、事の成り行きをあまり愉快に思っていないようだな」

「愚にもつかん意地の張り合いと縄張り意識で捜査員たちは丸二日間足止めを食らいま

した。検事なら、初動の二日間がどれほど貴重かは説明するまでもないでしょう」

だが、それに唯々諾々と従う渡瀬でないことは岬も承知している。捜査本部の方向性が定まらないうちに塀の中の軽部や二宮に面会したのも、おそらく渡瀬の独断だ。

「では、これも正直に答えてくれ。警部は誰か特定の人間に照準を合わせているのか」

岬が見据えても渡瀬の半眼は微塵も揺らがない。

とことん食えない男だ。

「検事がわたしの思いつきなどを訊かれてどうしますか。所詮ロートルな刑事のあてずっぽうですよ」

「警部が本当にロートルなら、わざわざその話を聞きに来たわたしはとんだポンコツということになる。いいから話せ。意地の張り合いと縄張り争いの件を聞いて、いい加減うんざりしているんだ。口直し、いや耳直しに多少は希望のある話を聞きたい」

すると渡瀬は仕方ないという風に首を振ってみせた。

「容疑者の特定ではなく、絞り込みを考えていたんですよ」

「条件づけか。しかし今更プロファイリングなどと言い出すつもりじゃないだろうな」

「〈ネメシス〉はどうやって戸野原貴美子と二宮輝彦の現住所を知り得たのか。言い換えれば二人の情報を知り得た者の中に〈ネメシス〉が潜んでいる」

「その二人に関してはネットの匿名掲示板が情報を晒しているんじゃなかったのか」

「現住所まで晒されているのは戸野原貴美子だけです。二宮輝彦について公表されているのは三人で住んでいた川越の旧住所のみで、松戸の現住所はどのサイトや掲示板にも記載されていません」

「それじゃあ〈ネメシス〉は……」

「ストーカー並みの調査能力を持ったヤツでないのなら、二宮事件の詳細な記録を知っている者、あるいは二宮輝彦と個人的な繋がりがある者のどちらかでしょう」

注文通り少しは希望の持てる話を聞けたので、岬は短く嘆息してから腰を上げた。

「執務中のところ、時間を使わせて済まなかった。もう戻るとしよう。何か進展があれば、こちらの都合は考えずに連絡してくれ」

そう言ってから、ふと思い出した。

「自身は明言しなかったものの、照間判事の見るところ渋沢判事は死刑廃止論者だ。わたしもそう思う」

「〈ネメシス〉の件で国内に死刑存廃論議が起きつつあるのに、その最右翼はだんまりを決め込みますかな」

「思うのだがな、警部。明治維新後まで仇討を許していた日本では、死刑廃止論はまだ機が熟していないのかも知れない。何といっても死刑制度を存置せよという意見が国民の八割を超えているのだ。やはり被害者側の復讐を国家が代行しているという意識は一朝一夕に変えられるものではない。〈ネメシス〉の犯行に少なからぬシンパが存在するのはそのせいだ」

「それでも、法廷は復讐の場ではないという大原則があります」

おや、と思った。渡瀬の言葉にしては妙に分別臭い。

いや、そもそも岬の知らない属性が顔を覗かせたのか。

「人が人を裁くのではなく、人が神の権威を借りて罪を裁くのです。そこに人の感情が介在するのは好ましくない」

「どうした、警部。やけに神妙なことを言うな。警部オリジナルの箴言（しんげん）かね」

「以前私淑していた裁判官の言葉です。被害者感情と死刑存置論は別個の問題なはずですが、今回はそれが混同されているきらいがあります。それもまた〈ネメシス〉が意図せずに蒔いた種の一つかもしれません」

3

八木島が指揮権を握った直後の合同捜査会議は、渡瀬の予想通り統率が乱れたままだった。

雛壇に並ぶのは八木島と里中本部長、その両隣に千葉県警本部の溝口（みぞぐち）管理官と渡瀬が座っている。

道府県警察本部の管理官は原則として課長に次ぐ役職者が任命される。かつて課長（警視）に次ぐ役職は次席（警部）だったが、組織拡大に伴う警部階級の増加により各々の課に管理官ポストを設け、次席より上位にした経緯がある。

四人並びなので仕方がない事情はあるが、溝口は渡瀬と同じ扱いで末席に追いやられた格好になっている。これを偶然と取るか八木島の挑発と取るかは人それぞれだが、生憎溝口という男は後者らしかった。自分の座る位置が端であるのを見た瞬間から、憤懣を隠そうともしない。

渡瀬はちらとだけ溝口を盗み見て、すぐに興味を失った。

「二宮輝彦が殺害された現場付近、防犯カメラの解析は済んでいるか」

八木島の声に呼応して松戸署の捜査員が立ち上がる。

「現場は……」

「声が小さい。聞こえんぞ」

「現場は葛飾大橋の近く、堤防沿いの土手でありまして、防犯カメラは設置されておりません。一番近くのカメラはやはり土手沿いに建つマンションの駐車場に設置されたものですが、撮影範囲が狭く、被害者の自転車もそれを追跡する者の姿も捉えられておりません。被害者の姿を捉えていたのは本人の勤務先〈スーパーコヤマ〉から五百メートル離れた地点にあったものですが、被害者の後にカメラの前を通過したクルマは十五分の間に七十二台、バイクが十台の計八十二台。現在、車種を類別中です」

「該当のクルマを特定できないのか」

「犯人は被害者の乗った自転車に幅寄せするなどして河川敷に転落させたものと思われます。現場にタイヤ痕もなければ自転車に接触の痕もありません。現状、特定できる遺留品も発見できません」

「次、地取りと目撃情報」

これにも松戸署の捜査員が立つ。慣れない八木島が相手であるためか、見るからに緊張している。

「死亡推定時刻の午後十一時から深夜零時までの間ですが、同時刻帯は土手を行き来する者もおらず、また住宅は土手よりも下に位置しているため、堤防で視界を遮られる形になります」

「ご託はいい。目撃証言はあるのか。それともないのか」

「あ、ありません」

「物音くらいは聞こえただろう」

「その時間帯でも葛飾大橋を通るクルマがあり、その走行音で掻き消された可能性があります。物音といっても被害者が自転車ごと転落したのは反対側の河川敷ですので、やはり音も堤防に遮られたのだと思われます」

くそ、と八木島の洩らす声が渡瀬のところまで聞こえてきた。

進展しない捜査に悪態を吐くのなら、捜査員の目がない場所でするものだ。現場を指揮する者が現場の士気を奪うなどという駄洒落を実践してどうする。

「次、被害者の交友関係」

この報告に立ったのは帯刀だった。

「被害者二宮輝彦の交友関係は勤務先関係に限定され、近所付き合いは皆無と言っていいものでした。これは息子が重大事件の加害者であり、現在も服役中であるのを慮ってのことと推測されます。勤務先の関係者にしても被害者と特別懇意にしていた者はおらず、言葉を交わすのは連絡事項以外だと挨拶かせいぜい世間話で、家族についての話は一切聞いたことがないとのことです。これは被害者の採用を決めた〈スーパーコヤマ〉の店長も同様で、面接の際、家族構成を訊いても妻と別居中としか答えなかったそうです」

帯刀の報告から加害者家族の現実が浮かび上がる。死刑判決を回避できたとしても、決して世間から赦された訳ではない。いや、命長らえたことで非難と排斥はより苛烈なものに変わる。

あんな化け物を生んだのはお前たち家族の責任だ。本人が塀の中でぬくぬくと暮らしているのなら、お前たちが代わりに復讐の的になれ。平穏は許さない。希望も許さない。毎日を汚泥に塗れ、後悔と懺悔と苦悩の下に送れ——。

輝彦が自転車の籠に入れていたのは発泡酒ひと缶と当日のおつとめ品であるサバ缶ひと品だった。

輝彦の部屋にあった娯楽に関するものといえば、テレビと新古書店の値札が貼付されたままのコミック類だけだったという。テレビを観ながら、発泡酒とおつとめ品で一人きりの遅い夕食を摂る。それがこの加害者家族の夜だった。語らう相手も交わる友もなく、家族に罪人がいることをひた隠しにし、頭を低くしてやり過ごすのがこの男の毎日だった。

いったい〈ネメシス〉なる者はその現実をどこまで知っていたのだろう、と渡瀬は思う。

殊更〈ネメシス〉が復讐の代行とやらに血道を上げずとも、とうに二宮輝彦は復讐されていたのではなかったか。社会的制裁という、定義も責任の所在も胡乱な執行機関に責め苛まれ続けたのではなかったか。

被害者と加害者という立場は、犯人逮捕の瞬間に逆転することがままある。被害者遺族は世論を味方に加害者側を責め立て、加害者側は額を地面に擦りつけて謝罪を繰り返す。たった一つの犯罪が不幸と悲劇を双方にばら撒く。罪を犯す、というのはつまりそういうことなのだ。

「じゃあ、別れた女房の方はどうだ。怪しい人物につけ狙われているとか、それに類した話を本人から聞いたことはなかったのか」

「元妻の邦枝は被害者と別れ、現在は愛媛の実家に住んでおります。邦枝本人に質してみましたが、最近では電話のやり取りさえなく、すっかり疎遠だったということです」

報告だけを聞けばずいぶん冷淡な連れ添いに思えるが、渡瀬の受けた印象は至って平凡なものだった。倦怠期も過ぎ、互いへの興味を失った古い夫婦にとって唯一の縁は子供だけだ。その縁さえが手の届かぬところに奪われれば、夫婦の絆が切れるのは当然だ。しかも本人の証言を信じるなら、二宮圭吾は父親にべったりで母親をむしろ憎悪していた。圭吾に憎まれていた邦枝が興味を失った輝彦から距離を置くのも、また当然ではないか。

「それでは服役囚二宮圭吾に殺害された久世紘子の両親について、アリバイの確認はできたか」

これに立ったのは古手川だった。

「えっと、報告します。上尾に居住する久世隆弘・春乃の夫婦の事件同日九月三日のアリバイですけど」

あの馬鹿野郎、と渡瀬は胸の裡で罵倒する。緊張を強いられない相手には不遜さを丸出しにする癖がまだ直っていない。

もっとも八木島あたりが相手ではそれも致し方ないかも知れない。古手川という男は世知こそ貧弱だが、人の真価を初見で見切ってしまうようなところがある。

古手川の態度が小気味いいのか、隣の溝口が鼻で笑っていた。

「夫婦の証言では二人とも床に就いていたという内容でした。当然そんな証言に証拠能力はないんで、近隣住民の訊き込みをしました。結果的には二人ともシロ。隣の柿崎という家の亭主がそれを証明してくれました。以上」

「おい、もっと詳細に報告しろ」

「あの辺りは建売住宅で壁が安普請なもんだから、隣で喧嘩でもしようもんなら、近所には筒抜けになるんですよ。それによると午後十時半頃まで夫婦の声が聞こえたって話です。上尾の久世宅から松戸の現場に三十分や一時間そこらで行くのは絶対不可能なんでシロって訳です。あ、どうして十時半なんてキリのいい時間かっていうと、ちょうどその時間に柿崎の楽しみにしていたバラエティが始まったからで……」

「夫婦についてはもういいっ。それなら両親夫婦以外で久世紘子または祖母領子と親交が篤く、二宮を恨んでいた者はいないのか」

「祖母の久世領子は当時同じ上尾市内の家に独居していました。夫が結構前に逝ってたんで、紘子が幼児の頃から領子宅と行き来していたようです。事件発生時は七十二歳で、以前交友関係にあった爺さん婆さんたちも半分以上亡くなってます。存命している連中も相当に足腰が弱ってて、鉄パイプ振り回せるようなスーパー元気爺さんは見当たりませんね」

捜査員たちの間から忍び笑いが洩れる。

「では紘子の方はどうだ」

「あー、それはまだ途中なんで。というのも久世紘子という女性は万人に好かれる女の子だったらしくって、中学・高校・大学と彼女を慕っていたのがずいぶんいるみたいなんです。四年前に、両親からの聞き取りと遺品である本人の携帯端末に残っていたデータ、それと最後の年に受け取った賀状から特に親交のあった友人をピックアップしてます。以上」

古手川の報告が終わると、八木島は疲れたように長い溜息を吐いた。これも捜査本部を統べる者としては大きな減点だ。闇雲に捜査員たちを鼓舞しようとする司令塔も鬱陶しいが、皆の前で失望を露わにするような指揮官よりはましだ。

「次、戸野原貴美子殺しと二宮輝彦殺し両件に使用された凶器の捜索状況」

「ああ、それも俺っスね」

再び古手川が立ち上がり、八木島は露骨に眉を顰める。

「まず戸野原貴美子殺害に使用された有尖片刃器、出刃包丁に類した刃物ですが、浦和医大光崎教授の司法解剖により、市販のそれに間違いないことが報告されました。因みに死因はやはりショック性の失血死、死亡推定時刻は八月八日の午後十時から翌九日の午前一時までの間。これは胃の内容物の消化状況から算出したとのことです。それから被害者に残っていた複数の創口について、教授は非公式ながらこんな風に言っておられました。複数の創口はどれも刺入角度も創洞の長さもばらばらだが、これは争ったためではなく犯人がそうした行為に不慣れであったためではないか、と」

「よし。死亡推定時刻がそこまで絞り込めたのは進展だ。その非公式な意見も参考としよう。それで肝心の凶器は発見できたのか」

「いいえ。被害者宅から半径五百メートルの範囲まで捜索を拡げたんですが未だに見つかってません。これは所轄の熊谷署とともに現在も捜索範囲を拡げて展開中です。次に二宮輝彦を殺害した凶器ですが、現場となった河川敷は四日に一度の割合で市の水道部が清掃をしていますけど、ちょうど事件の発生した九月三日の午前中に巡回した職員が鉄パイプのような廃棄物はなかったと証言してます。だから凶器は現場に落ちていた物じゃなくて、犯人が事前に用意していたことになります。ただし、所轄の松戸署と連携し、付近の江戸川を浚ってますけど、これも同様に発見されていません」

それだけ言うと、古手川は八木島の返事も待たずに腰を下ろした。

「それで終わりか」

「はい、以上です」

くそ、と八木島はまた毒づく。少なくとも雛壇に並ぶ他の三人には筒抜けになっており、空気は険悪になる一方だった。

そんな風だから、あの馬鹿野郎にさえ見透かされるんだ——渡瀬は、もう八木島の方を見る気さえ失くしている。

「他に新しく判明した事実はないのか」

大会議場に集められた捜査員たちの中で、挙手する者はただの一人もいなかった。八木島は右拳を机の上に押しつけて低く唸る。

「諸君も承知しているだろうが、今まで捜査本部が秘匿していた〈ネメシス〉の情報が一部マスコミによって報道されてしまった。死刑を免れた懲役囚の家族に対する復讐を代行するなど時代錯誤も甚だしい。これは我が国の司法に向けたテロだ。これを許せば法治国家日本の根幹を揺るがしかねない。今ほど内外から警察力を試されている時はない。どんな小さな手掛かりでもいいから咥えてこい。各人、一層の奮起を期待する。解散」

捜査員たちは返事をするが、これも統率が取れずにばらばらの発声となる。結局、八木島は苦虫を嚙み潰したような顔に終始した。

渡瀬は大儀そうに立ち上がると、これも腰を上げたばかりの帯刀と目が合った。何か言いたそうだったが、この場で口にしても詮無いことと判断したのか、小さく首を振ってから出口の方へ消えた。

代わりに近づいてきたのが古手川だった。

「いい加減、相手を見て態度変える癖を直せ」

「まるで俺が弱い者イジメしてるような言い方ですね」

「阿呆を阿呆扱いするのは立派な弱い者イジメだ」

「管理官が弱い者、ですか」

「頭が弱い」

「……警部の方がひでえや」

「それより久世紘子の交遊関係から、臭うヤツは何人残った」

八木島には曖昧に答えていたが、友人の洗い出しについてはかなり進んでいる。交遊関係を洗うと頻繁にやり取りしている相手が何人か浮かんだのだ。その数十五名。古手川に命じていたのは、その中から動機の面で明らかに怪しくない者を除外していく作業だった。

「残ったのは二人だけでした。久世の両親にも、その二人が本人と親交が深かったのを確認しています」

「どういう関係の二人だ」

「一人は親友、一人は元恋人。二人とも大学で彼女と一緒でした」

4

翌日、渡瀬は古手川とともに都内杉並区の高円寺に向かっていた。

「親友というのは高里穂純(たかさとほずみ)っていいまして、今は文房具店に勤めてます」

運転しながら、古手川は切り出した。

「殺された久世紘子とは中学からずっと同じ学校で、数ある友人の中では一番付き合いが長いんだそうです。高校時分まではよくお互いの家に寝泊まりしていて、母親が聞いた話じゃトイレまで一緒だったそうで……この辺が俺にはよく分からないんですけど、女でも連れションなんてあるんですかね」

彼女たちの中には一人でいることが不安で堪らない人間が一定数いる。

別の事件で女子中学生を相手にしたことのある渡瀬は、その娘がぽつりと洩らした言葉を未だに忘れない。

『お昼ご飯だってトイレだって、一人でいるとぼっちだと思われる。それがどんなに怖くてどんなに惨めだか、刑事さんに分かりますか』

見せかけであろうが偽りであろうが、自分にはこれだけ多くの友だちがいる。自分はこんなにも皆から愛されている人間だ――そうとでも思わなければ安心できないのだと言う。

渡瀬が承認欲求という言葉を知ったのはそれからずいぶん後になってからだが、知った後で彼女の言葉を思い出すと色々腑に落ちた。それが性差によるものなのか、それとも年代によるものかはともかく、他人からどう思われようがどうでもいい、というのは渡瀬の感覚に過ぎないらしい。自分よりはネットの世界に詳しい古手川に確かめると、ネット社会ではとにかく他人から無視されるのを病的なまでに怖れている人間がほとんどだという。久世紘子という被害者もそうした人間の一人だったのかと、思いを巡らせてみる。

高円寺銀座商店街の手前、瀟洒な外観のペンシルビルが高里穂純の勤務先だった。

「お仕事中のところを申し訳ないですな」

いきなり訪ねたが、紘子の用件だと告げると穂純はすぐ聴取に応じた。

店舗のバックヤードに案内され、そこで話を聞くことになった。売り場の整然さに比べると、バックヤードの乱雑さはドア一枚を隔ててまるで別世界の様相を呈していた。

「今になって紘子のことを訊きにいらしたのは〈ネメシス〉の件があったからですよね」

高里穂純もまたドア一枚を境に表情を一変させていた。店頭で振り撒いていた愛嬌も、バックヤードの中へ入った途端に引っ込んだ。

十人並みの容姿だからという理由でもないのだろうが、穂純から愛嬌が剝がれ落ちると猜疑心と敵意に満ちた顔が現れた。

「紘子のお母さんから聞きました。紘子と交流のあった人間を疑っているんですか」

「疑っているというよりも、疑いのない人間を除外していると言った方がいいかな。何せ干し草の山の中から針を探すような仕事なのでね」

「あたしが、その針だと思っているんですか」

「少し刺々しいのは針らしい」

「それはあなた方警察に怒っているからです」

「ほう、警察に恨みでもあるのかい」

「二宮圭吾を死刑にしてくれなかったじゃないですか」

敵意が更に膨れ上がったように見えた。

「警察は容疑者を逮捕することしかできない。二宮圭吾に判決を下したのは裁判所だ」

「もっとあいつが残虐で、死刑にするしか仕方がないような証拠を集めてくれればよかったのに」

　そういう理屈なら、あながち的外れとは言えない。

「それはあたしだけじゃなくて、紘子を知っている人間ならみんな思っていたはずです。それに、あれは上尾署の人たちも加担していたようなものです。最初に告訴状を受理して二宮を逮捕してくれていたら、紘子やお祖母ちゃんもあんな目に遭わずに済んだのに」

　上尾署の不祥事についてはこちらに全面的な非がある。当時の担当者たちはそれぞれ責任を取らされたが、責任を取れば済む話ではない。埼玉県警に勤めている限り、それは決して払拭できる類の汚点ではない。

「しかし、だからといって二宮圭吾の父親が殺されていい理由にはならないだろう」

「いい気味です」

　穂純は何の躊躇も見せずに切り捨てた。

「それであいつが悲しむのなら大正解です。あたしたちが受けた傷を全部加算したら、それでも足りないくらいです」

「殺人以上の傷なのかい」

「刑事さんは紘子のことを知らないから、そんな風に言えるんです。紘子があいつに殴り殺されたと聞かされて、どれだけみんながあいつに同じことをしてやりたかったか。ひ、紘子は絶対そんな風に死んじゃあいけなかったんです」

声にわずかな嗚咽(おえつ)が混じっていた。

「自分のことよりまず他人のことを優先させて、いつも損してました。他人が不幸だと泣くのに、自分が辛い目に遭ってもずっと我慢する人間でした。優しくて、本当に優しくて、どうしてそんな子が殴り殺されなきゃいけないんですか。は、犯人のあいつがまだのうのうと生きているっていうのに」

「刑務所暮らしはのうのうかね」

「まだ生きているというのが許せないんです。紘子とお祖母ちゃんは死んでるんですよ。なのに殺した本人が今も息を吸って、ご飯を食べて、お風呂に入って、笑っているなんてひどい不公平だと思いませんか」

「裁判官は判決を言い渡した後、生きて罪を償うようにと、二宮に言った」

「あいつにそんな殊勝な真似ができるもんですか。あたし、紘子のお母さんから聞きました。判決が下った瞬間、お母さんたちに向かって笑いかけてみせたって。あいつは人間じゃありません。あいつに生きる価値なんてないんです」

「もう三年も前の話だ」

「何年経っても消えるようなものじゃありません。紘子は、紘子はあたしの一部だったんです。親に話せないことでも、紘子には話せました。先生に相談できないことでも、紘子には相談できました」

「二宮の裁判は傍聴したのか」

「しました。警察と検察が紘子の仇を討ってくれるものだとばかり思って期待していたんです。それなのにたったの懲役十八年だなんて。どうして日本の法律は被害者よりも加害者に優しいんですか。どうして二人も殺した男がたったの十八年で許されるんですか。絶対に間違っています。ちゃんと死刑っていう制度があるのに、それに値するような罪を犯しているのに、どうしてあの男を絞首台に送ってくれなかったんですか。あの時の裁判長は温情判事なんて綽名で呼ばれてたんですってね。いったいあの判決のどこが温情なんですか。ただ自分の名前で死刑判決を出すのが怖かったから逃げただけじゃないですか」

穂純は挑むような目で渡瀬を見据える。

いつもの目だ、と渡瀬は思う。

被害者遺族たちの相手をしていると、大抵こういう目に遭遇する。怨念と哀しみをとにかく放出して楽になりたいと訴えている目だ。これ以上、己の中で飼い続けるのは苦痛だと泣いている目だ。

「二宮の父親が殺されたからといって、それで気が晴れるものかね」

「気は晴れません。でも、少し落ち着きます。これで被害者側も加害者側も公平に近づいたって。裁判所がしてくれなかったことを、誰かが代わりにしてくれたって」

「二宮だけじゃなく、裁判所も憎いのか」

「裁判所は二宮の味方じゃないですか。憎いのは当たり前です」

憎悪を吐き出す度に、穂純の表情は喜悦に輝いていく。

それは排泄行為と同等に見えた。体内に巣食った有毒な老廃物を排出して、解放感に浸(ひた)っているのだ。

渡瀬は少しだけ居住まいを正した。

「これは形式的な質問だから気楽に答えて。九月三日の午後十一時から零時までの間、あなたはどこにいた」

「自分のアパートで寝ていた時間ですね。因(ちな)みに一人暮らしだから証明する人は誰もいないけど」

「アパートは都内にあるのかね」

「ここの商店街から少し離れた場所です。1Kだから、あたしでも借りられたんです」

渡瀬は頭の中で地図を広げてみる。高円寺から松戸まで電車を使って一時間ほど。松戸から小山の現場までタクシーで三十分といったところか。距離だけを考えれば決して移動困難というほどではない。穂純のアパート近くに防犯カメラでもあれば、早晩裏は取れるだろう。

問題はむしろ穂純が鉄パイプを振り回し、たった一撃で成人男性を殴殺(おうさつ)できるかどうかだ。制服の袖口から覗いている二の腕は華奢(きゃしゃ)で、とてもそんな凶器を振り回せるようには見えない。

「お前に人が殺せるかって顔ですね」

「そんなことはない」

「いいですよ。そうでもしなきゃ腹の虫が治まらなかったのは事実なんですから」

「犯人の二宮圭吾が刑務所の中で生き続けていてもかね。それでも腹の虫は治まるのかね」

「あいつ、あと十五年もしたら出所するんですよね。それって模範囚とかになれば刑期は短くなるんですか」

「別に規定がある訳じゃなく、個別に審査されるからケース・バイ・ケースだろう。それがどうかしたかね」

「あいつが出て来るのを、あたしずうっと待ってるんです」

「待ってどうする」

「決まってるじゃないですか。復讐してやるんです」

「警察官を前にして、あまり穏やかな話じゃないな」

「心配しないでください。別に暗がりから殴りかかるつもりなんてありません。あんなケダモノでも、殺しちゃったらあたしが罪に問われる。そんなの理不尽です。ただ、つけ回してやろうと思っているだけなんです。つけ回して、その先々であいつのしたことを吹聴してやるんです」

　穂純はまた表情を輝かせる。まるで将来の希望を語る子供のような顔で、復讐の方法を語る。

「あいつがどんな仕事にありついても、正体をばらしてクビにしてやります。どこに移り住んでも評判を悪くして叩き出してやります。人を殺したケダモノは一生人間らしい暮らしなんかできないって思い知らせてやります」

ふと横に視線を移せば、古手川が化け物を見るような目を穂純に向けている。

ちょうどいい機会だから、じっくり見ておけ。これが、被害者が加害者に変異した時の顔だ。

「あたし、二宮の裁判で教えられたんです。どんなに非道いことをしたって法律違反をしなければいい、法律違反をしても裁判で許されればいいんだって。だからその範囲内で二宮を苦しめてやります。それで結果的にあいつが首を縊りでもしてくれたら、本当だったら行われたはずの死刑が遅まきながらでも遂行されたことになるじゃないですか。国がしてくれないことを代行するだけです。それのどこが悪いんですか」

「それでは〈ネメシス〉とやらがしていることと変わらん」

「それでいいです」

穂純はこれ以上ないと思えるほど明るく笑ってみせる。

「刑事さん。紘子を知っている人間で、〈ネメシス〉に敵意を持っている人なんて誰もいないと思いますよ。あたしたちがしたかったこと、したくてもできなかったことを代わりにしてくれたんです。感謝の気持ちはあっても非難する気になんてなれません。そして、今度はあたしの番なんです。〈ネメシス〉みたいな勇気や実行力がないからストーカーじみたことしかできないけれど、絶対二宮に社会的な制裁を加えてやるんですよ」

その後も、穂純は熱に浮かされたように喋り続けた。

「ふうっ」

文房具店を出ると、古手川は堪え切れないように息を吐いた。

「すげえな。ああいうのを夜叉の顔っていうんですかね」

「人を呪わば穴二つ」

古手川は怪訝な顔をする。

「どんな理由にせよ、他人を憎むと人はああいう顔になる。憶えておけ」

「憶えておくも何も忘れようがないですよ、あの顔は。あれって一種の依存症なんですかね」

「どういう意味だ」

「写真を見る限り久世紘子は美人じゃないですか。一方、穂純の方はといえばお世辞にも可愛いとは言えない。中学からの縁ですけど、女の友だちってよくあるじゃないですか。どうしても片方が引き立て役になっちまうのが。紘子と穂純の関係はまさにそれですよ」

古手川はしたり顔で語る。この男がそれほど女の機微に詳しいとは思えないが、それを語る根底には若さゆえの未熟さと拭い難い女性不信があるからだろうと渡瀬は分析する。

「俺なんかにしたら引き立て役なんて真っ平御免ですけど、どうも女ってのはそうじゃないらしくって、主役と引き立て役がうまい具合に共存関係になっている。主役は引き立て役あっての主役だし、引き立て役は主役が横にいなきゃ存在価値がない。お互いなくてはならない関係になってる」

「どこで仕入れた知識だ」

「知識も何も、中坊の頃からクラスの女どもを観察していたら分かりますよ。二人で一人、どこでも一緒。だから一人きりになった途端、不安がるんです」

乱暴極まりない観察で偏見とも受け取られかねないが、それでも古手川の持論には全否定できない説得力がある。

「二人で一人だから、その一方を奪った相手は生涯の敵になります。出所後の二宮をつけ狙う。彼女なら実行しかねませんよ」

「それまでに片づきゃあいい」

「えっ」

「彼女、まだ独身だろ。二宮圭吾が出所するまでに所帯でも持てば、そんな執念なんてどこかに消えちまうさ」

「そんなもんですかね」

「母親になった途端、女ってのは変わるんだ。旧友への思い入れよりも、もっと大事なものができるからな」

そう説明されても、古手川は納得がいかないのか眉間に皺を寄せる。

忘れていた。この男は女性不信の前に母親不信だったのだ。

「お前も高里穂純と一緒なのかもな」

「何のことですか」

「所帯でも持てば、人の見方がずいぶん変わるんじゃないのか」

「……そんなもんですかね」

誰か憎からず想っている相手はいるのか——そう訊きかけて、やめた。わざわざ訊かなくとも、相手が出てくれれば自ずと態度に表われるだろう。世間を拗ねたような顔をしていても、古手川にはそういう一面がある。

「とにかく高里穂純のアパート最寄りの防犯カメラをチェックしておけ。確固たるアリバイにはならんかも知れんが、補強材料くらいにはなるだろう」

「了解しました」

「次は男の方だったな」

「ええ。この時間だったら、まだ会社にいるはずです」

古手川はクルマに乗り込むなり、次の目的地をナビゲーションに入力した。

二人を乗せたクルマが次に向かったのは、西船橋だった。

「久世紘子が以前に付き合っていたのは反町圭祐という男で、今は地銀に勤めてます」

「さっき、この時間だったらと言ったな」

「勤め先にそれとなく確認したら、午後三時以降は外出する予定らしいです」

「ふん。外交に出るんだな」

「え。銀行員が外交なんてするんですか」

「得意先を回って、小口の積立金を集金する。地銀ならどこでもやっている」

「何でわざわざ銀行員が集金して回るんですか。そんなもの自動引き落としにでもすれば手間が省けるのに」

「わざわざ客の家まで行って顔を見せるというのが重要なんだ。そうすることで客の離反が防げればよし。行員の稼働率を高くすれば、人員削減の際、対抗材料にできる」

　その支店は西船橋駅前にあった。シャッターの下りる午後三時直前になってから店内に入る。順番を待っている客はもう一人しかいなかった。

　受付で反町の名前を告げると、奥から二番目の席にいた男がこちらにやって来た。長身で細面、どことなく風采は上がらないが、生真面目そうな外見は銀行員と紹介されれば万人が納得するだろう。

　警察手帳を提示すると、反町はすぐ顔色を変えた。

「別室を用意しますので、お話はそちらで願えますでしょうか」

　渡瀬の方に否やはない。反町に先導されて二人は応接室に入る。上客しか出入りを許されない部屋だからだろう。古びた建物の外観には不釣り合いなほど立派な調度品が並んでいた。

「紘子の件ですよね。そろそろ来られる頃だと覚悟していました」

　こちらから何も言わないうちに、反町が先に口を開いた。

「二宮圭吾の父親の件はニュースで知りました。まさか僕が〈ネメシス〉だと疑ってらっしゃるんですか」

「ご心配なく。これはあなたを容疑者リストから外すための作業ですから」

渡瀬が決まり文句を口にすると、安心するかと思えた顔が微妙に歪んだ。

「リストから外されるのは有難いけど、少しだけがっかりもしますね」

「ほう」

「変ですかね。紘子を殺されて、二宮圭吾とその家族を一番憎んでいるのは僕だという自負があるもので」

「自負、ねえ。久世さんがあんな風に殺害されて憤懣やる方ない、というのは他の方からも聞きましたよ」

「でも彼女が以前に付き合っていたのは僕一人でしたからね。五日が彼女の命日だったので墓参りに行ってきたばかりなんです。二宮圭吾本人はまだ刑務所の中だけど、あいつが大切にしていた父親は誰かが殺してくれた……そう報告しましたよ」

「あなたと別れた紘子さんが二宮圭吾と知り合った、その辺りの経緯を教えてくれますかな」

「お教えするも何も、そこらに転がっているようなありきたりの話ですよ。僕らは付き合ってましたけど、大学三年にもなると就活に忙しくなって今までみたいにはいかなくなる。会わなくなると隙間ができる。で、自然消滅」

「紘子さんが二宮圭吾につきまとわれ始めたのは、その直後か」

「ええ、紘子が街中であいつに声を掛けられて……彼女は誰にでも優しかったですから、二宮にも皆と同じように接したらしいんです。それを二宮が自分勝手な解釈をして、後は、お定まりのストーカー行為に及んだという訳です」

「紘子さんはあなたに救いを求めていたんですか」

「いいえ、僕にはひと言も……彼女が二宮にストーカーされていたのを知ったのは、恥ずかしい話、ニュースでだったんですよ。その時の僕の気持ち、想像できますか。彼女が限界まで追い詰められ、家族ぐるみで警察へ駆け込んだというのに、僕は何も知らされず、ただ毎日毎日内定通知を待っていただけなんです。まだそれほど長く生きていませんけど、あれほど自分が情けなく思えたことはありませんでした。男失格どころか人間失格のレベルですよ。葬儀の時も、申し訳なさ過ぎてまともにご両親の顔を見られませんでした」

その時の様子を思い出したのか、不意に反町は口元を押さえた。

閉じた手の平からぐふっという荒い嗚咽が洩れる。渡瀬はそれが治まるのを見計らってから、次の質問に移った。

「形式的な質問なのでお答えください。三日の午後十一時から零時までの間は、どこにいましたか」

「その時間だと、ちょうど寮に戻った頃ですね。この支店のすぐ傍にあるんですよ」

「そんな時間にですか」

「九月は中間決算ですからね。男性行員は一人残らず残業続きですよ」

「帰宅時刻を証明する方法はありますか」

反町はゆるゆると首を横に振る。

「サービス残業という訳じゃないんで、自分の仕事が終わった者から順に帰ってます。寮まで同行した者はいません。ああ、確か寮の玄関先には防犯カメラが設置されていたはずです。それには映っているんじゃないですか」

「確認できますか」

「後で寮の責任者に掛け合っていただいて結構です」

素直な反応だった。こういう場合は却って疑ってみたくなる。

ＪＲ西船橋から途中常磐線に乗り換えて松戸までは三十分弱。十一時にわざと防犯カメラに自分の姿を晒し、何らかの方法で寮を出る。犯行を済ませてから出た時と同じルートで戻ればアリバイが成立する。

「ところで僕以外の人間には、もう会われたんですか」

「友人の高里穂純さんから話を伺いました」

「ああ、確かに穂純も紘子にはべったりでしたからね。でも所詮女同士の友情なんだし。穂純の方は認めたがらないでしょうけど」

奥歯にものの挟まったような喋り方だが、言わんとすることは理解できた。要は古手川の考えと同様のことだ。

「穂純はいくぶんエキセントリックなところがあるんですけど、まあ口だけです。あんまりマジに受け取らないでください」

「高里さんのこともよくご存じのようですね」

「大学時分はよく三人でつるんでいましたからね。言い方は汚いですけど金魚のフンみたいなものです。穂純は紘子の行くところには必ずくっついていました」

「三人でいて何も問題は起きなかったんですか」

「え。あっ、三角関係云々の話ですか。いやあ、そういうのはなかったですね。僕も穂純も紘子がいるから一緒にいただけで、お互いにあんまり興味なかったんです。それにほら、紘子と穂純を並べてみたら……分かるでしょう」

反町は気まずそうに苦笑した。

「でも穂純の名誉のために言っておくと、紘子が殺されて彼女がえらいショックを受けたのは間違いないです。葬儀の席上なんか、声を掛けるのも憚られるくらいに消沈していましたからね。もっとも僕も偉そうなことを言えた義理じゃありませんけど」

「反町さんは〈ネメシス〉が誰なのか、心当たりはありませんか」

反町はこの質問にも首を振る。

「僕や穂純、それからご両親以上に二宮圭吾を憎んでいる者となると……それに〈ネメシス〉は他の事件の加害者家族も血祭りに上げているらしいじゃないですか。そうなると、ちょっと思いつきません」

「ある関係者は〈ネメシス〉に感謝の念すら抱いていた」

「それも穂純のことでしょう。あいつならそれくらいのことは言いますからね。でも、くれぐれも本気になさらないようお願いしますよ」

「あなたはどうなんですか。〈ネメシス〉に何か思うところがあるんじゃないんですか」

反町には意地の悪い質問だったが、渡瀬は敢えてぶつけてみた。その反応次第で相手の感情を推察する手掛かりになる。

「……正直に言って、僕が不利になることはありませんか」

「人の心の真偽なんて悪魔だって分かりゃしませんからね。我々が容疑者を送検できるのは、第三者も納得し得るような物的証拠および状況証拠が揃った時です。殺意があるというだけで逮捕していたら、国内の刑務所は半日でパンクするでしょう。それに裁判所が断罪するのは、その人間の行為に対してだけです。その者の心を断罪する訳ではないし、それは人間のする仕事じゃない」

しばらく無言でいた反町は倦んだような目で渡瀬を見た。

「正直、〈ネメシス〉を擁護したい気持ちはあります。積極的に応援するつもりはありませんけど、できれば捕まって欲しくない」

「しかし犯罪者です」

「それはその通りでしょうけど、じゃあ司法はどれだけ正義を全うしてくれたと言うんですかね。何の罪もない女性二人を身勝手な理由で惨殺した男の命を、大した理由もなく生き長らえさせた。言っちゃあ何ですけど、あの温情判事よりは〈ネメシス〉の方がよっぽど正義ですよ」

「殺されたのは二宮本人ではなく、父親だった」

「PLってご存知ですか」

「もしかして製造物責任（product liability）を意味するPLのことかね」

「二宮をあんな化け物に育ててしまった責任は、同居していた親にもある……。そうは思いませんか。二十歳を過ぎれば自己責任なんて言いますけど、二宮の精神年齢はせいぜい中学二年生程度です。だったら子供のしでかした不始末の責任を親が取るのは、むしろ当然じゃないかと思います」

「それは我々警察には協力できないということか」

「さっき言ったことと一緒です。市民の義務だから協力することに吝かではありません。ただ積極的にはなれないだけです」

つまりは面従腹背という訳か。

こういう手合いが一番扱い難い。

「〈ネメシス〉に心当たりがあったとしても、それを我々に告げるには抵抗がある、か」

「もちろん、確たる証拠があればその限りじゃありませんけどね。少なくとも誰々が怪しい程度の憶測は口にできません。それは非協力じゃなくて、ただ慎重なだけですから」

「怪しいかどうかは警察が判断することなんだがね」

「彼女と彼女の家族が必死の思いで被害を訴え続けたのに、上尾署は本気で捜査するどころか提出された告訴状を改竄までした」

俄に反町の言葉が尖る。今まで抑えていた感情が限界まで沸騰し、噴き出そうとしているかのようだった。

「おまけに裁判所は、あの男に見込みもない更生の機会を与え、結果的にまた新しい人殺しを生んだ。そんな警察や裁判所の判断を、誰が信用するものですか」

すっと腑に落ちた。気弱そうな風貌の下に、反町はマグマのような怨嗟を隠していたのだ。

「刑事さんは、世間が〈ネメシス〉をどう捉えているのかご存じですか。本名公開が原則のSNSじゃあ、常識人らしい建前論を吐いてますけど、それ以外では〈ネメシス〉を礼賛しているんですよ。警察と裁判所の行ってきた不合理と無責任さの後始末を、たった一人でつけている英雄なんですよ」

「人殺しが英雄、か」

「レッテルなんてその場その時で、いくらでも色が変わるじゃないですか。同じ人殺しでも戦場なら英雄です。さしずめ〈ネメシス〉は死刑執行人といったところでしょうか。法務大臣や温情判事が怖がってできない執行を、代行してくれる」

「それは法治国家へ反旗を翻すことだと思わないか」

「何の罪もない人の無念も晴らしてやれず、折角の制度があるのに罪びと一人殺せない。それが法治国家のあるべき姿だというのなら、こっちから願い下げですよ」

不意に岬の顔が脳裏に浮かんだ。

検事、我々はとんでもない見当違いをしていたのかも知れない。

我々の本当の敵は〈ネメシス〉じゃない。

我々と司法システムに対する、一般市民の不信感だ。その不信感が〈ネメシス〉を生み、行動させ、そして擁護している。

言い換えれば〈ネメシス〉は誰の中にも存在する正義の使者だ。国が謳う法治の正当性を嗤い、判例が示す嘘臭い法の正義を薙ぎ倒す神の代行者だ。

動揺を誤魔化すように咳払いを一つすると、渡瀬はゆっくりと腰を上げた。

「それでも、あなたは法治国家に護られている」

「実感ないですね」

「あなたは今年でいくつになる。二十六か。それだけ生きていれば、程度の差はあれ、誰かしらに恨まれたり憎まれたりしているものだ。もしも個人の復讐が許され、歓迎されるような世の中だったとしたら、あなただって決して安全だとは断言できん。法治国家に護られているというのは、そういう意味だ。憶えておくといい」

冷房の効いた銀行を出ると、温い空気が肌を舐めた。渡瀬は口中に纏わりついた唾を地面にぺっと吐き出す。

「これから寮に直行して防犯カメラの映像を押収する」

「書面、どうしますか」

「急を要するとか言って後回しにさせる。もうそのやり口は慣れただろう」

「慣れていいものとは思いませんけど」

どのみちカメラに捉えられた映像はアリバイを部分的に補完するものでしかない。寮に向かう別の目的は、カメラを避けて外出する手段があるかを検証するためだった。

反町の言った通り、銀行の寮は歩いて五分ほどの場所にあった。一階にいた管理人に確認すると独身用に特化した寮とのことだった。

古手川に建物の周囲を探らせる一方、自らは管理人に談判して防犯カメラのビデオの提出を迫る。当初、管理人はひどく困惑した様子だったが、管理部署と電話でやり取りをするうち、渋々応諾した。

ビデオの記録媒体は巧い具合に着脱式のハードディスクだった。九月三日分を記録したものを借り受けて寮を出ると、正門の陰で古手川が待っていた。

「駄目でした、班長」

古手川は建物を指差して言う。

「見てください。この寮、元々非常階段がなくて、代わりに各部屋に避難シュートが備えてあるんです。建物内に階段はあるんですけど、降り口は一階の管理人室前だから、外出するとしたらどうしても防犯カメラの前に姿を晒すことになります」

壁伝いに下りる、という考えは直ちに却下した。反町の部屋は五階にあるからだ。

その後、鑑識で記録内容を確認してもらったが、問題の九月三日の午後十一時十三分に寮の玄関を潜る反町の姿が認められた。これ以降、翌朝の通勤時間まで反町の姿が映っている場面は見当たらなかったので、彼のアリバイは呆気なく成立してしまった。

五　義憤

1

九月十二日、群馬県高崎市大橋町。

今岡菜々子は自宅への帰路を急いでいた。今日は母親のバイトが遅めのシフトに入っているので夕食の支度は菜々子の当番なのだが、予想以上に部活動が延びてしまった。早く帰らなければ母親からきつく叱られる。普段は優しいが、こと一度決めた生活のルールには厳しい母親だった。時には厳し過ぎるのではないかと思うことがあるが、厳しくなった理由を知っているので刃向かうつもりはない。

九月半ば、まだまだ日中の残滓がアスファルトから立ち上っている。小走りに駆けていると嫌でも額に汗が浮いてくる。そうでなくてもシャワーの時間も惜しんだので、バスケで流した汗はそのままだ。自分でも臭くなっているのが分かる。自宅が高校の近くで助かった。これが電車通学なら自分の周囲一メートル以内には誰も近づけられない。帰ったら、まず浴室に飛び込もう。

もう日は暮れて、すれ違う人の顔が見えなくなっている。商店から洩れる灯りが暗く輝き出す。この辺りは三国街道を挟んで昔ながらの商店が軒を並べている。酒屋、旅館、洋品店、時計店、駄菓子屋、鮮魚店、中華料理屋——どこか昭和の香りを残した町並みが、菜々子は大好きだった。四年前に越してきた時には不安と絶望しかなかったが、以前に住んでいた岐阜と少し似ているところが安心感を与えてくれた。

もちろん、安心の理由が他にもあることは承知している。ここには前の名前を知っている者はいない。自分の父親が誰なのかを憶えている者はいない。

チェーン店のカレー屋の手前で脇道に入る。途端にカレーのわくわくする匂いが鼻腔を刺激する。

今日はカレーにしようか。確か材料は揃っていたはずだ。圧力鍋を使えば短時間でも野菜はとろとろになる。玉ネギをしっかりキツネ色になるまで炒めれば、後は何とでもなるだろう。

段取りを考えながら三叉路を曲がると、いきなり闇が深くなった。民家の裏口が並ぶ狭い脇道で街灯もまばら。足元の道路標示も暗がりに溶け込んでいる。

この通りを歩いているのは自分一人だ——そう思っていたが、間違いだったと気づいた。

背後からかつかつと足音が聞こえた。

昔から視力が悪かったが、代わりに耳だけはよかった。絶対音感という意味ではなく、とにかく一メートル先の蚊の羽音まで拾ってしまうような鋭敏な聴覚を持っている。その耳が捉えた足音だった。

菜々子が小走りにしているのに、足音は遠くならない。自分と同じ速さで走っているからだ。

やがて菜々子は公園に差し掛かった。住宅地の片隅にぽつんと割り当てられた申し訳程度の公園で、街灯も一本きりしかない。しかもその一本さえ切れかかり、明滅を繰り返している。

菜々子は立ち止まる。すると自分を追い掛けていた足音も消えた。

「誰」

振り返って誰何するが、闇の中に人影は見えない。

「この間から、ずっとわたしをつけているでしょ。ちゃんと知ってるんだから」

気丈に声を荒らげてみる。

「大声上げるわよ。警察呼ぶわよ」

それでも返事はない。

気のせいなのだろうかと思い、また歩き始める。

するとまた足音がついてきた。

ひたひた。

ひたひた。

俄に背中がざわついた。

心臓がそいつの耳に届きそうなくらいに大きく打つ。

菜々子は駆け出した。恥も外聞もなく髪の毛を振り乱し、後ろも見ずに突っ走る。振り向いたが最後、闇の中に呑み込まれそうな恐怖感があった。

捕食動物に追われる獲物のように走る、走る、走る。

それでも足音は、ぴたりと背中に張りついている。

やっとの思いで自宅アパートに辿り着く。二階までの階段を駆け上がる時に最大の恐怖が伸し掛かった。

鍵穴にキーを挿し込むのがひどくもどかしい。その間も神経は耳に集中している。

部屋へ飛び込むと、すぐにドアを閉めて施錠した。

三重ロックでようやく人心地がつく。そろそろとドアの魚眼レンズを覗くが、部屋の外に人影はない。

リビングのソファに腰を据えると、膝が笑い出した。菜々子は両膝を抱えるようにして小さく縮こまった。

耳の奥では、まだ足音が反響していた。

母親のみゆきが帰ってきたので、菜々子は早速報告した。

「気のせいじゃないの」

「違う、違う。気のせいなんかじゃない。先週から続いてるのよ」

「誰かにストーカーされるような覚えでもあるの」

みゆきは笑って言うが、菜々子には冗談で済ませられる余裕などない。

「ネメシス……」

「え」

「テレビやネットでやってたじゃない。懲役囚の家族を殺して回っているヤツがいるって。ひょっとして、そいつかも知れない」

懲役囚と聞いた途端、みゆきは顔色を変えた。

そうだ。ストーカーよりもそちらの方が、はるかに現実味がある。

「でも、まさかウチが……」

「ネメシスはわたしたちにじゃなくって、お父さんに恨みがあるのよ。だって、恨まれるようなことをしてるんだもの」

「もう四年前の話よ」

「この間、ネメシスに殺されたのは四年前に人を殺して懲役になった犯人のお父さんだった。ねえ、警察に届け出ようよ」

「警察は嫌」

みゆきは子供がするように頭を振る。

「あんなところ、二度と行きたくない。行ったら、また昔の話を蒸し返されるのよ。せ、折角高崎の町に慣れて普通の暮らしができていたのに、お父さんのことが知れたら高崎にも住めなくなっちゃうのよ」

菜々子は少し苛ついた。しっかり者の母親だが、父親の話になった途端に腰が引ける。警察の世話になるのは自分だって嫌だ。しかし、他に頼るところなどないではないか。

「今度はわたしたちが被害者になるかも知れないんだよ。ネメシスってね、被害者と同じ方法で殺しに来るんだよ」

「そう決まった訳じゃ……」

みゆきの顔はますます蒼ざめていく。

「お母さんが行かないならわたしが行く。わたしとお母さん、狙われてるのがどっちだか分からない。わたしかお母さんのどちらか、指先を切られて、顔をぐちゃぐちゃにされるのよ」

懸命に説得を続けると、やがてみゆきは渋々ながら承諾した。

*

自分たちはネメシスから狙われているかも知れない――今岡みゆき・菜々子の母子が高崎署に保護を求めてきたのは、十二日午後八時十分のことだった。事情を聴取した高崎署も最初は単なるストーカー事件と高を括っていたが、母子の素性を知るや否や〈ネメシス事件〉捜査本部に連絡を寄越した次第だ。

「これ、チャンスじゃないですか」

高崎署に向かう車中、古手川はステアリングを握りながら興奮気味に話す。

「いままではずっとネメシスの後追いだったけど、これでヤツの先回りができる」

だが半眼で腕組みをしている渡瀬は、昴揚とはかけ離れた場所にいた。

「班長、ノリが悪くないですか」

「ノリで仕事するな」

「ひょっとしたら、今回の高崎の件、ネメシスとは無関係だと思ってるんですか」

渡瀬も無関係だとは思っていない。今岡母子の親族が起こした事件を鑑みれば、いかにもネメシスが目をつけそうな案件ではある。

事件は平成二十一年の五月二十八日、岐阜市内で発生した。市内を流れる長良川の岸辺で成人女性の死体が発見されたのだ。しかもただの死体ではない。全裸に剝(む)かれた上で顔を判別不能なまでに潰され、おまけに手の十指全てを第一関節で切断されていた。明らかに被害女性の身元を晦(くら)ます手口だった。被害者が特定できなければ、鑑取(かんど)りも容疑者絞りもしようがない。犯人の目論見通り、捜査は初動段階から難渋(なんじゅう)を強いられた。

だが犯人にも見落としがあった。

歯だ。

顔や指紋を消したのはいいが、歯には手をつけていなかったのだ。捜査本部は直ちに口腔内部のX線写真を入手し、中京圏を中心とした歯科医たちに照会を求める。

展開があったのはその四日後だった。名古屋の歯科医から、歯の治療痕が患者のカルテと一致する旨の連絡があったのだ。

被害者と予想されたのは名古屋市内のキャバレーに勤める桑名(くわな)歩美(あゆみ)三十二歳。早速、本人の部屋から毛髪その他の残留物を採取してＤＮＡ鑑定すると、遺体のそれと見事に一致した。

被害者が特定できたことで捜査は一気に進展する。勤務先からの訊き込みですぐに常連客菅野昭之の存在が浮上、本人には犯行当時のアリバイがなく、任意での事情聴取を行ったところやがて殺害を自供した。

経緯は至極ありふれたものだった。三十男のキャバレー遊びがやがて不倫に発展し、女の方も寄る年波で本気になった末の修羅場を経、愛人の殺害へと至る。ただし、その犯行態様があまりにも残虐に過ぎた。

更に被害者桑名歩美に関しての報道が菅野を窮地に立たせることになる。歩美がキャバレー勤めをしていた理由が、寝たきりの母親の介護費用を捻出するためであると報じられたからだ。歩美に寄せられた同情は、そのまま菅野に対する憎悪へと反転する。自分勝手で鬼畜にも劣る行為として、当時のマスコミは菅野を断罪した。世間もそれに同調し、菅野の極刑を望む声は日増しに大きくなる。

明けて翌平成二十二年一月、一審の岐阜地裁は検察側の死刑求刑に対し懲役十五年の判決を下した。これを不服とした検察側は即日控訴したが、二審も一審判決を支持。検察側は上告を断念し、ここに菅野の懲役刑が確定した。

「軽部や二宮の事件と共通するのは犯行態様の悪辣さと、それに呼応した世間のバッシングだ。被害者遺族に同情が集まる一方で、加害者家族には苛烈な指弾があった。彼らが元の住まいを引き払っているのがその証拠だ」

「そういや、今岡って苗字も」

「一審公判中に菅野は離婚、女房のみゆきは娘とともに旧姓の今岡に戻っている。住まいを変え、名前も変えなきゃ生活することができなかったんだ」

「今、菅野はどうしてるんですか」

「二宮圭吾と同じ岡山刑務所に収監されているが、別に奇縁でも何でもない。初入所で懲役十年以上なら、収容先が限定されているだけの話だ」

「もし菅野が死刑になっていたら、今岡母子も狙われずに済んだんですかね」

古手川の何気ないひと言が思考に突き刺さる。

死刑判決を免れた犯罪者への鉄槌。死刑判決を回避したが故の新たなる悲劇。それがネメシスの真意ではないと誰が言い切れるだろう。

だが、最近の渡瀬はこうも考えている。

報道番組に招かれた某社会心理学者は〈義憤〉というキーワードでネメシスを解説した。ギリシア神話に則した説明でそれ自体に誤謬はなかったものの、それを今回の一連の犯罪に結びつけることに違和感を覚えた。

己の主義主張を貫く目的で他人を殺めるのは義憤でも公憤でもない。ただのテロリストだ。ネメシスにしても同様だ。何を狙っているかは定かでないが、結果だけを見れば劇場型犯罪の類型に過ぎない。

「早く終わらせるぞ」

「……はい」

「こんなくだらん三文芝居に、いつまでも付き合ってられるか」

高崎署に到着した渡瀬たちは、早速今岡母子の待つ部屋に通された。驚いたのは母子側の要望で、娘の菜々子が一人きりで担当捜査員と面談したいと言っているらしい。理由は不明だが、興味が湧いた。渡瀬は母親の方は古手川に任せ、自分は娘と会うことにした。母親不信の古手川なら、相手に要らぬ先入観を抱くこともあるまい。

応接室では菜々子が待っていた。事情聴取ではないので記録係もいない。渡瀬と菜々子、一対一の面談となる。

初対面の菜々子を見て、渡瀬は少し驚いた。大抵の女は渡瀬の顔を見た途端に怯えるものだが、この娘は相手を直視して目を逸らそうともしない。

「埼玉県警の渡瀬だ」

「今岡菜々子です」

「ネメシスからの保護を要請したらしいが」

促すと、菜々子はここ数日間、正体不明の人物に付け回されている事実を告げた。

「あんたの勘違いということはないのか」

「勘違いじゃないです。誰かから追われるなんてこと、高崎に住んでからは初めてでしたから」

「ほう、それより以前にはあったのかい」

「岐阜に住んでいた頃、お父さんが逮捕された後で、似たようなことが何度かありました」

「悪意を感じるという意味かね」

「はい」

「その悪意の主がネメシスだという根拠は」

「根拠なんてありません。相手がネメシスでないと、警察はわたしたちを保護してくれないんですか」

尖った視線が渡瀬を貫く。だが当の渡瀬には意外に心地良くもある。

「確かに道理だな。しかし保護しないと言った覚えはない。ただ、単なるストーカー対策として相談するよりは、ネメシスに狙われていると訴えた方が警察も本気にすると計算しなかったか」

「それは計算しました……ちょっとだけ」

ほう、なかなか正直じゃないか。

「でもわたしたち母子ならネメシスに狙われても仕方がないと思いました。それが理由の一つです」

「それは父親の……いや、父親と呼んで構わないか」

「どうぞ。苗字が変わっても自分は菅野昭之の娘だと思っています」

「それが原因で引っ越しを余儀なくされてもか」

「お父さんの子供だということを否定したら、わたしがこの世に生まれたこと自体を否定しなきゃならなくなります」

「父親のしたことを認めた上での言葉かね」

「わたしとお父さんは親子です。でも、だからと言って、わたしたちがずっと俯(うつむ)いて歩かなきゃならない謂れはないはずです」

受け答えを聞いていると、何故か顔が綻んだ。その渡瀬を見て、また菜々子が睨む。

「何が可笑しいんですか」

「いや、失礼」

「本当を言えば、ここに来るのにも勇気が要ったんです。お母さんなんて最後まで嫌がってました」

「警察が嫌いかね」

「あんな仕打ちを受けて、好きでいられる人がいたら会ってみたいです。お父さんが逮捕された時、刑事さんたちはお母さんやわたしに酷いことを訊きました。家で暴力を振るわれたことはないかとか、父親に愛人がいたことを知っていたのかとか、新聞とかテレビの報道でいい加減傷ついているのに、その傷口に塩をすり込むようなことを訊いてくるんです」

菅野が自宅でどう振る舞っていたかの確認は、犯罪の態様と菅野の人物像を明確にする上で不可避だったのだろう。それでも当時中学生の少女に落とした影を鑑みれば、彼らのしたことにも罪深いものがある。

「刑事さん、犯人の家族がその後どんな扱いを受けたか、聞いたことがありますか」

「直接聞いたことはあまりない」

「でしょうね。子供がひねくれるには最適の環境ですよ」

「あんたがひねくれているようには見えんが」

「わたし、高崎の中学に転校した時から親友を作らないようにしていました」

急に話題が飛んだが、渡瀬は菜々子の話すままに任せた。

「親しくなり過ぎて、お父さんのことを知られるのが怖かったからです。折角友だちを作っても、その度に失う羽目になるなら最初から作らない方がずっといいからです。でも目立たないようにしていても変に思われる。つかず離れず、近過ぎず遠過ぎず。そういう距離感を保つことにどれだけ神経を使ったか、刑事さんには想像もつかないでしょうね」

軽部や二宮の事件に限らず、加害者家族の行く末を思わなかったことはない。場数を踏んだなりの想像力もある。しかし、それを菜々子に伝えても意味はない。

「岐阜の時は本当に酷くて……中学校では当たり前のように苛められました。机や学用品に〈人殺しの娘〉とか〈責任取ってお前も死ね〉とか、毎日書かれました。友だち、みんないなくなりましたからね。呆れたのは先生たちの態度で、わたしを護ってくれるどころか、気味悪そうな目で見るんですよ。終いには、ここに在籍していたら君が辛いだけだから転校したらどうかって勧めるんです。何なんですか、君のためって。ここにお前がいたら面倒だから早く出ていけって顔に書いてあるんですよ」

これも初めて聞く話ではない。事なかれ主義が蔓延る社会では、問題を解決するよりも問題の種子を排除する方が楽でコストもかからないからだ。

「家の近所はもっと酷かったんですよ……聞きますか」

「喋って気が晴れるのなら話せ。ただの愚痴だと自分で分かっているなら黙っていろ。

その方が精神衛生上、楽だぞ」

すると菜々子はおや、という顔をした。

「……刑事さん、職場で浮いてないですか」

何を言い出すのか。

「そんなこと言う刑事さん、初めてです。でも愚痴っぽく聞こえるかも知れませんけど、これを言わないとお母さんが警察を毛嫌いする理由を分かってもらえないから話します。もう大体想像できると思いますけど、近所からもそうでないところからも毎日嫌がらせです。電話、張り紙、噂、ネット。見聞きするもの全部がわたしとお母さんを犯罪者扱いしました。とうとう堪らなくなってお母さんが最寄りの交番に行ったんだけど、お巡りさんは『おたくのダンナがしたことを考えたら、そんなのモノの数じゃないでしょ』って言ったらしいです。お母さんは目を泣き腫らして帰ってきました。わたしたちが引っ越しを決めたのは、その三日後でした」

菜々子の物言いがどこか老成している理由が分かったような気がした。

成長とは醜悪なもの、脆弱なものを認識することに他ならない。この娘は同年配の女の子の何倍も人間の残酷さと愚かさと、そして哀しさを知ってしまっているのだ。

「親しかった近所から手の平を返されたのが応えたからなのか、お巡りさんから酷いことを言われたのがショックだったからなのか、お母さんは引っ越してからも鬱病みたいになりました」

「でも、あんたはそうならなかった」

「わたしまで内に閉じ籠もったら負けだと思ったんです」

「世間に対してか」

「犯罪者の家族だという理由だけで他人を責めるような人間に負けたくないんです」

菜々子の目はぎらぎらと好戦的にこちらを見据える。世間からの糾弾でこの少女が剛(つよ)くなったとしたら、馬鹿どもの後ろ指も満更捨てたものではない。

渡瀬は妙に嬉しくなった。

「あんたたち母子の警察嫌いはよく分かった。その上で約束する。二人の身は我々が警護する。信用できんかも知れんが、少なくとも信頼はしておけ。木偶(でく)の坊の集まりくらいに思っているだろうが、そういう集団は命令系統さえしっかりしていればなかなか役に立つ」

「……刑事さん、やっぱり変わってる」

「よく言われる。さて話を戻すが、さっきあんたは自分たちがネメシスに狙われる理由に父親が不特定多数から憎まれていることを挙げた。いい気はしないだろうが、それには同意しよう。ただ、こっちはもう一つ別の理由を考えている」

不意に、菜々子の目が好奇の色へ変わる。

「ここ数日間、つけ回されたと言ったな。それが何日だったのか正確に思い出せるかね」

「七日、九日、それから今日十二日です」

「記憶力がいいな」

「こういうのは忘れにくいです。でもどうして、そんなことを訊くんですか」

「ネメシスの仕業と推測できる事件は現時点で二件。共通していることはいくつもあるが、その一つが計画性だ。狙う獲物にはある条件が設定されているから、その行動範囲や生活パターンを事前に知っておかなきゃならない。それを知るにはどうしたらいいと思う」

「相手を一日中、見張る……」

「その通りだ。帰宅時間は何時か。どの道を通って帰るか。それを知るには尾行するのが一番手っ取り早い。そして、あんたも数日間尾行された。それに事件の起きた場所がばらばらだ。ネメシスの仕業と考えても存外的外れじゃない。それに事件の起きた場所がばらばらだ。首都圏全域を走破したような物好きならともかく、大抵の人間は初めての場所で何かしようとするなら下見をする」

「わたしをつけ回したのは下見をかねて、という意味ですか」

「あんたに気づかれているとは思わなかったんじゃないのかな」

　そして菜々子自身が悪意に敏感だったせいだろう。

「高崎署にはわたしから話をしておく。後でお母さんには、絶対に大丈夫だからと言って安心させておくといい。自分ではそう思ってなくても、母親には言えるだろ」

「……そういう人を見透かしたような言い方、嫌いです」

「間違っていたのなら謝る」

「間違ってないから、余計に腹が立つんですよ。鈍感なんですね」

口では抗議していたが、表情を見る限りではそれほど怒ってもいないようだ。

「鈍感ついでにこちらからも提案がある。いや、提案というよりお願いだ。さっき、正当な理由なく他人を責めるような阿呆どもに負けたくないと言ったな」

「別に阿呆とは言ってませんけど」

「阿呆でも褒め過ぎなくらいだ。義憤だとか何とか吐かしてやがるが、とどのつまりは日頃の鬱憤を晴らしているだけの卑怯者さ。相手が反論できないのをいいことに正義づらして叩くだけ叩く。ネメシスってヤツは、そういう卑怯者たちからの熱烈な支持を背景に犯行を繰り返している。どうだい、こっちもなかなかに腹が立つ話だろう」

「立ちますね」

「正義の代弁者を標榜するクソどもにひと泡吹かせたいと思わないか」

「強く思います」

「実は頼みたいことがある」

2

「おとり捜査だって」

渡瀬の話を聞くなり栗栖は目を剥いた。一方、同席している八木島は片方の眉をぴくりと上げただけだった。

「そうです。今岡母子にぴったり張りつくのではなく、いつでも飛び出せる距離から二人を警護します。ネメシスの油断を誘い、現行犯で逮捕するために」

「渡瀬さん。あなた、自分が何を言っているのか分かってるんですか」

「それくらいは心得ていますぜ。今まで何百人もの人員を投入して捜査に当たったが、未だ捗々しい成果は挙げられていない。容疑者の特定どころか、犯行に使用された凶器すら発見できていない。マスコミや世間は捜査本部を役立たずと非難し、事の推移を静観していた警察庁もそろそろ重い腰を上げかけている。ここらで犯人の目星をつけておかなきゃ県警の沽券に係わるが、こちらに有効な切り札はない。それが現状でしょう」

栗栖は反駁できず、ただ渡瀬を睨みつける。

「だが今回、初めて犯人が尻尾らしいものをちらつかせた。ネメシスが次の獲物として今岡母子を狙っている可能性は非常に大きい。これを逃す手はない」

「だからといって、一般市民を危険に晒していいはずがないでしょう。いくら懲役囚の家族でも、そんな計画が表沙汰になったら県警本部が批判の的になる」

またぞろ、この男はこの言い草か。

見限って相当になるのでもう腹は立たないが、代わりに居心地の悪さが募る。一課の捜査員が犯人検挙のためにあらゆる手段を講じているというのに、それを束ねる責任者は組織防衛ばかりに血道を上げている。

警察のように目的が明確な組織では、実績がそのまま発言力になる。そして実績を高水準に維持できれば自ずと信頼になる。

組織防衛に汲々とするのは、実績も信頼も失いかけた組織の行為だ。だから栗栖の立ち居振る舞いを見るにつけて、渡瀬は警察組織の弱体化を思い知らされる。

そしてもう一つ、この男は今岡母子を懲役囚の家族という言い方をした。あの母子を捨て駒と捉えているのは、むしろ栗栖の方だ。

「犯人を検挙すればいいというものではない。我々は民主警察として県下の所轄に範を垂れなければなりません。その県警本部自らが違法捜査を行ってどうするんですか」

「おとり捜査じゃなければいいんでしょう。母子の要請を受けて一課の捜査員が警護にあたっていたところ、ちょうど上手い具合にネメシスが現れたので現行犯逮捕した。筋書きとしてはそれで充分でしょう」

「そんな見え透いた話に納得するブン屋がいる訳ないでしょう。第一、そのおとり捜査が成功する確率も百パーセントではない。もし失敗すればおとりとなった母子の生命はもちろん、仕掛けた捜査本部の威信は丸潰れになる。あなたはそんなリスキーな賭けに我々を巻き込むつもりなのか」

リスクのない賭けなどあるのだろうかと、渡瀬は突っ込みたくなる。慎重なのは結構だが、この男は石橋を叩いて割ろうとしているだけだ。

「百パーセントの成功率なんざどこにも存在しない。計画にはいつも不確定要素が付き纏う。そういう不測の事態に対応するために、現場の指揮官と兵隊がいるんだ」

「古色蒼然とした組織論は結構です。提案するなら、もっと確実でリスクの少ない作戦を提案しなさい」

「そんなものがあればとっくに提案している」

何を、とでも言おうとしたのか、栗栖が言い掛けたのを、八木島が遮った。

「一つ訊きたい。今岡菜々子を尾行していたのがネメシスだと確信できるか」

「状況証拠だけですね」

「その娘の勘違いだったらどうする」

「どうもしやしません。ただのストーカー野郎が事に及んだ時点で逮捕されるだけです。囲み記事くらいにしかならんでしょうから、気に留める者もいない」

「では本当にネメシスだった場合はどうだ」

「捜査本部が主だった懲役囚の家族に監視の目を光らせていることは、マスコミ各社も嗅ぎつけています。人海戦術を展開した結果、ネメシスを逮捕できたというストーリーならほとんどの報道関係者は納得するでしょう」

「ほとんどということは例外もあるという意味だな」

「最初にネメシスの名前をすっぱ抜いた埼玉日報の記者なんかは、その類ですな。しかしいくら目端の利いたブン屋でも、解決済みの事件について憶測だけじゃ記事は書けない」

「つまり情報管理さえ徹底していれば、か」

「ええ。八木島管理官でしたら造作もないことでしょう」

こちらの思惑が透けて見えるのを承知の上で言ってみる。こちらが相手の功名心を見抜いているのも知られているだろうから、それこそ腹の探り合いだ。

そして腹の探り合いなら、渡瀬は人後に落ちない自信がある。

「ネメシスの事件は警察だけでなく、過去に軽部事件や二宮事件を起訴した検察庁および判決を下した裁判所が大きく関心を寄せています。現行の司法システムへのテロリズムという見方をしている関係者も少なくない。無論リスクがゼロじゃないが、無事に解決した時のリターンには計り知れないものがある。それにまあ……」

「それに、何だ」

「捜査手法について現場の指揮官が暴走したとなれば、上席者の取るべき責任はいいとこ監督不行き届きまででしょう」

自爆覚悟であることを仄めかす。何のことはない。渡瀬が仕掛けているのもテロリズムとさして違いはない。

反応を待っていると、不意に八木島が口角を上げた。

「今どき、あなたのような指揮官は珍しいな」

「否定はしません」

「先日、ある御仁から渡瀬班長の人物評を聞いた。その御仁によれば、あなたは原発と一緒だ。『優秀で便利だが、近くに置いておきたくはない』」

どうせ発言の主は里中本部長辺りだろう。

通常運転を望むか、あるいは炉心溶融を怖れるか。

「ネメシス事件は警戒すべき対象があまりに多く、次に狙われる者を予測するのが甚だ困難な事案だ。従って現在の限られた陣容では、現場判断に委ねる部分が生じても致し方ない」

つまりは見て見ぬふりという訳だ。その方がこちらにとっても都合がいい。栗栖が今にも摑みかからんばかりにこちらを睨んでいるが、本当にそんな度胸があるのなら、いつまでも自分の下に渡瀬を置いておくものか。何らかの理由をつけて、とっくの昔に配置換えをしているはずだ。

「戻ります」

それだけ言い捨てて、渡瀬は部屋を出る。背中から栗栖の歯軋り（はぎし）が聞こえてきそうだったが、元より上司への根回しなど赤子の手を捻る（ひね）ようなものだった。

目下の難題は、次に控える今岡母子の説得に他ならない。

今岡家に向かう車中、珍しく古手川は黙りこくっていた。単純な男だから、理由が今岡母子にあるのは明白だった。

「何か失敗でもやらかしたか」

単刀直入に訊いてみる。どうせ器用に隠し事ができないのは本人も自覚しているだろうから、水を向けさえすれば喋り出す。

「最初に母親から事情を訊く際、不信感を持たれました」

予想通りの回答だったので逆に安心した。

「ふん、想定内だ」

「想定していて、俺を母親にぶつけたんですか」

「不信感を抱かれたのは、手前自身の不信を相手に見抜かれたからだ。演技しろとまでは言わんが、せめて本音を曝け出さない工夫をしろ。お前は考えが面に出過ぎる」

「でもあの母親の不信感というのは、俺に対するというより警察全体に対する不信感みたいに感じました。何ていうか、昔受けた恨みは忘れないっていう風ですね」

それはそうだろう、と渡瀬は合点する。菜々子から話を聞いた限りでは、菅野が逮捕された直後はみゆきが娘の防波堤になっていた。菜々子にも強かった波濤が、みゆきに対しては更に苛烈であったことは容易に想像できる。

この世にただ一人の味方もいないというのは、どんな気分なのか。それを思うと慄然とする。渡瀬も過去に似たような経験をしたが、少なくとも味方は存在した。それでも相当に疲弊したのだ。

「班長。もしかして、あの母子におとりを依頼するって、えらいハードルの高い話じゃないですか」

「今更、寝惚けたこと言ってんじゃねえ」

渡瀬は正面を見据えたままで言う。

「折角忘れかけていた悪夢を再現させようってんだ。並大抵の説得じゃ首を縦に振ってくれるもんか」

「それでも、あの母子に無理強いするんですか」

「無理を通さなきゃ越えられないものがあるんだ」

　みゆきの抵抗は予想以上だった。

「この娘を危険に晒すなんて、絶対に許しませんっ」

　みゆきは渡瀬と菜々子の間に立ち塞がる。

「普段通りの道を普段通りの時間に歩いてもらうだけです。もちろん我々は彼女からいっときも目を離さない」

「そんな話、信じられるものですか。警察にとって大事なのは犯人の逮捕で、菜々子の安全なんて何も考えていないに決まってる」

　とりつく島もない。渡瀬はとりあえずみゆきに座ってもらった。

「奥さん。あなたたちが四年前にどんな仕打ちを受けたか、娘さんから聞いた」

「聞いただけでしょ。聞くだけなら犬や猫にだってできる。実際に体験してみなきゃ、あの辛さと恐ろしさは分からないわよおっ」

　みゆきは箍が外れたように、渡瀬に食ってかかる。

「四年前、わたしたち母子があなたたち警察からどんな扱いを受けたか」

「それも聞いた」

「人殺しの家族だったら、何を言われてもどんな虐待を受けても自業自得だとしか思っていないのでしょう。できれば死んでくれたら一番いいくらいに思っているんでしょう」

「わたしたちはそう思っていない」

ずです。いったい、どの口でそんなことが言えるんですか」

「嘘仰い。警察はみんな嘘吐きです。おまけに傲慢で乱暴で一方的で、その上恥知らずです。わたしたちをあんな目に遭わせておきながら、今になって協力して欲しいですって。いったい、どの口でそんなことが言えるんですか」

「警察が嘘吐きで傲慢で乱暴で恥知らずだという意見には同意しますよ」

「……えっ」

一瞬、みゆきは毒気を抜かれたようにぽかんと口を開く。

「泥棒や人殺し、嘘を深呼吸するように吐き続ける詐欺師に対抗するためには、警察も相応の悪徳を身に付けなきゃならない。あんたの言うことは全部本当だ。だが、一方的というのだけは是正することができる。だから、こうしてお願いに伺った次第です」

「よくもいけしゃあしゃあと、そんなことを」

「あんたたち母子は我々が責任持って護る」

「その台詞は四年前に聞きたかったわよ」

みゆきの視線が恨めしげに渡瀬を貫く。

「あの人が逮捕されてからというもの、世界中がわたしたちの敵になった。外に出ると近所の連中がこちらを指差すから、暗くなってからでないと買い物にも行けなかった。家のドアや壁は張り紙とイタズラ書きで埋まった。固定電話は無言電話や脅迫電話がひっきりなしに続いたから、解約しなきゃならなかった。あの人の収入が途絶えたからわたしが働かなきゃならなかったけど、履歴書を見ただけで面接で落とされた。そのうち自宅とわたしたちの顔写真をネットに投稿する人たちが現れて、窓に向かって石が投げられるようになった。でも、まだわたしなんてマシな方だった。菜々子の通っていた学校ときたら……」

「その話は本人から聞いた」

「大人も残酷だけど子供はもっと残酷だった。わ、わ、わたしたちが、菜々子がいったいあなたたちに何をしたっていうのよ。わたしたちだって被害者なのに」

自分たちも被害者だという言葉が胸に刺さる。

おそらくこの母子を糾弾していた者たちに罪の意識は欠片もない。それどころか、被害者とその遺族の仇を討つとばかりに、意気込んでドアに野卑な言葉を殴り書きし、義憤に燃えて脅迫電話をしたに違いない。正義の名の下に、復讐代行という美名の下に、加害者宅を探索し、写真を撮り、ネットにばら撒く。キャプションに〈天誅〉とでも掲げておけば免罪符になると思い込んで。

人が人を殺め、一方が加害者、もう片方が被害者という図式で完結するのなら、これほど単純で楽な話もない。だが市井の生活に隠れた悪意がそれを放っておくことはない。正義の仮面をつけ、シュプレヒコールを叫びながら罪なき者と既に罪を贖った者に襲い掛かる。

渡瀬は時々、世の中で最も悪辣なのは自覚のない悪意ではないかと考える。自覚がないからどれだけでも残忍になれる。自身の姿が見えないからどれだけでも醜悪になれる。

「高崎に母方の実家があったので、そこを頼るようにして家を引き払った。結局は実家も同居を許してくれなかったんだけど……でも、やっと、やっと安住の場所を見つけた。

ここなら誰もわたしたちに石を投げないし、声高に責めることもしない。本当に、やっと落ち着いた。そう思っていたのに、どうしてまた今頃になって」

「人々が忘れた悲劇を過去から引き摺り出す。それがネメシスのやり方だからだ。ヤツは大衆の悪意を呑み込んで、自分の力にしているようなところがある。あんたたちはいいカモなんだ」

「それでわたしたちをおとりに使おうっていうんですか」

「ネメシスは既に二つの事件を成功させている。娘さんが直感した悪意というのはおそらく本物だ。放っておけばあんたたちだけじゃない。日本中であんたたちと同じ苦しみを味わっている家族たちが同様に狙われる」

「だからって、わたしたちがおとりにならなきゃならない理由はないでしょう」

みゆきは挑むようにこちらを見る。

一種の強迫観念だと思った。この母親は今まであまりに多く傷つき、その痛みの記憶から抜け出せていない。記憶に怯えて思考が退行している。

「世界中を敵に回したわたしたちが、どうしてまた世界中の悪意を味方につけた人間と闘わなきゃならないんですか。あなたの口車に乗せられて犯人逮捕に協力したら、またわたしたちの素性が表沙汰になってしまう。あいつらは菅野昭之の家族だと、またわたしたちを迫害する人たちがやって来る。そんなの、元のままじゃないですか。どうしてわたしたちだけが二度も三度もそんな目に遭わなきゃいけないんですか。もう放っておいてください。わたしたちに平和を返してください」

悪意の再現——ネメシスが加害者家族に対する世間の悪意の代弁者とするなら、この母子をその脅威に晒すことは、文字通り二人が受けた受難を再現することに他ならない。それがどれほど苛酷で、どれほどの恐怖なのかは考えなくても分かる。現に目の前のみゆきは子供のように怯えてしまっているではないか。

渡瀬の胸の裡で警鐘を鳴らす者がいる。もう諦めろと囁く者がいる。おそらく良心とかいうものだろう。

だが、それを刑事の渡瀬が押し留めた。

「ネメシスを逮捕しない限り、あんたたちに平和はやってこんよ」

「それはあなたたち警察の仕事です」

「あんたたちにしかできない仕事もある」

「嫌だったら嫌ですっ。これ以上……」

「お母さん」

不意に場違いなほど冷静な声が混じる。

「ちょっと、いいかな」

「……え」

「わたしの気持ち、言っていいかな」

今までみゆきの背後でじっと聞いていた菜々子が、今度は母親の前に立った。

「刑事さん」

「渡瀬でいい」

「ネメシスを逮捕しない限り、わたしたちに平和がこないってどういう意味ですか」

「仮にあんたたちのどちらかがネメシスに襲われたとしても、世間は興味本位でニュースを見聞きするだけだ。そしてまたぞろ正義の仮面を被ったクソッタレどもが残った一人を追い掛け回す。あんたたちに降り掛かった悲劇は全部自業自得なんだと吹聴しまくる。新しい住まいの写真も投稿するだろう。石も投げるだろう。それが妄想でも何でもないことは、あんたたちなら分かるだろう」


みゆきが怯えに目を見開く。


「じゃあ、ネメシスが逮捕されたらどうなるんですか」

「幽霊の正体見たり枯れ尾花って諺、知ってるか」

「一応、習いました」

「ネメシスだとか何とかクソッタレどもから持ち上げられているが、捕まえてみればやっぱりクソッタレどもとそれほど変わらんヤツだろう。警察の仕事は愉快犯の仮面を剝ぎ取って、その凡庸さ卑小さを立証することも含まれている。ネメシスがそこいらの詐欺師と一緒だったと分かれば、クソッタレどもは熱から冷める。裁判でネメシスが裁かれれば、正義の名を借りた悪意がどれほど愚かで見苦しいものかが白日の下に晒される。まともな判断力を持った人間なら、自分の中にネメシスと同じ顔があることに恥じ入るはずだ」

「恥じ入らない人だっているでしょう」

「そういう輩はいつか別の場所、別の局面で後悔することになる。人の住む世界の規範は一朝一夕に変わるもんじゃない。歪んだ悦び、不健全な主義主張もいっときは持て囃(はや)されるかも知れんが、やがて駆逐され、唾棄され、そして歴史の中へ消えていく」

「それって、ただの理想みたい」

「理想で終わらせないために警察や検察や裁判所が存在する。法の正義ってのは、つまりそういうことだ。時折は己の権利に増長したり間違ったりすることがある。しかし目指しているものにブレはない」

　喋っている最中に気恥ずかしさを覚えたが、途中でやめるつもりもない。年端もいかない娘を相手に熱く語っている自分はとんだ勘違い親爺かも知れない。

　だが、年端もいかない相手だからこそ語らなければならない。

「今まで警察に煮え湯を飲まされてきたあんたたちは、到底警察が信用できないだろう。だが逃げ回っていても、悪意はどこまでも追っ掛けてくる。正面向いて拳の一つでも繰り出さなかったら、状況はいつまで経っても変わらん」

　しばらく菜々子は渡瀬の半眼を見据えていたが、やがて脱力するように肩を下げた。

「渡瀬さん、昨日わたしに正義の味方づらするヤツらにひと泡吹かせてやりたくないか……そう言いましたよね」

「ああ、言った」

「今は、激しくそう思います」

「菜々子。そんな、お前……」

「お母さん。悔しいけどね、渡瀬さんの言う通りだよ。逃げたって同じことの繰り返しだもの。わたし、そろそろうんざりしてるの。興味本位なくせして他人の不幸をどうこう言う人だとか、それを見ないよう聞かないようにしている自分だとか。いい加減、反撃したくなったの」

再び渡瀬に向き直った顔は、大層勇ましく見えた。

「わたし、協力します」

「ありがとう」

「ねえ、菜々子ったら」

「でも約束して。必ずわたしとお母さんを護って」

「そのためにネメシスを捕まえて」

「絶対にネメシスを捕まえて」

「約束しよう」

「それからもう一つ……」

「おっと、約束できるのは二つまでだ。こっちもそれほどキャパシティはないからな」

「ケチ」

「現実主義と言え」

「さっきは、あんなに理想を語っていた癖に」

菜々子は口元を綻(ほころ)ばせた。

笑うと、とんでもなく人懐っこい顔だった。

3

翌日から早速、渡瀬を中心にネメシス捕縛作戦が策定されることになった。ただし捜査本部が公認しているものではないので、表面上は一課の渡瀬班と警備部警備課の一部が独断で策定する恰好となる。

「しかし、それでいいのかよ、渡瀬さん」

警備課の錦織班長は、県警本部での付き合いも長いので遠慮なしに訊いてくる。

「捜査本部が公認していない作戦で負傷者が出たら、いったい誰が責任を取るんだ」

「ああ、心配すんな。本部非公認てのは、あくまでおとり捜査に関してだ。ネメシスに狙われる対象を警護すること自体は捜査方針から外れていないから、ケツは八木島管理官が持ってくれる。応援要請は然るべきルートで届いただろ」

「対象者の周辺を見張り、襲撃者が現れれば事前に確保する。結局、やることは同じじゃないか。どうもややこしいな」

「警察がいち民間人をおとりに使うっていう体裁はどうしても避けたい。そのくらいはお前さんだって理解しているだろ」

「理解はしてるが、納得はしていない。そんな風に裏表を使い分けるから、市民から四の五の言われるんだ。もうちいっと単純明快にできないもんかね」

錦織は不満たらたらだが、口調は無駄に快活だ。昔から知能戦よりは肉弾戦を好む男で、警備課勤めは天の配剤にも思える。県警本部内で格闘術において錦織の右に出る者はおらず、剣道では一度ならず国内大会の優勝経験まである。

そんな猛者がどこか渡瀬とウマが合うのは、やはり性格が真逆なせいだろう。一方は知将、一方は闘将、主義が違えば手法も異なる。違いがあり過ぎて、互いの存在が物珍しくて仕方がない。

「それにしても、おとりを買って出たのが十七歳の女子高生だって。また得意のたぶらかしか」

「たぶらかし以前に、男気のある娘なんだよ。父親は懲役で塀の内、母親は世間の風に怯えきってるっていうのに、興味本位に人の不幸に踏み込んでくるヤツらに反撃するんだって拳を握りやがった」

「ずいぶん頼もしいじゃないか、ええ。卒業したら県警本部にスカウトしてみるか」

「やめとくよ。ああいう直情径行気味の怖いもの知らずは一人でたくさんだ」

その一人は別の机で他の警備課員と地図を囲んでいる。警備の配置で何やら揉めているようだが、考えてみれば古手川が警備課との連携に参加するのはこれが初めてだ。戸惑いや反発もあるだろうが、今から経験させておくに越したことはない。

「しかし今更だが、勤めに出ている母親は南高崎までは電車だから、この区間は最低二人いればいい。しかし最寄りの北高崎駅から自宅までは五百メートル足らず。娘の通っている高校から自宅までの距離は二キロもないぞ。それだけの区間に一課のみならず警備課の兵隊まで引っ張り出すのは、いささか人員過剰じゃないのか」

「人海戦術なんてたわけたことを言うつもりはないが、万全を期したい。ネメシスのやり口は、懲役囚の殺害方法そのままに家族を殺すことだが、菅野が愛人を殺害した時のやり口を知っているか」

「顔を潰して、十本の指を切断して……」

「それは死体の処分方法だ。直接の死因は脳挫傷。後頭部を鈍器で一撃。つまりネメシスは凶器を片手にあの母子をつけ回していることになる。おそらく殺害の際は一瞬だろう。あるいはクルマで本人を拉致し、違う場所で殺害して顔を潰すのかもな。どちらにしても、現場でゆっくり時間をかけるような犯行じゃない」

「なるほどな」

説明の途中から錦織は険しい顔になっていた。

「一瞬の隙も与えちゃいかんから、この人数という訳か」

「たとえば娘の通学路である三国街道は道幅が広くて見晴らしがいい。こういうロケーションでは犯人の退路が多くなるから、どうしてもポイントごとに人を配置する恰好になる」

「対象者の警護と犯人逮捕の両方を考えれば、まあそうなるか」

「正直な話、狙撃班の投入も視野に入れている」

「狙撃班……ＳＡＴ（特殊部隊）となると、この辺りでは千葉県警か。しかしＳＡＴの出動は、テロや銃器を所持した重大事件でないと無理なんじゃないのか」

「二宮輝彦の事件では千葉県警と合同捜査しているから、その縁もある。重大事件でもあるし、法治国家に対するテロとでも解釈すれば一応の理由づけにはなる」

「その理屈で千葉県警を動かそうってのか。相変わらず強引だな」

「千葉県警にも知り合いが多くてな。知っている顔は、こういう時に利用するもんだ」

「利用って言うが、まさかお前が千葉県警の上層部に直接働きかけるんじゃあるまいな」

「そんな越権行為なんかせんよ。面子と実績、その二つをネタに上席者を釣る。上司の操縦法なんざそれで充分だ」

錦織はやや呆れたように渡瀬を見る。

「それだけ人脈と手練手管を持って、未だに警部止まりかよ。つくづく訳の分からん男だな」

錦織の憎まれ口を聞き流して、渡瀬は作戦策定に没頭する。昇進に全く興味がないと言えば嘘になるが、少なくとも今はネメシスの確保しか頭になかった。

午後の小休憩で刑事部屋に戻る最中、携帯電話が着信を告げた。

岬からだった。

『今、いいか』

その口調だけで、今回の計画についてであることが分かった。

「構いません。捕物の件ですか」

『どうして分かる』

「千葉県警にＳＡＴの出動要請をかけましたからね。県警サイドから次席検事のお耳に入ったものかと」

　出動要請については、八木島を介して里中本部長に内容が伝わっている。今頃は埼玉県警と千葉県警の間で折衝が行われている最中のはずだった。

『まさか検察に話が洩れるのを想定した上で、本部長に話を持っていったのかね』

「そちらまで話が届けば、進捗が分かりますから」

　この手の依頼は、却下されれば噂になる前に断ち切れる。話が広まっているのは、両県警の間で話が継続している証拠だった。

『……呆れた男だな』

「呆れられついでにお願いがあります。おとり捜査云々の話がマスコミから出た場合の予防線を張っておいていただきたい」

『埼玉県警の違法捜査を疑われたくないか。しかしこれは対象者警護の延長みたいな話だろう。そこまで警部が気を配る必要はないと思うが』

「違法捜査であるのは、とうに認識しています。気掛かりなのは警察の捜査手法に市民の耳目(じもく)が集中して、事件の焦点が曖昧になってしまうことです。ネメシスの存在を許したもの、加害者の家族が標的にされる非道をブレなく報道してもらう必要があります」

『司法記者には何人か顔見知りがいる。なに、首尾よく事件が解決すれば、そんなものは雑音として掻き消される』

　岬の立場上明言はできないが、マスコミ対策に協力してくれるという言質(げんち)に近いものだった。

『SATを引っ張り出したということは、犯人確保がカウントダウンに入ったと認識していいのか』

「その判断は次席検事にお任せします」

『ひどい男だな。こちらからは言質を取っておいて、わたしの念押しにははぐらかしか』

相手が岬であれば、殊更言葉にしなくても納得してくれるだろうという甘えがある。また、それを許すであろう度量の広さも承知している。

『この案件が片づいたら、どこかで一献交えたいものだな』

「それは終結した時の形にもよるでしょう。それでは失礼します」

そうして会話を終えた時、名状しがたいざらつきが残った。

不吉な予感に似たものだが、その正体が何であるのか、考えても遂に解答は得られなかった。

＊

九月十三日午後七時、菜々子は校門を出た。

日暮れ過ぎでもまだ辺りには熱気が漂っているが、菜々子は背中に寒気を覚えるばかりだった。つい気になって左右に視線を走らせてしまう。

『あまりきょろきょろするな』

突然、イヤフォンから渡瀬の濁声が流れてきた。携帯オーディオに見せかけているが、渡瀬からの指示を聞くための無線だった。

『陽気に鼻歌でも歌えとは言わんが、必要以上に警戒心を見せるな。魚が食いつかなくなる』

人をエサ扱いするなと言ってやりたかったが、生憎こちらから声を送ることはできない。覚えていろ。これが終わったら、あの悪人面の男に散々文句を垂れてやる。

『普通にしていればそれでいい。あんたの一挙手一投足を二十人の刑事が見守っている』

最初にその人数を聞いた時は冗談だと思った。まるでどこかの国のＶＩＰ並みの警護態勢ではないか。

ちょっと大袈裟だとは思ったものの、反面心強くもある。それだけの警察官がいれば、確かに犯人のいいようにはならないだろう。

駅前を過ぎて三国街道に出る。

改めて見晴らしのいい場所だと思うが、いったい渡瀬たちはどこに待機しているのだろうか。試しに酒屋の店先に視線を走らせてみる。

いつもはほとんど人気のない店頭に、ぽつんと男性客が立っていた。道路に対して斜め四十五度の向きに立っているので、菜々子の姿は丸見えだ。この男性客が刑事の一人なのだろうか。

いや、ひょっとしたらネメシス本人なのかも――。

『きょろきょろするなと言っただろう』

でも店先を覗くくらい普通の行為ではないか。

『制服着た女子高生が酒屋なんか覗くか。そういうのが不審な動きなんだ』

なるほど、言われてみればその通りだ。菜々子は視線を元に戻して歩き続ける。

それなら目の端で辺りを窺うのは構わないだろう。

洋品店に女性が一人。垢抜けないスーツを着ている。そのお洒落な店に入るには違和感があるんじゃないのかな。

時計店では若い男性が品定めをしている。あのさ、最近の若い人ってあまり腕時計なんて着けないよ。

鮮魚店にはエコバッグをぶら下げたおばさんたち。さすがにこの中にお巡りさんはいないか。

中華料理屋。ガラス扉の向こうではカウンターで作業着姿の男性がビールを呷っている。まさか警備中にビールはないよね——でも中身が麦茶の可能性だってある。

こんなことを考えているのは決して余裕があるからではない。逆だ。余裕がないから、無理にでも別のことを考えていないと取り乱してしまいそうになる。

殺人鬼が自分を狙って後をつけている。そんなことを知って、まともに歩ける訳がない。今こうして普通の速度で家に向かっている自分を、全力で褒めてあげたい。

ともすれば止まりそうな脚を叱咤して前に進む。振り返らずにいられるのは、後ろから恐怖が追いかけてくるからだ。前を向いていられるのは、渡瀬たちが見守ってくれているからだ。

カレー屋の看板が目に入った時、心が揺れた。近所で美味しい店なので菜々子も常連客になっている。あのカウンターに腰を据え、少しだけ気を落ち着かせていたい――。

『寄り道はするな。まっすぐ自宅へ向かえ』

どうしてあの刑事は、こうも自分の考えを先へ先へと読んでいくのだろう。凶悪な顔に加えて、頭脳は悪魔みたいだ。

カレー屋の手前で脇道に入る。ここから急に光は乏しくなる。反比例して恐怖の方は増大する。

以前であれば平気だった路地が、今日ばかりは悪鬼の棲み処にも思える。

やだ。どうしてこんな時に黙りこくるのよ。渡瀬さん、何か喋ったらどうなのよ。

その時だった。

ひたひた。

足音を聞いた途端、背筋に悪寒が走った。

『止まるな』

言われて前に出した足が、膝下から笑い始める。平静を装って歩いていると、あの夜の足音がぴったり背中に張りついてきた。

ひたひた。

ひたひた。

音の大きさと間隔で分かる。間違いない。あいつの足音だ。

一気に心拍数が跳ね上がる。禁じられていても、つい刑事の姿を確認したくなる。だが、元々ここは狭い路地で、両側は民家の塀で囲まれている。どこにも身を隠す場所はない。

ひたひた。

ひたひた。

お願い、渡瀬さん。連絡して。

わたしの後ろ、誰がいるの。

そいつとどれくらい離れているの。

刑事さんたちはどこで見てくれているの。

ひたひた。

ひたひた。

押し潰されそうな恐怖に耐えながら歩いていると、やがて三叉路に差し掛かった。この角を曲がった先には、民家から洩れる灯り以外に光がなくなる。

『歩き方が早過ぎる。もっと落とせ。不自然に思われる』

渡瀬は遠くから菜々子の姿を追っているはずだった。暗闇の中でも子細な様子が分かるのは、菜々子のカバンに発信機を取りつけているからだ。

あちらからは見えているのに、こちらからは見えない。何て理不尽な状況なのだろうと思う。これではネメシスも渡瀬も同じではないか。

三叉路を過ぎると、いよいよ闇が深くなった。

自分の心音がネメシスに聞こえるのではないかと思う。早鐘を抑えようとしても抑えきれない。破裂寸前の心臓が、口から溢れ出そうだった。

今すぐ走れ、逃げろ。

頭の中で警報が鳴り響く。

一方で冷静な自分が慌てるなと鎮めにかかる。

何かあれば、すぐに動く。必ず母子とも護ってやる。渡瀬はそう約束したではないか。

一秒が十秒にも感じられる。

一メートルが十メートルほどに遠い。

ひたひた。

ひたひた。

菜々子はようやく公園まで辿り着いた。

一本きりの街灯が今ほど心細い時もない。さっと辺りを見回してみても、刑事らしき人影はどこにも見当たらない。

不意に、有り得ない不安が菜々子を襲う。

刑事たちは、ネメシスが菜々子に危害を加えない限り手を出さないのではないか。

菜々子が血を流さない限り、動いてくれないのではないか。

渡瀬は、ネメシスを現行犯で逮捕したいと言っていた。現行犯というのは、つまりそういう意味ではないのか。

我慢の限界だった。

辺り構わず渡瀬の名を呼ぼうとした、その時だった。

「今岡菜々子さんですね」

暗がりの中から落ち着いた声が飛んできた。

声のした方を振り返ると、背後に影が立っていた。半袖のシャツにネクタイ、だが顔までは見えない。

いや、もう一つ見えているものがある。

人影が手にしている長い棒。先端が地面に擦れる金属音から鉄パイプと思えた。

逃げろ、と頭が命令したが、怖気づいた下半身が言うことを聞こうとしない。

「ずっと会いたかったんですよ」

声は若い男のものだ。

からから。

からから。

鉄パイプの擦れる音とともに、ゆっくりと男の全身が街灯からこぼれる光に照らし出される。

男の顔は凶悪でもなければ酷薄でもなかった。二十代半ば、一見すると優しい顔立ちに見える。菜々子の知らない男だった。

だからこそ、片手に引き摺る鉄パイプが殊更異質に映る。

不意に思い出した。

ネメシスは過去の殺人を模倣する。

そして菜々子の父親が愛人を殺害した際、致命傷は鈍器による後頭部への打撃だった。

男はじりじりと間合いを詰めてくる。

それなのに菜々子の身体は金縛りに遭ったように、ぴくりとも動かない。両足は固まり、地面から離れようとしない。

「恐怖で動けないみたいですね」

男は優しげだった。

「あなた本人には何の恨みもありません。菅野昭之の娘に生まれたことを後悔してください」

鉄パイプが持ち上げられる。菜々子の目には、それがスローモーションの動きに映る。

「せめて苦しまないようにしてあげる」

渡瀬さん。

助けて。

男が鉄パイプを頭上に振り翳した。

その時、男の表情が一変した。

「野郎っ」

たちまち男の背後、そして真横から複数の人影が飛び出し、その胴体と四肢を捉えた。

力ずくで捻られた手から鉄パイプがこぼれて、からんと音を立てる。

菜々子が呆気に取られていると、目の前に影が立った。

「よくやった。お手柄だ」

それが渡瀬だと分かった瞬間に、へなへなと腰が崩れた。

「おっと」

すんでのところで渡瀬が受け止めてくれたお蔭で、地面に倒れずに済んだ。

「確保おっ。被疑者、確保しましたあっ」

刑事の声がどこか遠くから聞こえる。それが試合終了の合図と知って、急に全身から力が抜けた。

「……渡瀬さん」

「何だ」

「遅かったです。ひどい」

「悪かった。言い訳はせん」

「いいや。もう、何でも。わたし、ちゃんと自分の仕事、しましたよね」

「ああ。あんたはベテランの刑事百人分に勝る働きをした」

「それ、ちょっと大袈裟（おおげさ）」

「大袈裟なもんか。ヤツを放っておいたら、この先、確実に被害者が増えていた。投入される捜査員は百人単位だろう。だから誇っていい」

渡瀬の声がふっと柔らかくなる。

「あんたの父親は確かに罪を犯した。あんたやオフクロさんがそれを負い目に思う気持ちも分かる。だが、この大金星でその負い目は充分チャラになるんじゃないのか」

この男はこんなご面相なのに、どうしてこんな優しい言葉を口にできるのだろう。

　そこにやってきたのは古手川だった。

「班長。被疑者が身分証を携帯していました」

　差し出された身分証を見た刹那、渡瀬は普段よりも更に凶悪な顔に変わった。菜々子の身体を離し、拘束されて地面に這いつくばった男にずかずかと近寄る。

「やあ、渡瀬さん。こうしてお会いするのは初めてですね」

　ネメシスの声がそう聞こえたので、菜々子はひどく混乱した。

　どうしてあの男が渡瀬の名前を知っているのだろう。

　しばらくネメシスを見下ろしていた渡瀬は、やがて「クソッタレ」と吐き捨てて、菜々子の元に戻ってきた。

「何がクソッタレなんですか」

「何もかもだ」

　先刻とは打って変わり、渡瀬の口調はひどく刺々しい。

「身分証があったんですよね。ネメシスの正体って誰なんですか」

「名前は、横山順一郎。東京地検勤務。次席検事付きの事務官だよ」

4

　午後九時二十三分、現行犯逮捕されたネメシスこと横山順一郎の身柄は、捜査本部の設置された埼玉県警に送られた。

そして今、渡瀬は横山と対峙していた。なるべく余人を交えたくなかったので古手川に記録係を押しつけ、取調室には三人しかいない。

「今から供述を取る。承知していると思うが、取り調べの一切は録取されているから、そのつもりで」

「どうもご丁寧に」

横山は軽く一礼する。護送車の中でもそうだったのだが、悪びれた様子は微塵もない。

「渡瀬警部のお名前は次席検事より度々伺っていました。いつか直接ご挨拶したかったのですけど、こんな形で実現してしまいましたね。本当に申し訳ありません」

「正直、今ここに座っていても現実感が薄い。まさかネメシスが岬検事付きの事務官だったとはな」

すると横山は、わずかに含羞(がんしゅう)を見せた。

「このことは、もう次席検事にお知らせになったんですか」

「ああ、ついさっきな。追ってこちらに駆けつけるそうだ」

「重ね重ね、ご迷惑をおかけします」

「最初に一番肝心なことを訊いておく。君がネメシスに間違いないんだな」

「ネメシスというのは、犯行現場に残したメッセージから、あなた方がつけた名前でしょう。ご存じでしょうが、ネメシスというのはギリシア神話に登場する義憤の女神です。自分ではネメシスの使者くらいに思っています。かの女神も、そうそう個別案件に首を突っ込むような暇はないでしょうからね。メッセージを残したのには、そういう意図がありました」

「女神を持ち出したのは、犯行動機がやはり義憤だったからか」

「その通りです。本来であれば死刑台の露と消えて当然の犯罪者たちが、姑息な弁護士と運の力を借りて死刑を免れる。その一方で被害者遺族は法律と刑務所の壁に阻まれて、復讐の機会が一切与えられず、泣いて暮らしている。こんな理不尽なことってないでしょう」

「そんなことをずっと考えていたのか」

「正確には東京地検に採用されてから考えるようになりました。新聞やネットで見聞きする以上の、しかも精緻なデータが集まる場所ですからね。検事に命じられるまま何百という訴訟案件に目を通しているうち、わたしはネメシスの使者として彼らに鉄槌を下すことにしたのです」

「鉄槌と言っても、懲役囚本人じゃない。何の咎もない、ただの家族じゃないか」

「警部は本当に彼らが無辜の人間だとお思いですか。それは違います。軽部亮一にしろ二宮圭吾にしろ、あいつらがあんな鬼畜に育ったのは家族のせいだと思いませんか。人間は環境の生物です。彼らの教育なり愛情なりが歪だったせいであんなモンスターを生んだとは思いませんか」

「否定も肯定もできんな。家庭環境があの二人を殺人者にしたという科学的根拠はどこにもない」

この返事に横山は目を輝かせた。

「ああ、渡瀬警部。やっぱりあなたは次席検事が仰っていた通りの方だ。豪腕でいながら理性的。与太や俗説の類には耳も貸さない」

「次席検事の買い被りだ。それで君は、そんな与太を信奉して犯行を繰り返したというのか」

「本人に鉄槌を下そうにも彼らは塀の内側ですからね。被害者遺族の復讐を代行するなら、殺人者の家族を血祭りに上げるより他にないじゃないですか。本来二人に与えられるべきだった罰を、その家族たちが受けただけに過ぎません」

一瞥すると、パソコンのキーを叩いていた古手川の顔が強張り始めている。横山の主張が古手川にとって不合理であることの証だ。

「自慢する訳ではありませんが、戸野原貴美子を刺し殺した時も、二宮輝彦を殴った時も、わたしは良心の呵責を一切覚えませんでした。いずれお調べになるのでしょうが、わたしは特に偏った教育を受けた訳ではありませんし、思想的に特異な友人を持ったこともありません。東京地検に採用していただいた時の面接官に訊いてもらっても、わたしのまともさを証言してくれるはずです」

検察庁の採用試験には面接も含まれている。検察官の補佐、鑑定の嘱託などの業務を熟す関係で、思想的背景はもちろん、性格診断も徹底的に行われる。従って横山の弁に誤謬や誇張はない。

「今、戸野原貴美子を刺し殺し、二宮輝彦を殴ったと言ったな。殴り殺したの間違いじゃないのか」

「微妙なニュアンスの違いに気づいていただいて恐縮です。別に言い間違いじゃありません。わたしは鉄パイプで二宮輝彦を殴打しましたが、殺意はありませんでした。ただ重傷を負わせればそれでよかった。しかし幸か不幸か打ちどころが悪くて、二宮輝彦は死んでしまった。この件については申し訳なく思っています」

「言い換えれば戸野原貴美子には殺意があったのか」

「ええ、はっきりとありました」

「戸野原貴美子と二宮輝彦の違いは何だ。殺意の有無は何が基準だったんだ」

「ひと言で言えば犯行態様の悪辣さです。二宮圭吾はつきまとっていた女性に恨みを抱いていた。ところが軽部亮一の場合は恨みの相手どころか、見も知らぬ女性二人でした。軽部の家族は殺されて当然。しかし二宮の家族にはそれほど恨まれる謂れはない」

「……俺には理解できん理屈だ」

「理解していただくのは困難でしょうね。これはネメシスを信奉するわたし独自の判断基準ですから。でも真意ですよ。その証拠に、わたしは二宮輝彦を一度しか殴打していません。もし二宮圭吾の犯行を再現しようとしたのなら、頭部の原形を留めないくらい何度も何度も殴打を繰り返したはずです」

横山の弁明には一応の筋が通っている。歪んだなりに論理的な説明と言えないこともない。

ふと渡瀬は思いつく。

これは狂信者の唱える教義ではないか。

「今夜の今岡菜々子についてはどうだ」

「同様です。彼女に対しても殺意はありません。入院する程度の怪我をしてくれればよかった」

「さっきの公園では、せめて苦しまないようにしてやるとか言ってなかったか」

「言葉の綾ですよ。彼女の父親は痴情の縺れで愛人を殺めました。その一人娘を殺さなきゃならないほどの罪科じゃありません」

「言うに事欠いて罪科とはな。一端に裁判官気取りか」

「ネメシスは裁判官よりも、はるかに上位の存在ですよ。彼女に対抗できるのは同じ女神であるテミスくらいのものでしょう。確かに法廷において裁判官は絶対的な存在です。しかし彼らの判断までが絶対とは到底言えません。裁判官の下した判断が世間一般の良識から乖離していると、いったいどれだけ糾弾されたことか。軽部事件も二宮事件もそうです。あの渋沢判事がもう少し真っ当な判決を下してさえいれば、その後の悲劇も根絶できたでしょうに」

「こんな場面で神の名前を出すことは罰当たりだと思わないか」

「わたしはその神から神託を受けたと信じています。だから罰当たりだとは全く思いません」

渡瀬は横山を睨み据える。

「いやあ、怖い怖い。その顔その目で睨まれたら、大抵の被疑者は素直に吐いてしまうでしょうね。でもわたしには不要ですよ。そんなおっかない目で睨まなくても全面自供しますから」

「殊勝な心掛けだな」

「こうして逮捕されてしまったからには何を隠しても意味のないことです。被疑者が供述を二転三転させることで取調主任の機嫌を損ね、裁判で不利になった前例も職業柄知っています。態度が殊勝かどうかではなく、正確を期した供述調書を警部に作成していただきたいだけなんです」

俄に横山の口調が熱を帯びる。

「警部には誓って申し上げます。わたしは正常な精神状態の下、正常な心理で犯行を重ねました。その際、違法薬物の類は一切摂取しておらず、特定の宗教団体もしくは特定の政治団体の影響下にあったこともありません。その上でわたし横山順一郎は殺意を持って戸野原貴美子を殺害し、しかし二宮輝彦と今岡菜々子両名については殺意なく、ただ襲撃のみを計画し実行しました」

「模範解答として被疑者たちに聞かせてやりたいような供述だな」

「万が一にも逮捕されたらこうしようと考えていました。法曹関係者の皆さんには甚だご迷惑でしょうが、これが一年余地方検察庁で働かせてもらったいち事務官としての矜持(きょうじ)です」

歪んだ矜持もあったものだと、渡瀬は眉間の皺を深くする。こんなものは矜持でもなければ信念でもない。ただの独善だ。

「軽部事件も二宮事件も裁いたのは渋沢判事だった。犠牲者選択の際、この点に留意したのか」

「最初から渋沢案件に留意した訳ではありません。死刑相当でありながらそれを回避した案件を選んだら、たまたま担当した裁判長が一致したというだけです。いや、偶然ではなくて必然だったのでしょうね。何しろ温情判事の手掛けた案件であれば、そうしたケースが集中していたのはごく自然なことです」

「話を変える。君は岬次席検事をどう思う」

予想外の質問だったらしく、これには横山も虚を衝かれた様子だった。

「次席検事はわたしの尊敬する人物です」

「君は入庁当初から次席検事付きの事務官だったな。あの人に仕え、あの人の薫陶を得て尚、ネメシスなどと名乗るつもりになったのか。次席検事が君に教えた正義とは、その程度のものだったのか」

横山はひどく傷ついたような表情になる。彼がこの取り調べで初めて見せた脆弱さだった。

「この件に次席検事は何の関係もありません。一連の犯行は全てわたしの倫理観に基づき、わたしの判断で行ったものです」

「では二つの殺人、一つの殺人未遂を認めるんだな」

「殺意の有無を別にして認めます」

渡瀬は短い溜息を一つ吐いてから、気を取り直す。

「それじゃあ、それぞれの事件について詳細を訊く。まず八月八日、熊谷市佐谷田における戸野原貴美子殺害事件について……」

岬が埼玉県警に到着したのは、日付も変わった午前零時十三分のことだった。既に横山の尋問を終えていた渡瀬は渋々岬を迎えるしかなかった。

「警部。横山順一郎を現行犯で逮捕したというのは本当なのか」

取るものも取りあえずというのは、こういうことを指すのだろう。会う時には常に完璧な身だしなみの岬が、今は髪を乱し、襟も折れたままでいる。

「残念ですが、三人目の獲物を襲撃しようとした寸前に確保しました。二件の殺人についても先ほど自供しました」

「自供内容は判明した事実に即したものだったのか。彼の狂言という可能性はないのか」

「それも残念ながら……本事案でわたしはその都度事件のあらましを検事に報告しましたが、それらは全て口頭であり、書式やデータをお見せしたことはありません。また横山事務官の前で話した記憶もありません。しかし彼が供述した内容には、遺体の損傷箇所、遺体の状態、使用された凶器の形状など、犯人でなければ分かり得ない情報が多数含まれています」

「〈秘密の暴露〉か」

「検察庁のデータベースには過去に発生した事件の情報が完備されています。事件関係者の最新住所地も含めてです。当初、ネメシスが戸野原貴美子の居所を突きとめたのはネットからの情報と考えていたのですが、彼が地検の職員ならばそんな不確かな情報に頼らずとも、獲物の居場所を容易に把握できる」

「そうか……」

岬は力なく肩を落とした。

「そうか……」

渡瀬の態度を見て、反駁は無意味と悟ったのだろう。県警本部に飛び込んできた勢いはどこへやら、すっかり消沈の体でいる。

「以前警部が言っていたな。二人の情報を知り得た者の中にネメシスが潜んでいると……今にして思えば、あれは正鵠を射ていた」

「とんでもない。ただの条件づけに過ぎませんでした」

「考えてみれば、その条件づけに従って容疑者を絞っていれば、いずれ横山くんに辿り着いたものを……わたしはいったい何を見ていたのか」

言葉に口惜しさが滲んでいた。

「動機は、彼がこんなことをした動機は何だった」

「我々が想像していた通りでした。自らネメシスの使者を標榜し、死刑を回避した罪人の家族を屠って復讐の代行者を気取る。一種の狂信者です」

「彼が東京地検の事務官に登用されてから一年余り、わたしはずっと間近で見ていた。なのに、それを全く見抜けなかった」

「事務官としての彼はどうだったのですか」

「どんな仕事でもそつなくこなす男だった。抜きん出た才能や、人の上に立つような才覚はない代わりに、堅実で、素直だった。いささか傲慢な言い方だが、事務方としては申し分のない働きをしていた」

「尋問の席でも、彼は次席検事への敬慕を表明していました」

「そうか」

「だからこそ質問しました。何故、検事の薫陶を得ていながら愚かな行動に出たのかと」

「横山は何と答えたのかね」

「全ての犯行は自身の倫理観に拠るもので、次席検事には一切関係ないと言いました。わたしもそれには納得せざるを得ませんでした」

「いったい何が彼をそうさせたのかな。入庁時点で思想背景の類はチェックされていたはずだし、日頃の言動にも不自然さは見受けられなかった」

「常日頃から殺人者の顔を曝け出すような人間はいない。そのくらいは次席検事もご承知でしょう」

「歪んだ信条、反社会的な思想を抱いた者は、どこかでその片鱗を見せるものではないのかね」

　そう訝しむ岬は、まるで途方に暮れた子供のように見えた。

「それだけ彼の自制心が強靭だったということです。宗教も同様です。教義の内容が過激になればなるほど、信者は公言を慎み口を噤むようになる。教えの中だけに自分の神が存在し、外の世界は異教の神が支配していると思い込むからです。卑俗な言い方になりますが、彼にとって死刑廃止論は異教であり、渋沢判事は異教の神官だった」

「わたしも異教徒に見えたということかね」

「それはどうでしょうか。彼の次席検事に対する敬慕は本物のように思えました。もちろん信条と敬愛は、また別のものなのでしょうが」

「それで慰めのつもりなのか」

「わたしごときが次席検事を慰められるとは思っていませんし、そういう僭越なことは性に合いませんな」

すると岬は寂しげに笑った。

「いかなる時もぶれない男だな」

「根が単純だからでしょう」

「色々と手を煩わせてしまったな。もう失礼するとしよう」

岬はゆるりと腰を上げる。

「横山に会っていかれますか」

「いや、いい。近しい者に裏切られたのは十年ぶりだが、存外に応えるものだな……警部には話したことがあったかな。あのバカ息子のことを」

「人伝に聞いたことがあります。確か洋介くん、でしたか」

「司法試験に合格し、司法修習生になった途端、音楽の道に鞍替えしよった。当時はひどい裏切りに遭ったと嘆いたものだが、またぞろ同じような思いをするとは想像もしなかった。これも日頃の行いが悪いせいか」

渡瀬には掛ける言葉がなかった。

「送検先がウチでないのが唯一の救いだ」

そう言い残して岬は立ち去った。


その後、渡瀬たちが横山の部屋を家宅捜索すると、ベッドの下から二つの事件で使用されたと思われる出刃包丁と鉄パイプが発見された。鑑識に回したところ出刃包丁からは戸野原貴美子の、そして鉄パイプからは二宮輝彦の血痕が検出された。また戸野原貴美子の自宅から採取された下足痕（げそこん）、ならびに二宮輝彦の殺害現場から採取された不明毛髪の一部が横山のそれと一致した。

次に横山のアリバイ捜査が行われたが、これも本人の供述内容を裏づける結果となった。

まず戸野原貴美子が殺害された八月八日、次いで二宮輝彦の殺害された九月三日、更に今岡菜々子が正体不明の人物に尾行されたとされる九月七・九・十二日は、そのいずれもアリバイが成立しなかった。

これだけでも立件に必要充分な証拠物件だったが、最後に補足材料となるものも発見された。

それは横山本人が管理人となっているブログだった。ブログのタイトルは〈法曹界からのほう！　そうかい？〉。くだけたタイトルだが内容は至って真面目、巻頭はこんな文章で始まっていた。

『ゲストさん、いらっしゃい。ここは法曹界の住人である管理人が、折々のニュースについて自由な感想を綴る部屋です。因みに重大事件を中心に語っていくのですが、最初に管理人が死刑存置論者であることを明確にしておきます。日本国民の八割が死刑制度を支持している中、世界の潮流に合わせよとばかりに無意味な運動を繰り広げる知識人、または論理性の欠片もない弁論を展開する死刑廃止論者の弁護士たち。そういった有象無象を管理人は徹底的に唾棄するものです。それを不快と感じるゲストさんは即刻退去されるようお勧めします』

巻頭文通り、ブログの中身は死刑存置論の擁護と廃止論の否定に終始していた。論調は苛烈を極め、時には著名な死刑廃止論者を名指しで非難していた。この内容をもって横山がネメシスである証左にはならなかったものの、犯行動機を裏づける材料として採用された。

横山が犯行を自供したため、いったんその身柄はさいたま地方検察庁に送検された。その後、勾留期間の十日以内に自室から数々の証拠物件が発見され、担当検察官は正式に横山を殺人と殺人未遂の罪で起訴するに至った。

六 怨憤

1

十一月二十五日、被告人となった横山順一郎に対する最終弁論がさいたま地裁で行われた。

風が冷たい午前九時三十分。それでも世間を騒がせた〈ネメシスの使者〉の公判最終日とあって、報道陣以外にも一般市民が傍聴券を獲得しようと正面玄関前に並んでいる。中には報道各社から雇われたバイトも混在しているに違いない。

渡瀬は離れた場所からざっとその人数を数えてみたが、競争率は約二十倍といったところか。初公判の際は四十倍だったというからさすがに世間の興味が薄らいだ感はあるが、それでも大した倍率だ。

九時四十分になって整理券が交付される。当選した者は整理券を傍聴券と交換して、法廷のあるA棟の中へ入っていく。

いったい彼らはどんな目で被告人席の横山を見るのだろうと渡瀬は思う。復讐の代行者か、それとも稀代の偏執狂か。

横山が現行犯逮捕された翌日から、マスコミ各社はその異様な犯罪動機について下衆な想像力を駆使して書き立てた。通称であった〈ネメシス〉も横山本人の供述内容から〈ネメシスの使者〉と修正されたが、書かれように大きな変化がある訳ではない。法治国家への反逆、自己中心的な偏向した正義感といった論調で、横山の偽善を叩きに叩いた。逮捕以前には少数派として存在していた〈温情判決に対する異議申し立て〉という擁護論も、横山が次席検事付きの事務官であることが公表されると潮が引くように沈黙してしまった。

もっともこれはマスコミに限定されており、ネット上の横山は相変わらず英雄扱いされていた。法廷での証言内容の一部が洩れ、その独善的な倫理観に理解を示す者が少なからず存在したのだ。

逮捕から起訴、そして初公判・最終弁論までの日程が異例と言えるほど短かったのは、争点のなさに加えてこうした世情が作用した結果だった。法務省をはじめとした司法サイドが、歪んだ倫理観を賛美する風潮を一刻も早く払拭させたがったのだ。

渡瀬は法廷へ向かう廊下を歩きながら、裁判の行方と世評の流れに思いを馳せる。横山に情状酌量が認められる確率はゼロに等しい。渡瀬の見立てでは初犯であることを鑑みても無期懲役はまず免れない。死刑相当であるのにそれを回避した囚人の家族を襲撃してきた横山には皮肉な判決になるだろう。

当然、裁判長もその辺りの事情は計算しているはずだ。判決骨子に入れないまでも、市民感覚を考慮すれば無視もできない。それでも渡瀬が足を運んだ理由は横山の自供に納得がいかない趨勢の予想できる裁判。それでも渡瀬が足を運んだ理由は横山の自供に納得がいかないからだった。

犯罪動機は異常ながら決して理解できないものではない。凶器をはじめとした証拠物件も揃っており、アリバイもない。自供内容には秘密の暴露が含まれており信憑性も高い。虚偽もなければ遺漏もなし、どこをどう突いても疑念の余地がない。

それにも拘わらず渡瀬は一抹の不安を拭いきれない。不安の原因が不明なので、尚更落ち着かない。裁判の傍聴はその原因を自身で探る目的もあった。

二〇二号法廷に入り、傍聴席で開廷を待つ。辺りを見回してみたが、やはり今日も岬の姿は見当たらない。

少し遅れて横山と弁護人、そして高司検察官が入廷すると十時をわずかに過ぎて裁判長たちが姿を現した。三人の裁判官と六人の裁判員。裁判長の長瀬判事は判例を重視するタイプであり、間違っても渋沢判事のような温情判決は期待できない。高司検事はまだ二十代の若手だが評判は上々で、渡瀬の目から見てもあまり隙がない。

裁判官席を除いて法廷内の人間が起立する。書記官によって開廷が告げられ、ようやく全員が着席する。

渡瀬は裁判官席の両側に陣取る裁判員たちに目を向ける。裁判官に釘でも刺されたのか六人とも無表情を決め込んでいるが、初公判から足を運んでいる渡瀬は、度々行われた被告人質問で彼らのうち何人かが顔を顰めたのを憶えている。裁判所も裁判員候補者名簿を作成する際、あまりに偏向した思想信条の持主は除外するだろうから、ここに並んでいる裁判員たちは一般的良識の持主とみて間違いないだろう。

「本日が論告と最終弁論、および被告人意見陳述となります。それでは検察の論告からお願いします」

ゆっくりとした所作で高司が立つ。既に有罪を信じて疑わない態度だった。

「被告人横山順一郎は今年八月から九月までのわずか一カ月余りの間に、戸野原貴美子と二宮輝彦の両名を殺害、更に今岡菜々子さんをも殺傷しようと企てました。最後の事件は未然に防ぐことができましたが、警察力の行使がなければ三人目の被害者になったであろうことは想像に難くありません。その動機はそれぞれの肉親が過去に犯した犯罪の復讐であり、下された判決が自身の価値判断にそぐわないというまことに手前勝手な理屈であります。被告人が東京地方検察庁に勤める事務官であったというのは残念な事実であり、検察庁の教育制度が不充分であったとの批判は甘受しますが、本人の法的責任をいささかも減じる理由にはならないものと考えます」

高司はいったん言葉を切って、己の言葉の浸透度を確かめるように裁判官席を見る。

犯行を横山個人の思想に基づくものとし、検察庁の責任を否定する物言いだが、〈批判を甘受する〉という一語を挿入することで巧みに悪印象を逃れている。

「戸野原貴美子の殺害に使用された出刃包丁と二宮輝彦の殺害に使用された鉄パイプはいずれも被告人の部屋で発見され、また犯行現場に残存していた毛髪その他の遺留品はことごとく被告人のものであります。更に罪状認否で被告人は全ての罪状を認めており、検察が提出した捜査資料には一点の曇りもありません。己の独善によって二人もの咎なき人を屠った行為は、懲役では到底贖える罪ではありません。よって検察は被告人に対し死刑を求刑するものであります」

死刑求刑そのものは冒頭陳述の際に告げられているが、検察側立証と被告人質問がなされた後に改めて聞くと、俄に重みを増す。裁判員の六人も至極当然という風に浅く頷く。

「では次に弁護人」

長瀬裁判長に促されて弁護人が立つ。弁護士歴二十年余の蓮実弁護士、所謂人権派でもなければ死刑廃止論者でもない。被告人横山の歪んだ主張に賛同する人物では有り得ないが、それでも弁護人として被告人の利益を護るという最低限の任務をこなそうと努めているように映る。

蓮実は高司が醸成した空気に水を差すように、何度か咳払いをした。

「ただいま検察官の述べられた論告には、一点重要な瑕瑾があります。それは被告人が第二の事件、即ち二宮輝彦襲撃の件では取り調べの段階から一貫して殺意を否定している事実です。これは三件目の今岡菜々子さんの件でも同様であり、二件目については過失致死と認めるのが相当であるという弁護側の主張の根幹をなすものです」

蓮実は高司と同様に裁判官席を見るが、これは主張の堅牢さを確認するためではなく、あからさまに情状酌量を訴える視線だった。

「今回の三つの事件には共通性が存在します。それは被告人自らが供述調書の中で明らかにしたように、殺害方法は全て基となる事件のそれを模倣していることです。戸野原貴美子の場合はその息子軽部亮一が二人の女性を殺害したように出刃包丁で数回に亘って刺し、二宮輝彦の場合は息子圭吾がストーカー行為を働いていた女性を何度も殴打したようにです。しかしながら実際に模倣したのは最初の一件のみで、二度目の犯行では被害者を一度しか殴打しておりません。被告人のただ殴って傷を負わせるに留めるつもりだったという供述内容に合致し、殺意の不在を示すものです。つまり被告人の罪状とは端的に言って一件の殺人と、一件の過失致死、そして一件の傷害未遂に過ぎず、検察側が求刑する死刑では、あまりに量刑が過大と言わざるを得ません」

蓮実は裁判員たちの顔を次々と眺めていく。まるで被告人が死刑台の露と消える時はお前たち一人一人がその罪科を背負うのだと責めるような目だった。

「先ほどの検察官の論告にあった通り、被告人は東京地検に採用されてから一年余りを事務官として務めてきました。検察庁内の教育制度がどんな内容であったかの議論はさておき、被告人が未熟な倫理観を矯正できなかったことが今回の事件を引き起こした原因であるのは言うまでもありません。そして倫理観の矯正や人格形成が必ずしも本人だけの責任とは言いかねることを、我々は幾度となく別の法廷で見聞きしています。劣悪な教育環境が情状酌量の論拠になった判例も枚挙に遑がありません。また被告人は公判が開始されてから、結果的に殺傷してしまった二人と自らの行為につき、後悔と謝罪の念を吐露しております。従って弁護人は情状酌量を求めるものであります」

横山が後悔と謝罪の念を口にしているのは事実だった。発言を求められた際、横山は折に触れて自分の過ちを悔いた。取調室で渡瀬に持論を披瀝したふてぶてしさとはまるで逆だったが、それが弁護士と協議した上での戦術であったにしても、少なくとも横山の異常性を緩和させる程度には機能していた。

長瀬裁判長はじろりと蓮実を一瞥してから、被告人席の横山に視線を移す。

「それでは被告人。これで審理を終えますが、最後に何か言いたいことはありますか」

「はい、言わせてください」

横山のひと言で法廷が静まり返る。

「では、どうぞ」

今までやや俯き加減だった横山が顔を上げる。その表情には見覚えがあった。逮捕直後、取調室で渡瀬に見せたのと同様、歪んでいても自分の法律を遵守する確信犯の顔だった。

「わたしは東京地方検察庁に採用されてから初等科研修を受けました。その研修では法の女神テミスについても触れられました。片手に刑罰の剣を、そしてもう片方の手には罪の軽重を量る秤を持った女神です。このテミスは罪科に相応しい罰を与える正義の象徴なのだと。しかし実際に検察庁の事務をしていると、全ての事件、全ての被告が正しく正義に裁かれているのかと疑問に思うことが多々ありました。この法廷にいらっしゃる方々の多くも、下された判決が市民感覚と乖離している実例を何度か見聞きしているはずです。未熟なわたしはその乖離が許せませんでした。誰かがその乖離を埋めることが法の正義なのだと曲解してしまったのです」

横山は自分の未熟さを認めながらも、司法の揺らぎも否定しない。被告人の分際で語るべきことではないが、真摯な口調のためか不思議に不快感はない。

「しかしこうして被告人席に立つ身となり、改めてわたしの手に掛かったお二人のことを考えると、申し訳ない気持ちで一杯になります。恩義を受けた検察庁に訴追された自分が恥ずかしくてなりません。できることならこの場で腹を掻っ切ってしまいたいとも思います。ただ一方、あっさり死んでしまうのは亡くなったお二人に済まない気もします。わたしのような浅はかな人間は、死ぬまで苦しんで苦しんで苦しみ抜いてから死ぬのが相応しいとも思うのです」

横山はいったん言葉を切り、長瀬裁判長を見据えた。

「裁判官の皆さんには、わたしに永遠の懲罰を与えていただきますようお願いします」

被告人の意見陳述としては記録に残る名言だな、と渡瀬は思った。事実、渡瀬の隣で傍聴していた若い女は感極まった様子で嗚咽を堪えている。

感銘を受けたのは裁判官席の面々も同様らしく、何人かの裁判員は熱っぽい視線を横山に浴びせている。

長瀬裁判長はふんと短く嘆息してから法廷を見渡した。

「全ての審理が終了したので、次回十二月九日の午前十時に判決を言い渡します。それでは閉廷」

その声で傍聴席の何人かが腰を上げ、同時に横山が戒護員に連行されて被告人席から離れていく。

退廷していく途中で渡瀬と目が合った。

横山は神妙な面持ちで一礼し、頭を垂れたまま従順に引かれていく。己の罪を悔いる咎人に相応しい姿だった。

だが、それでも渡瀬の不安は払拭できない。

市場へ売られていく牛のような姿を見れば見るほど、胸の中に黒雲が湧いてくる。

いったい何が気に入らないんだ――自分にいくら訊ねても、返ってくる答えはない。

気がつけば傍聴席に残っているのは渡瀬一人だけだった。

*

判決言い渡しの翌日、岬はさいたま拘置支所を訪ねていた。かつてさいたま地検で担当検事だった頃は何度か通った馴染み深い場所のはずが、今日はひどくよそよそしく感じられる。

東京地検次席検事という身分であれば面倒な手続きを経ずとも面会は叶うはずだが、岬は敢えて面会窓口で申込用紙に記入した。氏名欄を見た担当者がぎょっとした顔で岬を見たが、それで手続きが滞ることはなかった。

面会待合室で待つこと十五分。掲示板に自分の番号が点るのを確認して面会室に入る。

部屋を仕切ったアクリル板の向こう側に、横山の懐かしい顔があった。会わなくなってから三カ月ほどしか経っていないはずなのだが、不思議にもそう思えた。

横山に付き添っていた刑務官が遠慮がちに口を開く。

「次席検事。まことに失礼なのですが、今回は一般面会者という形ですので、お話は三十分以内にお願いしたく……」

了解の意で岬が片手を上げると、刑務官は安堵の表情を浮かべ、ドアの向こう側へ消えた。

横山は悪びれもせず、ぺこりと頭を下げる。

「お久しぶりです、次席検事」

屈託のない笑顔を見て岬は困惑する。顔も、声も、事務官として相手をしていた頃の横山と寸分の違いもない。あるとすれば二人を隔てているアクリル板の存在だけだ。

「済まなかったな。なかなか時間が取れなかった。来よう来ようとは思っていたのだが」

嘘だった。

時間なら山ほどあった。法廷に一度も足を運ばなかったのも、ここを訪れなかったのも、偏に岬の覚悟がなかったからだ。横山と会えば、己の至らなさを見せつけられるような気がして怖かったのだ。

この感覚は何かに似ている。そうだ。悪さをした息子を引き取りにいく父親の気分にそっくりではないか。

「元気そうじゃないか」

口に出してから猛烈に後悔した。どうして自分はこうも気の利いたことが言えないのだろうか。

「何だか外にいた時より健康になったような気がします。刑事施設の飯はダイエットにいいという伝説は真実だったんですね」

「そうか。わたしもメタボ体型に近づいてきたからな。一度は君と相席でもさせてもらうか」

「笑えない冗談ですね。次席検事は天地が引っ繰り返っても、こちら側にくる人じゃありませんよ」

「わたしも君をそういう人間だと思い込んでいた。寄る年波で、人を見る目が濁ったのかな」

「いいえ。わたしの演技が完璧だったのですよ。決して次席検事の失点ではありません」

「……そんなお為ごかしでわたしが喜ぶとでも思ったのかね」

すると横山は、改めて深く頭を下げた。

「今回のことでは次席検事にも大変な迷惑をかけてしまいました。こんな頭をいくら下げたところで何の役にも立たないのですけど、とにかく謝罪させてください」

「謝る相手が違うだろう」

この問いに、横山は口を閉ざす。

「どうした。まさか、まだ自分の行いを正当化しようというのか」

「いいえ。わたしのしたことは間違いなく犯罪です。言い渡された判決も、わたしに殺された方にしてみれば憤慨して当然の内容です」

「わたしには妥当な判決に思えた。いや、法曹界に住まう者のほとんどはそう捉えたと思う」

その言葉は嘘ではなかった。事実、弁護士会発行の機関誌でさえ、今回の判決の妥当性について多くの弁護士が賛同を示していた。

横山順一郎に下された判決は無期懲役だった。検察側求刑の八割と考えても妥当であったし、過去の判例を繙(ひもと)いても充分に説得力のある量刑だった。殺人の動機こそ特異だが、裁判所は思想を裁く場所ではなく、行為を裁く場所だ。横山の犯した行為だけに着目すれば、長瀬の裁断は至極判例に沿ったものであることが理解できる。

検察側は一審判決を不服と発表したものの、量刑が妥当であることは彼らも承知しており、控訴に踏み切ることはないだろうという見方が大勢を占めた。従って横山は無期懲役で刑が確定する可能性が大だ。

「だが正直言って、判決自体は理解できても気持ちの上では納得できん」

「どうしてですか」

「君があまりにも若いからだ。もっと君がわたしと同じかわたし以上に齢を経ていたのなら、刑に服する時間もそれほど長くはあるまい。しかしその若さなら懲役期間は優に三、四十年。下手をすれば六十年の長きに亘る。まさか平沢貞通死刑囚や尾田信夫死刑囚の収監記録を破るつもりか」

「最後は医療刑務所で大往生ですか。それはそれで幸せかも知れませんね。平沢翁と違って、こっちは一切の否認もしない真っ黒な囚人ですからね。でも、そんなことはきっと赦してくれませんよ」

「誰が赦してくれないんだ」

「テミスですよ」

横山は当然のように言う。

「テミスの正義は公平ではないというのが、君の持論ではなかったのか」

「次席検事はわたしの意見陳述をご存じだったのですか。確か公判最終日の法廷にもお姿を拝見しなかったような記憶がありましたけど」

「公判の全てを傍聴した知人から教えてもらった」

横山は無言で頷く。その人物が誰であったのかは説明する必要がないらしい。

「あの時はわたしの考えが浅薄だったのです。研修で教えられた通り、テミスの持っている秤は正確無比ですよ。ただ秤が安定するのに時間が掛かるだけで。故事を持ち出せば、天網恢恢疎（てんもうかいかいそ）にして漏らさず、というアレですね」

「どういう心境の変化だね」

「ここにいると自分と向き合う時間ができるからでしょうね。事務官として働いていた時分に向き合ったのは、他人の起こした事件ばかりでしたから」

さばさばとした口調と涼しげな顔が気になった。

「答えにくい質問をしてもいいかな」

「次席検事に向かって答えられない質問なんてありません」

「では訊こう。君の犯行動機は詰まるところ義憤だ。それこそ〈ネメシスの使者〉という通称そのままに。しかし、それは本当なのか。百パーセントの義憤ではなく、わずかでも義賊としての自分に酔うことはなかったのか」

「それを訊いてどうされるんですか。わたしの浅はかさを再確認して悦に入るおつもりですか」

「そんな下衆な趣味はない。しかし安心したいという気持ちは同じかな。子供っぽいヒロイズムだけで行った犯罪なら、まだ情状酌量の余地がある。だが法曹界に身を置き、次席検事の執務を間近で観察しながら、それでも確固たる信念の下に行ったというのなら、わたしが範を垂れ得なかったことになる。分かるか。情状酌量の余地があるというのはわたし自身についてなのだ。君に法の守護者としての規範を示せなかったわたしにも罪があるということなのだ」

岬は一気に喋った。ひと息継いだら二度と続かなくなる懺悔の台詞だった。

「女々しいと嗤ってくれても構わない。わたしは怖いんだよ、横山くん。検察官として自分のしてきたことが果たして正しかったのか。法を信奉した己が本当に誇れるものであったのか。今は全く判断がつかない」

考えてもみなかった言葉が次から次へと吐き出されていく。

そして思い出した。

洋介が自分を裏切り音楽の道に進むと宣言したあの日、岬は今と同じ惧れを抱いた。だがそれを認めることは父親の権威と今まで施してきた教育の全否定に繋がると思い、頑なに隠し通したのだ。

横山はどこか哀しげな目で岬を見つめていた。憐憫の目かと思ったが、どうやらそうではないらしい。一年ほど近くにいた自分には分かる。憐みでも同情でもなく、それは罪悪感を湛えた視線だった。

「次席検事はいつだって正しかったんです」

語尾がわずかに震えていた。

「今でも、あなたはわたしの指針です。だから、もう二度とそんなことは思わないでください」

横山はそれだけ言うと、後ろに向きを変えてドアを叩いた。

「面会、終わります」

「横山くん……」

「もう、これ以上お話しすることはありません。次席検事、くれぐれもご自愛ください」

ドアを開けた刑務官は困惑気味に二人の顔を見比べるが、やがて横山を引き入れてから岬に深く一礼する。

後には岬一人が残された。

肺腑を吐き出すような懺悔も聞き届けられなかったのか——己の哀れさに自嘲の笑みさえ浮かぶ。

安物の椅子から立ち上がろうとして、少し足が縺れた。

身体が急に重くなったように感じる。

惨めで、滑稽だった。

実の息子ばかりか、職場の息子にまで愛想を尽かされたのだと思った。横山はああ言ってくれたが、指針となるべき自分が自信を失ったのではその価値もない。

岬は力なく廊下を歩き続け、気がつくといつの間にか表に出ていた。拘置支所の周囲は裁判所の庁舎と少年鑑別所が並ぶばかりで、ひどく殺風景に映る。

コートの襟を立てても、うそ寒さは一向に治まることがなかった。

2

一月になって、初めて格子窓の外に白いものが混じり始めた。道理で寒いはずだと、相良は薄い布団を身体に巻きつけた。

わざわざ外へ出て寒い思いはしたくないが、受刑者の身でそんなことを言ってはいられない。起床時間が刻一刻と近づいているのが体内時計で分かる。

午前六時三十分、房内放送でチャイムが鳴り響く。

身体に沁みついた習慣は怖ろしい。いくら寒くてもチャイムの音を聞いた瞬間、自動的に跳ね起きて作業着に着替えてしまう。まるでタイマーのついた人形か、音に反応して踊り出すオモチャだ。

「点呼！」

「二千三百五十四番！」

七時きっかり、番号順に並んで食堂へ向かう。座る前から机の上を盗み見て、献立を確認する。今日は麦飯と味噌汁、そして佃煮(つくだに)と海苔(のり)。最近は受刑者の高齢化が進み、減塩対策なのだろうか味噌汁にしても佃煮にしても極端に味が薄くなっている。海苔につきものの醤油(しょうゆ)も小指半分ほどの小袋に入っているきりで、とても満足な量ではない。おまけにこの寒い中、折角の味噌汁も温(ぬる)くなっている。

それでも文句を言えば懲罰が待っているので、受刑者たちは機械的に飯を口に運び、機械的に咀嚼(そしゃく)する。まだ実際に味わったことはないが、砂を噛(か)むような思いというのはきっとこういうことなのだろうと想像してみる。

冷めた味噌汁を飲み干した時、相良は視界の端に面白いものを発見した。

テーブル二脚の向こう側に座っている男の様子が奇妙だった。何かを避けるようにして顔を右へ左へと振っている。何かの病気かと思って首を伸ばしてみると理由が判明した。

対面に座っている男がしきりに唾を飛ばしているのだ。おそらく味噌汁を含んだ唾なので、哀れ標的にされた男は味噌汁と唾で顔が斑(まだら)になっている。顎(あご)の先から味噌汁と唾の混じり合った液体が滴り落ちる。

標的になっているのは新顔で、あからさまなイジメを受けているのだ。

周囲の男たちはそのさまをにやにや笑いながら見ているだけで、誰も止めようとしない。遠巻きに見ている相良も彼らの気持ちが手に取るように分かる。

こんな面白い見世物、誰が止めるものか。娯楽の少ない刑務所で、これほど胸のすくレクリエーションは他にない。嗜虐心(しぎゃくしん)を刺激してくれるのに、自分は手を汚さずに済む。苦痛と屈辱に歪(ゆが)む顔を見物していると胸の中が黒い喜悦で充たされていく。

「こらあっ、そこで何をしているっ」

看守が異状を察知して飛んできた。その直後、唾を飛ばした男が小声で囁きかける。

「二千四百七十五番。貴様、何だその顔はあっ」

番号を呼ばれ、味噌汁塗(まみ)れの男がよろよろと立ち上がる。貧弱な体つきをした優男(やさおとこ)で、いったいどんな悪さをしたのかと思う。

「……み」

「ああん」

「み、味噌汁で顔を洗っていました」

返事を聞いた瞬間に看守は顔色を変え、周りにいた受刑者たちは一斉に爆笑した。

「二千四百七十五番、来い」

二千四百七十五番が作業着の裾で顔を拭おうとした時、看守の叱責が飛んだ。

「馬鹿っ、国からの支給品を汚すなあっ。そのままの格好で来るんだ」

「はい……」

二千四百七十五番は消え入りそうな声で答えると、看守に連行されて食堂を出ていった。これからあの男は懲罰房に入れられ、最低でも二日は外に出ることができない――そう考えると、腹の底から愉快だった。我知らず口元が綻(ほころ)んでしまう。

懲罰房というのは受刑者間の隠語であり看守たちは鎮静房と呼んでいるが、その実態は懲罰のための房でしかない。畳敷きではなくコンクリート打ちっ放しの冷たい床。今日のように底冷えのする日は殊更薄着の身体に応えることだろう。密閉に近い状態なので天井近くの換気扇が休みなく回り続け、外部の寒気をたっぷりと吸い込んでくれる。トイレはあっても自分で流すこともできず、寝具は布団ではなく薄い毛布が七枚あるきりだ。

寒さと己の排泄物の臭気で最低の気分を味わいながら、眠れぬ夜を過ごす。その苛烈さを思い浮かべるだけで飯が食えそうだった。

相良は好奇心から二千四百七十五番の素性を知りたかったが、最も情報を手際よく纏めていたのが隣の房の長谷川だ。

「二千四百七十五番はな、本名は横山順一郎。ほれ、例の〈ネメシスの使者〉なんだってよ」

ほう、と驚いた。その男については以前も長谷川から聞いたことがある。何でも死刑判決を逃れた懲役囚に対し、その家族を殺して被害者の復讐を代行するとかいう物好きなヤツの話だった。あの優男がその復讐の代行者だったという訳か。

「二人を血祭りに上げ、三人目を手に掛けようとした寸前に現行犯で捕まったらしい」

「とても殺しをやるようなヤツには見えねえけどな。ネクタイさせたら、どこかの育ちのいいエリート社員にしか見えんが」

「その見方は間違っちゃいねえな。ありゃあ、東京地検の事務官だったらしい」

「東京地検の事務官だとお」

相良は、つい鸚鵡(おうむ)返しに訊いてしまった。世にエリートと呼ばれる人種が何の間違いかそれとも気紛れか、新顔としてやってくることはままある。しかし検察庁に勤める事務官というのは初耳だった。

そして出自が検察庁ということなら、懲役囚たちが彼に対して何を思うかは自明の理だった。そもそも自分たちを刑務所に送り込んだのはその検察庁の人間であり、言わば天敵のような存在だ。日頃の鬱憤晴らしも含め、全ての憎悪が横山に向かうのは当然過ぎるほど当然だった。

「へええ、それで食堂であいつにイビられていた訳か。まあ検察勤めだったんなら、俺たちにゃサンドバッグ代わりだしな」

「何がよ」

「馬鹿、違うよ。そうじゃねえ」

「食堂でちょっかい出してたヤツは千二百七十五番の軽部亮一。横山は最初の事件で軽部の母親を殺(や)った。つまり軽部にとって横山は母親のにっくき仇って訳さ」

「ああ……そういうことか」

「へへへ、笑えるだろ。被害者遺族の無念を晴らすとか息巻いていた男が、今度はまるっきり逆の立場になって被害者遺族からいたぶられる身分になったんだ。皮肉にも程があるよな」

長谷川はこれ以上愉しいことはないというように、満面に笑みを浮かべる。相良もつられて薄笑いをする。

「確かに母親の仇が同じ刑務所の中にいたら、毎日イビり倒したくなるだろうな。俺だって同じことを考える」

「いや……実はそれもちょっと違うらしい」

長谷川は不意に当惑の表情を浮かべる。

「形の上じゃあ母親の仇のはずなんだよな。いくら軽部が女の子を手に掛けるような人非人でもよ、男だったら母親への愛情みたいなもんは普通にあるだろ」

「まあな」

「ところが、あの軽部って野郎は母親なんざクソとしか思ってないらしいんだな、これが。自分の母親を殺めたヤツが入所するって聞いた時には、まるで塀の外のダチを迎えるみたいな顔していたってよ。で、吐いた台詞が『よく来てくれた。たっぷり歓迎してやるぜ』」

「それはアレだろ。可愛がってやるっていう決まり文句みたいなもんだろ」

「いいや、本気で歓迎するつもりだったんだとさ。よくぞあの母親を殺してくれたって。あいつにとっちゃあ手前の母親も憎しみの対象だったらしい」

「まさか」

「母親のせいで自分はこんな人間になっちまった。酷い母親で、子供の時分にも欠片ほどの愛情も注いでくれなかった。だから本当は自分じゃなくて、母親がここに入るべきだった。そう言っている。だからあいつにとって横山は仇どころか恩人なんだ」

「ちょ、ちょっと待てよ」

頭が混乱してきた。

「母親を殺した相手を恩人と奉る神経もどうかしているが、じゃあどうして横山をあんな風にイビるんだ。言ってることとやってることが全然違うじゃないか」

「それがまたあいつの妙なところでよ、母親を殺してくれたのは有難いけど、それなら自分には横山をイビり殺す権利があるっていうんだ」

相良はようやく分かってきた。何だ、それなら自分にも理解できる理屈だ。

「要は生贄が欲しいんだな。自分がいたぶって愉しむための犠牲者が」

「まあ、そういうこった。そういう事情で横山は俺たち全員からいたぶられる対象なんだが、とりあえずは軽部が優先権を握っている。しばらく俺たちは二人のゲームを見物するとしようや」

長谷川は再び満足そうに笑ってみせた。

事情を知った上で軽部と横山を観察していると興味は尽きなかった。二人は離れた房だったので常時顔を合わせる訳ではなかったが、食堂やトイレ、そして運動場でたまに擦れ違う一瞬がある。

軽部は人目を盗む術に長けていた。看守がほんのわずか目を離した隙を見計らって横山を小突き、蹴り、唾を吐きかけた。一瞬の攻撃に注力しているせいか、日に日に横山の顔は青痣だらけになっていった。

看守たちも横山の変貌には気づいているはずだったが、決して詮索しようとはしなかった。これは不思議でも何でもない。看守が受刑者たちの行動を制止しようとするのは、所内の秩序を維持しようとする時だけだ。言い換えれば囚人同士のイジメが横行しようが、自分たちに反抗の刃が向いていなければ見て見ぬふりをしてくれる。横山が検察庁の事務官だったという経歴も手伝ったのかも知れない。多くの看守にとって検察庁勤めは高嶺の花のようなものだから、嫉妬心が秘めた嗜虐心に転化したとしてもおかしくない。

　都合のいいことに、横山は相良と同じ各種印刷物製作の作業場に回されてきた。事務官をしていた経歴から適材適所と判断されたのかどうかは知る術もなかったが、確かに印刷機については相応の知識を備えていたようだった。

　作業自体は単調なので各人が持ち場を離れることはない。作業上必要な伝達事項も看守の許可なしには口にできない。従って相良は時折横山の顔を盗み見ることで好奇心を満足させるしかなかった。

　いくら鈍感でもしょっちゅう見られたら気づきもする。そのうち横山は相良の視線に目礼して応えるようになった。

　大笑いしそうになった。

　検察庁というところはよほど礼儀作法がうるさいのだろう。この男は刑務所に来てまでも年功序列や礼儀を遵守するつもりらしい。

　そうした目礼が日常になった頃、相良は偶然にも横山と接近する機会を得た。九時四十五分のトイレ休憩の時だった。

小便をしていると、隣に立ったのが横山だった。

「いつも、どうも」

さすがに看守も休憩時間中のトイレにまではやって来ないので、世間話くらいならできる。ぺこりと下げた頭を見ていると、普段は抑えていた好奇心がむらむらと頭を擡げてきた。

「大変そうだな、毎日毎日」

相良は殊更親身な口調で話し掛ける。人を騙すには、まず優しい言葉から始めるのが常道だ。

「何がですか」

「何がじゃねえよ。陰ながら見てるんだ。いっつもいっつも軽部の野郎にちょっかい出されてるじゃないか」

「ああ。あれはわたしも悪いので……」

「軽部の母親を殺っちまった件か」

「ええ、まあ」

「それだって義憤に駆られてのことなんだろ」

「裁判では元の身内から幼稚な正義感と蔑まれましたよ」

「ふうん。正義の殺人か。何かカッコいいじゃないか」

「どんな人の中にも正義があると思いませんか」

横山は興奮もせず、かといって卑下もせず淡々と喋る。

妙に新鮮だった。

刑務所内でまず話すことは、何をして捕まったのかだ。その際、当人が語るのは自慢話かさもなくば失敗談の二つに一つなのだが、この横山の語りはどちらにも属さない。

「あの、失礼ですがお名前を伺ってもよろしいでしょうか。わたしは横山順一郎と言います」

こんな丁寧な訊かれ方は久しぶりだったので、少しまごついた。

「相良。相良美津男ってんだ。番号は二千三百五十四」

「相良さん。もしよかったら、わたしの友だちになってくれませんか」

面食らった。

陰ながら虐げてやろうと目論んでいた相手から、まさか友人になってくれと懇願されるなんて予想もしていなかった。

「わたしは前職が前職なものですから、ここに収監されている方々にはことごとく恨まれているみたいで……いえ、決して助けて欲しいとか、そんなムシのいいことをお願いするつもりはないんです。ただ、こんな風にたまに会った時に話し相手になってくれたら」

何て恥ずかしい言葉だ。今日び中学生でもこんなことは口にしない。この場で爆笑してやろうか――。

だが、嘲りの代わりに出てきたのは自分でも驚くような返事だった。

「俺でよければ、まあ……」

「本当ですか。有難うございますっ」

横山は弾けるようにそう言うと、深々と頭を下げた。

「み、みっともない真似はやめろよ。周りのヤツらに見られたら勘違いされるぞ」

「何をですか」

「野郎同士のアレだよ、アレ。刑務所の中じゃ、そういうカップルが結構いるんだ」

「えっ。あっ、ああ。そうだったんですか。すみません、そっちの方は全然気づきませんでした。これから注意します。それじゃあ」

それだけ言うと、横山はそそくさとトイレから出ていった。

ふん、変な野郎だな。

相良はつい今しがた交わした会話を反芻して困惑する。

しかし決して不快ではなかった。

しばらく考えて、やっとその理由に思い至った。

三十五年の人生で、お前とは友だちになりたくないと散々言われ続けてきた。だが逆を言われたのは初めてだったのだ。

気恥ずかしさと奇妙な優越感が綯い交ぜになって、胸を温かく充たしていた。

不思議なもので、向こうから好意的にすり寄ってこられると、相手が男であっても悪い気はしない。何度か求めに応じ立ち話を続けていると、相良は次第に横山のことを憎からず思うようになった。自分に男色の傾向はなかったので、これは純然たる男の友情だと思っていた。

休憩時間の度にトイレで顔を合わせていたのではどうしても怪しまれるので、三日置きに時間を決めて会うことにした。何やら秘密を共有したようで、ちょっとした小気味よささえ覚えた。

横山は打ち解けても礼儀正しい男で、やはり相良の人生では巡り合わなかった人間だった。話を聞く限りでは変に歪んだところもなく、真面目で素直で、これほど刑務所に違和感のある囚人もいなかった。まるで自分とは正反対の性格であり、だからこそ物珍しさも手伝って横山に気を許すようになった。

横山はまた聞き上手でもあった。相良が少しずつ自分の身の上を開陳すると、いつの間にか刑務所に入る経緯までを語りきっていた。そんなに話し上手ではないので、これは横山の持って生まれた特技なのだろう。途中で遮られることなく話し続けるのもそうそうないことだったので、ますます横山の人間性に惹かれていった。

「できることなら三年前に会っておきたかったな」

「どうしてですか」

「三年前にダチになれていたら、俺もこんなところに来なかったかも知れん。強盗なんかせず、真っ当に働いて真っ当な生活をしていたかも知れん」

「それはわたしだって同じですよ。こんな風に本音を話せる友人がいれば、きっと〈ネメシスの使者〉なんてヒーローごっこをせずに済みました」

腹蔵（ふくぞう）なく話しているうちに、まるで横山が十年来の親友のように思えてきた。

それだけに、日に日に増えていく横山の痣や擦り傷が逆の意味で気になり出していた。

「まだ続いているのか、軽部のイビリ」

「まあ、イビられて当然のことをしましたからね」

「よく我慢できるもんだ」

「それが……最近はちょっと限界に近づいていて」

いつもより声の調子が落ちていた。

「どうかしたのか」

「どんどんエスカレートしていってるんです。昨日なんか、喉を思いきり絞められました。気絶する寸前まで絞められて、すっと緩められて、また絞められて……その繰り返しでした」

「そのうち、本当に殺られるぞ」

思わず声を潜めた。

「あまり表に出ることはないんだが、刑務所の中で囚人が病気以外の理由で死ぬことは結構あるんだぜ。そんな場合でも、刑務所側は病死で片づけちまおうとするがな。何とかヤツから逃げられねえのか」

「軽部さんにとって、わたしはオモチャみたいなものですからね。気に入ったオモチャはぶっ壊れるまで放してはくれませんよ」

不意に横山の表情が翳った。

「相良さん。何とか刃物を調達できませんか」

「何だと」

「これ以上は、わたしも耐えられそうにないんです。せめてわたしが危険な存在だということを思い知らせてやらないと、近い将来殺されるような予感がします。護身用にどうしても武器が必要なんです」

「調達って、しかし」

「軽部を殺すつもりはありません。ちょっと刃向かって怖気づかせたいだけなんです。相良さんから入手したことは口が裂けても喋りません」

「そんなのは当然としてだ。もし刃傷沙汰を起こしたら長期の懲罰房行きだぞ。あそこの居心地悪さは知ってるだろ」

「居心地が悪くても死にはしません。だけどあの人に絡まれ続けたら間違いなく死にます」

横山はいきなり相良の手を握ってきた。女のように柔らかで冷たい手だった。

「お願いします、相良さん。助けてください。わたしはあなた以外に頼れる人がいないんです」

縋るような視線に射竦められて、相良はしばらく動けなかった。

「……本当に俺のことは喋らないんだな」

「たとえ殺されたって言うものですか」

その目は嘘を言っているようにはとても見えなかった。

「二週間だけ待て」

相良は吐き出すように言った。

「それだけ時間をくれりゃあ、アーミー・ナイフとまではいかないが、野良犬を退治できるくらいのブツは用意してやる」

「このご恩は必ず……」

「そんなこたあ構わねえよ。入手元さえバラさなきゃ」

凶器になりそうな物があるとすれば作業場くらいだが、風呂場とトイレ以外は四六時中看守の目が光っているので、おいそれと刃物状の物を持ち出すのは不可能だった。元より囚人が凶器を所持できないように、フォークやスプーンといった食器類さえプラスチック製のものを使用している。従って凶器類は自作するより他にない。

千葉刑務所内には旋盤を備えた作業場もあり、そこなら手製のナイフを作ることも可能だった。要は金属片の片方なり両方を薄く研磨すればいいだけの話だ。ただし本作業の合間に、看守の目を盗みながら行うので一日に少しずつしか加工できない。加えて工作途中の凶器をどこに保管するかの問題もある。作業終了時には、作業台に不審な物が残っていないかのチェックが行われる。また、作業場から房に戻るまでに毎回の身体検査がある。

ただしどんな場所にも抜け道はあり、抜け道を掻い潜ろうと知恵を絞る者たちが存在する。

旋盤作業場で働くその男が考えたのは、少しずつ金属片を削り、その都度監視のないトイレに隠しておくというものだった。トイレの清掃は担当の囚人がしており、彼さえ抱き込めば発覚する惧れはないとのことだった。

　その男にタバコひと箱を代金にして渡すと、ちょうど二週間目に注文の品が上がってきた。全長二十センチほどの金属片だが両刃になっており、柄は握りやすいようにビニールテープが巻いてある。いかにも素人っぽい造りだが、印刷物で試してみると切れ味はなかなかのものだった。

　そしてその日の午前九時四十五分、休憩時間になると相良は横山に合図してからトイレに向かった。

　少し遅れて横山がやってきた。相良は辺りを見回すが、看守はもちろん他の囚人の姿もない。

　一番奥の便座。屈んでその裏に手を伸ばすと、指先が硬いものに触れた。

「ほれ」

　手作りのナイフを手渡してやると、みるみる横山の顔が輝いた。

「わあ、有難うございます」

　横山の指が刃の部分を愛おしそうに撫でる。

「タバコひと箱で請け負ってもらった。いつか返せよ」

　そう告げた次の瞬間だった。

　いきなりナイフを持った横山の手が相良の脇腹に伸びた。

　嫌な圧迫感の直後に激痛が襲ってきた。突き立てられた刃身が、腹の内部でぐるりと回転したのが分かった。

「いつかじゃなく、たった今返しますよ」

横山はそう言ってナイフを抜いた。その途端、傷口から大量の血が噴出する。いや噴出したのは血だけではない。全身の力までもがだらだらと抜けていく。

相良は膝を折り、床にひざまずいた。

「貴様……どうして」

「速水優子の仇と言えば理解できるか」

久しぶりに聞く名前。三年前、強盗に入った家で殴り、凌辱した挙句に絞め殺した女の名前だった。

「これが〈ネメシスの使者〉最後の仕事だ」

言うが早いか、横山はナイフの切っ先で相良の喉を一文字に切り裂いた。腹を押さえていたので手で防ぐ余地もない。相良は自分の血が勢いよく噴き出るのを目撃した。

もう声を出すことも叶わなかった。上半身を支える力も尽き、相良はトイレの床に突っ伏す。目の前に便器から撥ねた小便が広がっていた。

それが、相良がこの世で見た最後の光景になった。

3

よくもやってくれた。

渡瀬は怒りの矛先も定まらないまま千葉刑務所の門をくぐる。

刑事施設内での捜査権は刑務官にあるが、〈ネメシス〉事件捜査本部の現場指揮官であり横山を捕縛した渡瀬が乗り込めば刑務所側も捜査権を委ねる他になかった。

房と独立した別室に横山は拘束されていた。後手に手錠を嵌められ、ドア付近には二名の看守が張りついているが、本人の様子を窺う限り逃亡の意思はなさそうだった。

「やっぱりあなたが来られましたか、渡瀬警部」

ゆっくりと上げられた顔は青痣と擦り傷だらけだった。だが県警の取調室で対峙した時に比べると、まるで憑き物が落ちたような印象を受ける。

「これが本当の目的だったんだな」

対面に座るなり、渡瀬はそう切り出した。

「本来なら死刑台の露と消えて当然の犯罪者が、姑息な弁護士と運の力を借りて死刑を免れる。だが彼らは塀の内側にいるので復讐するにも手が出せない……君は取り調べで、犯行の動機をそう説明した」

「ええ。そう言いました」

「動機はその通りだった。しかし目的は被害者遺族たちの復讐の代行じゃなかった。全ては君自身の復讐を遂行するためのお膳立てに過ぎなかった。自分の恋人を殺した男を葬るためのだ」

横山は渡瀬の言葉を味わうように、こくこくと頷いてみせる。

「警部のことですから、もう徹底的にお調べになったんでしょうね」

「三年前、大田区の民家に押し込み強盗があり、金品が強奪された上で居合わせた速水志津と優子の母子も殺害された。二カ月後に逮捕されたのが相良美津男だ。彼を裁いたのが渋沢判事で、検察の死刑求刑に対して懲役十六年の判決を下した。殺害された速水優子は当時二十歳で大学二年。同じクラスにいた者から聞いたが、二年上の先輩と付き合っていたらしい。その相手が横山順一郎、君だ」

「声を掛けたのはわたしの方からでしたよ」

横山は懐かしそうに目を細める。

「サークルの勧誘をしていた時、新入生の彼女をひと目見て一瞬でやられました。彼女がいるとまるでそこだけが華やいでいるように見えたものです。元々奥手のはずだったんですけど、今声を掛けなかったら一生後悔すると思いましたね」

「相良の裁判には出ていたのか。いや、出ていたのなら、相良に顔を憶えられていたかも知れんな」

「既に被害者参加制度が導入されていて、彼女のお父さんたちはせめて相良を視線で射殺してやろうと思ったそうです。残念ながらわたしは親族ではなかったので、その場に居合わせることができませんでした。傍聴券も入手できず、法廷には遂に一度も入れませんでした。ただ、それで相良にはわたしの顔も素性も知られずにいたのが、結果的に幸いしましたね」

「いつから計画していたんだ」

「決まっています。一審で相良の懲役判決が出て、二審がそれを支持して確定してしまった時からです」

「前の取り調べの時、東京地検に採用されてから計画を思いついたと供述していたな。本当は復讐を遂行するために、わざわざ東京地検の採用試験を受けたんだな」

「理由は前回申し上げた通りなのですけれどね。新聞やネットで検索できる以上の、加害者家族に関する情報が欲しかった。そのためにはどうしても法務省関連に入庁する必要がありました。以前は外資系企業中心に就活していたんですけど、検察庁に採用されるために畑違いだった司法関係の勉強を必死でしましたよ。あんなに懸命に試験対策するなんて、もう金輪際ないでしょうね」

　恋人の復讐のために一生を賭す。

　きっと若かったから思いつき、若かったから実行できたことなのだろうと渡瀬は想像する。

「復讐の相手は塀の中で手が出ない。だからその家族を身代わりにする……というのは全て見せかけだった。塀の中にいる相手なら自分が塀の中に赴くしかない。あの二つの殺人と一つの未遂はわざと懲役判決を受けるための準備に過ぎなかった」

　そ知らぬ顔でやり取りを聞いていた二人の看守が、さすがに目を剝いた。

「け、警部殿。今の話は本当なんですか」

「そんなことのためにこの男は連続殺人を仕出かしたっていうんですか」

　横山は心外そうに看守たちを睨む。渡瀬は彼の真意を代弁しようと看守たちに向き直る。

「ここ千葉刑務所はＬＡ級受刑者の収容施設だ。収監されるためにはそれ相応の罪を犯さなきゃならない」

「しかし懲役十年以上なら殺人罪以外、他にいくらでもあるじゃありませんか」

「確かにな。外患誘致罪・現住建造物等放火罪・水道毒物等混入致死罪・強盗強姦致死罪……まだまだある。しかし法令上はそうであっても、実際に下される判決はどうなるか。初犯ゆえの情状酌量、加えて裁判官や裁判員の心証や信条は予測不可能だ。外患誘致が大学を出たばかりのいち個人に引き起こせるとも思えない。無期懲役か最低でも十年以上の懲役を得るためには、殺人が一番確実だ。現住建造物等放火も刑が重いが、放火は慎重にしなきゃ類焼やら延焼やらで徒に犠牲者が増える可能性もある。己の復讐のためとはいえ、犠牲者は犠牲になって然るべき人間に限定しておきたかった。すると選択肢は自ずと一件以上の殺人に絞られてくる」

「そんな……恋人の復讐を果たすために、全く無関係の人間を殺すだなんて」

「全く無関係じゃないです」

これには横山自身が反論した。

「あんな化け物たちを生み育てた両親に一片の責任もないなんて変でしょう」

二人の看守は絶句してしまった。

「この二人には君の犯行動機はひどく不条理に思えるみたいだな」

「そうですか。わたしにしてみれば優子とその母親を殺しながら、相良が懲役刑で生き長らえている事実の方がずっと不条理に思えます」

「戸野原貴美子の場合はそういう意味で確固たる殺意があった。二宮輝彦の場合は先の供述通り重傷を与えるだけでよかった」

「はい」

「本当はそこで犯行を止めるつもりだったんじゃないのか」

横山は口を噤むが、渡瀬は構わずに喋り続ける。

「計画と異なり二件の殺人になった。ところが自分の手際がいいのかそれとも捜査本部が阿呆揃いなのか、いつになっても自分に司法の手が伸びる気配がない。ここで逮捕されれば間違いなく長期の懲役刑以上が下されるはず。いっそ自首するという手段もあるが、あんなに警察を挑発した〈ネメシスの使者〉があっさり自首したのでは、社会的な復讐や懲役囚と温情判決に対する義憤が疑われる惧れがある。己の個人的復讐を暴かれる危険も伴う。だからこそ君は当初にはなかった第三の犯行を計画するほかなかった。そう、わざと逮捕されるために」

二人の看守は再び目を剝く。

「決行前、今岡菜々子にストーカーじみた尾行をしたり、あれだけの監視体制が敷かれていたにも拘わらず堂々と彼女をつけ狙ったりした。ご丁寧にも彼女を追い詰めた際には、我々の手が届くまで時間稼ぎさえしてくれた。前二件と比べれば呆れるほどの杜撰さだが、逮捕を狙っての行動ならそれも頷ける。そして逮捕・送検されてからは必死に二件目以降の襲撃には殺意がなかったことを強調した。後に控える裁判の趨勢を考えた場合、それだけは死守しなければならない生命線だった。仮に二件の殺人に殺意が認められ、更生の意思全くなしと裁判官たちが判断してしまえば、LA級刑務所ではなく、死刑設備のある拘置所に収監されてしまうからだ。公判で罪を悔い、反省の意思を示したのも、何としても相良が服役しているLA級の千葉刑務所に収監されるためだった。事務官として検察庁に勤め、毎日毎日山のような裁判資料と格闘してきた君には、現状の裁判の判断基準も大方分かっていただろうからな。どうだ、何か反論はあるかね」

横山は口惜しそうな表情で渡瀬を睨む。

「しかし警部殿」

看守の一人が尚も二人の間に割って入る。

「失礼ですがLA級の刑事施設は千葉刑務所以外にも山形・長野・岡山・大分の刑務所が存在します。横山はそんな粗い確率に賭けたというんですか。自分の一生が掛かっているというのに」

「さあ、そこだ」

渡瀬は我が意を得たりとばかりに、ぐいと横山に顔を近づける。

「この計画には実行犯とともに共犯が絶対に必要だった。送検され、十年以上の懲役判決を下された後、自分が間違いなく千葉刑務所に収監されるために協力してくれる共犯者が」

「しかし警部殿。そんな権限を持った人物は法務大臣以下、法務省に所属する者しか……」

渡瀬は看守の異議申し立てを手で制止して、尚も横山の反応を窺う。

「なあ、横山くんよ。今はもう午後三時を過ぎている。君が刑務所内で相良を殺害してから二十四時間以上が経過している。俺がその間、ただ指を咥えて推移を見守っていたと思うのか。教えてやる。ここに到着する前、川越に出張っていたのさ」

横山の顔にゆっくりと不安が広がる。

「まさか……」

「そのまさかだ。川越少年刑務所を訪れて、心理技官の速水翔市から事情聴取をしてきた。あっさり吐いたよ。彼は速水優子の二つ上の兄。君とは同じゼミの仲間だったそうだな」

速水翔市の名前を出された途端、横山の顔からずるりと何かが剝げ落ちた。

「速水優子の事件に注目したら、彼の存在はすぐに浮かんだ。君との関係もだ。速水翔市にしても母親と妹を惨殺しながら死刑を免れた相良は、憎んでもあまりある仇だった。今度のことは君たち二人がともに誓い合った神聖な犯罪だったんだな。君は検察庁に、そして速水翔市は受刑者を該当施設に移送できる心理技官に採用されるために一切の誘惑を退けて勉学に勤しんだ。ついでに言えば君が戸野原貴美子と二宮輝彦を標的にしたのは、二人の子供たちが温情判決で死刑を免れたという事実以外に、東京管区内に居住していたからだ。東京管区なら、川越少年刑務所の心理技官が受刑者のカテゴリーを分類できるからな。犯行に必要な準備期間と時間を考慮すれば、東京管区内で犯罪を繰り返した方が何かと都合よかったんだろう」

横山の頭が垂れ、次第に肩が震え始める。

「心理技官は受刑者の収容先ばかりか、処遇内容まで決定できるポジションにいる。ひょっとしたらデータ改竄も可能だったのかも知れない。君はめでたく千葉刑務所に収監され、相良と同じ印刷物製作の作業場に回された。これで最初のお膳立ては整った。次に君は先に収監されていた軽部亮一をも利用した。君に母親を殺された軽部にそれとなく接近し、わざと虐待された。いや、そう周囲から見られるように仕向けた。その顔の痣や傷も本当は自分で拵えたものも含まれているんじゃないのか。何故そんなことをしたかといえば、被害者のふりをして標的である相良に近づくためだ。四方に看守の目が光っている刑務所内で殺人を行うには、塀の外よりも慎重さが必要だった。相良の警戒心を解き、確実に殺せる瞬間のために、君はずっと演技を続けてきたんだ。さあ、今の説明で違うところがあるのなら指摘してくれ」

ゆっくりと横山の頭が上がる。

「さすがの慧眼ですね。全て仰る通りですよ。しかし、それだけ自信のある推論なら、あえてわたしの指摘なんて必要ないでしょうに」

「そうはいかん。君の自供とも正確に報告する義務がある。捜査本部にはもちろんだが、君の元上司に報告しない訳にはいかん」

「……次席検事はどう思われるでしょうね。義憤のために殺人を犯すわたしと個人的な復讐のために殺人を犯すわたしの、どちらにより失望されるのでしょうね」

「一年以上もあの人の身近にいて、そんなことも分からなかったのか」

「えっ」

「どんな理由にしろ、法律を犯す者、他人の命を蔑ろにする者を岬検事は決して許さない。それが部下であろうが、自分の肉親であろうがだ。もちろん君のした行為で失望し後悔することになるかも知れんが、それで節を曲げるような人じゃない。君の後ろにネメシスがいるのと同様、あの人はテミスを背中に負っている。そんな心配は無意味だし失礼だと思わないか」

「そう……でしたね」

横山は寂しそうに笑った。

「じゃあ警部、一つだけお願いがあります。今から申し上げることを、わたしの精一杯の弁明として次席検事にお伝えいただきたいのです」

「構わんよ」

「わたしと速水が企んだ計画を、警部と次席検事は蔑み、糾弾されるでしょう。でもわたしたちにも言い分はあります。何の罪もない人を二人も殺し、およそ改悛の情さえない男がどうして死刑にならないのですか。この国には死刑制度が存置されているというのに、いち裁判官の心証如何でどうしてそれが回避できてしまうのですか。渡瀬警部なら軽部亮一と二宮圭吾に殺害された被害者の家族たちとも話をされたはずです。彼らの塗炭の苦しみも胸が焦がる思いも聞いているはずです。犯人が今も生きているというだけで、怒りで目の前が真っ暗になる。その犯人が塀の中に護られている現実に血の涙が流れる。犯人の死刑回避は被害者にとって二度目の死なんです。国家が相良に適正な処罰をしてくれないのなら、わたしたちにはこうする以外に正義を実現させる手段がなかった。いったい被害者とその家族はどこまで苦しめられなければいけないのでしょうか。加害者とその家族が手厚く遇され、被害者とその家族が蔑ろにされる、これが法治国家のあるべき姿なのでしょうか」

そして横山は静かに嗚咽を洩らし始めた。

しかしそれを見守る渡瀬の胸は相変わらず燻り続ける。彼らの企みを全て暴いてみせても、渡瀬の完敗であることに少しも変わりはなかった。

4

東京高裁刑事部裁判官室。

岬が〈ネメシス〉事件の顚末を説明し終えると、渋沢はふうと鼻を鳴らした。

「横山と言いましたか、ずいぶん回りくどい方法を採ったものですね。だが確かに実現性の高い方法です。看守になって相良に接近するという手段もないではないが、看守の人事権まで掌握するとなると、共犯となるべき人間は相当のポストにいることが条件になってくる。迂遠に見えながら着実。そうした手法は、もしや岬検事の薫陶を得た賜物ですか」

以前なら苦笑して聞き流せる渋沢一流の皮肉が胸を抉る。

「それだけ近しい人間を理不尽に奪われた者の妄執は凄まじいのでしょう」

「それは言えますね。判決言い渡しの瞬間、わたし自身も裁判官席からそんな妄執に駆られたらしい目をいくたびも見てきました。げに怖ろしきは人の恨みです」

何を他人事のように、と岬は密かに憤慨する。

「しかし岬検事。どうしてわざわざわたしに事件の最終的な顚末を報告してくれたのですか」

「事件との関わりで、判事には要らぬご心配をおかけしましたから」

「ああ、それは感謝します。いや、ひょっとしたら、今回の事件はわたしの下した判決が引き金になったので責任を感じろとでも仰るのかと」

やはりその程度には考えが及ぶらしい。

犯行動機の基となった相良に懲役刑を科したのも渋沢なら、二人が使った軽部事件も二宮事件も裁断を下したのは渋沢だ。渡瀬の取り調べで横山は、事件が渋沢案件に偏ったのは偶然だったと証言したらしいが、そもそも渋沢が偏向気味とも思える温情判決を連発しなければ今回の事件は起きようがなかったのではないか。

「滅相もありません。わたしに判事を責める資格も権利もありません」

「うん、それはそうだ。一年以上も身近にいながら、担当事務官の人となりに気づけなかった検事から責められてもあまり愉快ではないですからね」

いちいち引っ掛かるが、横山の正体を見抜けなかったのは事実なので反駁はできない。すれば余計に惨めになるだけだ。

しかし自分のことはともかく、横山の行動については最低限伝えなければならない。それが渡瀬を通じて己の心情を吐露した、かつての部下に対するせめてもの礼儀だった。

「わたしの教育が未熟だったのは間違いありません。ただ、横山と速水翔市がこの手段以外には速水母子の仇を取れないと思い詰めた事情も理解してください。二人ともまだ若輩者であり、法治国家の何たるかを、社会と個人の関係性を充分に理解していなかった。個人の性格や資質の問題はもちろんですが……」

「そんなものを理解する必要はありませんよ」

渋沢の声は柔和だったが、まるで温度を感じない。

「二人とも法務省管轄の組織に所属していた人間です。人から教えられずとも、日常業務で見聞きすることがそのまま知見になり資質に変わるのが当然。それができなかったのは、やはり二人の人間性に欠陥があったというだけのことです。検事、いわんやわたしが彼らの心根を理解したり責任を痛感したりする必要など微塵もない。それに二人はわたしが相良に懲役刑を科した理由を真に理解していない。いや、彼らのみならず検事もその一人ではないのかな」

自らの哲学でも披瀝（ひれき）するつもりか——いささかげんなりとした岬は、それがとんでもない見当違いであったことを思い知る。

「死刑ごときが極刑だと考えるのは幼稚な倫理観ですよ」

何を言い出すのか。

「検事は被害者遺族の心情を推し量れとでも仰るつもりなのでしょうが、そのくらいはわたしにだって理解できる。何しろ、孫娘を殺した犯人がおめおめと懲役刑の恩恵に浴する姿を目にした人間ですからね」

唐突に思い出した。

遺族側の感情論で裁いてはならないと、渋沢が教訓として挙げた実例だ。

「死刑とはあくまでも犯人に対する処罰であって、復讐の代行ではない。そしてまた人殺しが死刑台で縊られたところで、遺族の怨念が晴れるというのも大間違いです。死んでしまえば受刑者への恨みも薄れ、受刑者自身の苦しみもそこで停止する。それでは罰とも言えない罰です。岬検事、あなたは再犯者による犯罪が六割である事実をどう捉えますか」

「受け入れ施設の不足と偏見だと思っておりますが」

「それも多分に浅薄な見方だ。長期間牢に繋がれた人間は、一般社会への適性を少しずつ失っていく。彼らが出所してもすぐ戻ってくるのは、心神が外界で暮らせないほどに変質してしまっているからですよ。懲役というのは、内側から人間性を殺していく刑罰なのです。一般の常識にも馴染めず、何の前科も持たぬ人との精神的な障壁を毎日のように思い知る。人であって人でない現実を嚙み締める。それに犯人が生きていれば、遺族はずっと彼を憎んでいられる。万が一犯人が良心の呵責を覚えれば、苦悩する時間もそれだけ長くなって言うことはなし。従って懲役刑は長ければ長いほどいい。自分が人ではなくなった絶望をいつまでも呪いながら死んでいってほしい」

聞いているうちに眩暈を起こしそうになった。

渋沢が温情判決を下し続けていたのは被告人の更生のためではない。逆だ。永遠に近いような煉獄を味わわせるための方策だったのだ。

「理不尽に他人の命を奪った者に同等の死を与えるなど、大局的に見れば慈悲のようなものです。長く恨みに思わせず、苦しませもせず。世の中には死よりも、もっと苛烈で残酷な刑罰がある。極刑というのは死刑ではない。その事実を知らぬうつけ者どもがわたしを死刑廃止論者と決めつけているのは滑稽以外の何物でもないが、それはおそらく彼らが真の苦しみというものを経験していないからでしょう。愚かな話だと思いませんか」

渋沢は満足そうに笑う。

岬は腹の底が冷えるような感覚に襲われた。

庁舎を出ると、馴染みの顔がそこにあった。

「ご苦労さまです」

渡瀬の仏頂面が、今は不思議に心地いい。

「渋沢判事から何を言われたのか、知ったような顔つきだな」

「まあ、大体のところは。渋沢判事が温情判事と言われ出したのは、お孫さんの事件の直後でしたからね。温情にしろ冷酷にしろ、フラットな価値基準から歪むのは一緒でしょう」

「それを知って空しくならないのか」

「苦しみ方は人それぞれです。ならば刑罰のあり方も人それぞれでしょう」

「達観しているな。禅寺にでも通ったことがあるのか」

「生憎と宗教家とは一番離れた場所にいるもので」

「そうかな」

「刑事は人を赦す仕事ではありません」

渡瀬の物言いを聞いていると、何やら尻を叩かれているような気分になる。

「やはり警部はものの見事にぶれないな。あやかりたいものだ」

「ご冗談を」

「いくぶんかは本気だ。警部にはもう打ち明けたが、同じ過ちを繰り返すといい加減自分が嫌になってくる。今まで培った知見も経験も全部無駄だったのではないかと思えてくる」

しばらく渡瀬は沈黙していたが、やがて思い出したように口を開いた。

「わたしもぶれた時はあります。それも最悪の形で。古い話ですが、冤罪に加担したのですよ。まだ駆け出しの頃、犯人と信じて自供に追い込んだ男は無実でした。それを知った時には男は獄死していましてね。あんなクソみたいな気分は生まれて初めてでした。自分がもう少し賢かったら、無辜の人間を殺さずに済んだ。決して褒められるような人間じゃないし、偉そうにお天道を見上げて歩けるような人間でもない」

初耳だった。だが、この男にしても間違うことがあるのだと知ると、親近感が増した。

「それでも刑事を続けているじゃないか」

「二度と間違えないと決めましたから」

「そうか……しかし、わたしはもう二度も間違えてしまった」

「それなら三度目を間違えなければいいだけの話です」

微動だにしない仏頂面を眺めていると、少しだけ胸の閊えが下りた。

岬は深く息をする。しんしんと突き刺すような冷気が身中の毒を刺してくれた。

そう言えば、この男とは一度も酒を酌み交わしたことがなかったな。

「警部はイケる口かね」

「愚痴でなければ付き合いますよ」

「愚痴は許してくれないのか」

「目下の者に垂れ流すものではないでしょう」

「道理だな。まあ、いい。この近所にホッケの美味い店を知ってるんだ」

そして二人の男は日比谷公園の方に向かって歩き出した。

解説

宇田川拓也

二〇一〇年代、もっとも司法に鋭い目を向け、作中で様々に取り上げてきたミステリ作家――。

この文庫の刊行年である二〇二〇年は、中山七里にとって作家生活十周年のメモリアルイヤーに当たる。この節目となる年を迎え、いま改めて稀代の作家の活動を振り返ると、〝どんでん返しの帝王〟の異名、数々の社会問題を臆することなく扱う果敢さ、そして前述のような印象を強く覚える。

著者の多彩な作品群を見渡してみると、そのなかには、物語に司法が絡んでいることが次第にわかるものと、初めから司法を題材にしていることが明確なものがある。興を削いでしまってはいけないので前者に該当する作品のタイトルは伏せるが、後者では、凄腕ながら多額の報酬を要求することで悪評高い弁護士――御子柴礼司が主役を務める『贖罪の奏鳴曲（ソナタ）』（二〇一一年）から始まる一連のシリーズ。冤罪を隠蔽しようとする警察組織のなかで孤軍奮闘する刑事を描く『テミスの剣』（二〇一四年）。囚人を相手に仏の教えを諭す教誨師が、確定死刑囚となった親友の内に秘めた真実を探ろうとする『死にゆく者の祈り』（二〇一九年）などがある。いずれも巻を措く能わずといえる作品ばかりだが、司法を扱った中山七里作品のなかでも現時点での最高傑作を選ぶなら、筆者は本作『ネメシスの使者』を挙げる。

物語は、猛暑日が続く八月の朝から幕が上がる。埼玉県警捜査一課で班長を務める警部――渡瀬は、部下の古手川とともに熊谷市佐谷田にある一軒家へと向かう。独り暮らしの六十五歳の女性――戸野原貴美子が何者かに刺し殺され、壁には死体の指先によって記されたと思しき〈ネメシス〉の血文字が残されていたのだ。

ネメシスとはギリシア神話に登場する女神の名前で、人間が働く無礼に対する神の怒りを擬人化したものだといわれる。そもそもは「義憤」を語源とするが、「復讐」と訳されることもあって〝復讐の女神〟というイメージがある。

果たして被害者には、犯人がこのような復讐に走るほど強く怨まれる理由があったのか。すると第一発見者である隣家の住人の話から、被害者が十年前に世間を騒がせた通り魔殺人の犯人――軽部亮一の母親であることが判明する。

当時二十六歳の軽部は、浦和駅の改札口近くで十九歳の女子大生と十二歳の少女を隠し持っていた出刃包丁で殺害。大学中退後に引きこもりとなってネットにはまり、県の教育委員会にも名を連ねる著名な教育評論家である父親以上に自らも名を上げるには――と考え、凶行に及んだのだった。身勝手な動機、無抵抗な相手を狙った卑劣な犯行、「殺すのは誰でもよかった」と口にする臆面のなさ、そして父親がワイドショーで重宝されてきたタレントのごとき教育者という境遇は、世間の轟轟（ごうごう）たる非難を巻き起こし、裁判で検察側は死刑を求刑。ところが裁判長を務めた渋沢英一郎判事は意外にも無期懲役の判断を下す。じつはこの渋沢、過去にも死刑か無期懲役かを問われる局面でことごとく死刑を回避しており、皮肉を込めて〈温情判事〉と綽名される人物だった。

当然、娘を奪われた両家族は判決を不服とし、判事への不信感をマスコミに表明。被害者遺族にとってあまりにも無念極まりないこの裁きは、遺族たちを復讐の鬼に変えることはもちろん、司法に不満を覚える人間を義憤に駆り立て、犯人が正しく罰せられないなら加害者家族に天誅を下そうと考える〈ネメシスの使者〉を生み出してもおかしくはない。

そして今回の〈ネメシス〉事件は、浦和駅通り魔事件の裁判で担当検事になって初めての敗北を覚えた岬恭平次席検事にも早期解決を図るよう命が下り、渡瀬と協力することになるのだが、さらに第二の犠牲者が。これは被害者遺族が蔑ろにされる偏向した司法システムに対するテロなのだろうか……。

本作の数ある美点のなかで、とくにご注目いただきたいふたつを挙げると、まずひとつは、じつに手際よく、被害者遺族、加害者家族、刑事、判事、弁護士、囚人、記者、ネットの声、刑務官、被害者の親友と元恋人等につぎつぎとスポットを当てていく進行だ。ある一面から核心に向けて深く掘り下げていくアプローチもあるが、著者が得意とする終始公平な視点で読み手の前に広く全体像を映し出していくこの手法は、抜群のリーダビリティゆえに見過ごされがちだが、じつは極めて高い筆力と構成力が要求され、誰にでも容易に真似のできることではない。

そしてふたつ目は、帝王がこれまで繰り出してきた衝撃のなかでも屈指といえるほど強烈などんでん返しだ。

その瞬間、法の力を超越するほどの人間の底知れぬ怒りと執念とはどのようなものかを、読者は胸に刻みつけられることだろう。しかも驚きは一撃だけで済むとは限らない。もっとも重い罰が死刑であり、無期懲役刑はそれよりも軽い――といった誰もが抱きがちな浅はかな先入観は木端微塵に粉砕される。

渡瀬と岬、それぞれが突きつけられる弁明と真相を、できる限り多くのひとびとに噛み締めていただきたい。そう切に願う。

さて、中山七里といえば、じつは中山一里、二里、三里……そして七里までの計七人による創作集団なのでは？　というジョークが飛び出すほどの驚異的な執筆量で知られるが、なんとメモリアルイヤーの二〇二〇年は、一月の『騒がしい楽園』（朝日新聞出版）を皮切りに新作単行本十二か月連続刊行という信じがたい企画をスタートさせている。デビュー作『さよならドビュッシー』（第八回『このミステリーがすごい！』大賞受賞）を上梓してから数年で年四～五冊は当たり前となった刊行ペースも、ついにこの域に達したかと開いた口が塞がらないが、まだまだこれからも中山七里には司法の矛盾や闇に鋭く斬り込んだ作品を手掛けていただきたいものである。

（ときわ書房本店　文芸書・文庫担当）

文春文庫

ネメシスの使者（ししゃ）

定価はカバーに表示してあります

2020年2月10日　第1刷
2022年4月25日　第4刷

著　者　中山七里（なかやましちり）
発行者　花田朋子
発行所　株式会社　文藝春秋

東京都千代田区紀尾井町3-23　〒102-8008
TEL 03・3265・1211㈹
文藝春秋ホームページ　http://www.bunshun.co.jp

落丁、乱丁本は、お手数ですが小社製作部宛お送り下さい。送料小社負担でお取替致します。

印刷・萩原印刷　製本・加藤製本

Printed in Japan
ISBN978-4-16-791436-3

文春文庫　最新刊

警視庁公安部・片野坂彰
群狼の海域　濱嘉之
中ロ潜水艦群を日本海で迎え撃つ。日本の防衛線を守れ

楽園の真下　荻原浩
島に現れた巨大カマキリと連続自殺事件を結ぶ鍵とは？

雨宿り　新・秋山久蔵御用控（十三）　藤井邦夫
斬殺された遊び人。久蔵は十年前に会った男を思い出す

潮待ちの宿　伊東潤
備中の港町の宿に奉公する薄幸な少女・志鶴の成長物語

きのうの神さま　西川美和
映画『ディア・ドクター』、その原石となる珠玉の五篇

駐車場のねこ　嶋津輝
オール讀物新人賞受賞作を含む個性溢れる愛すべき七篇

火の航跡〈新装版〉　平岩弓枝
夫の蒸発と、妻の周りで連続する殺人事件との関係は？

小袖日記〈新装版〉　柴田よしき
ＯＬが時空を飛んで平安時代、「源氏物語」制作助手に

夜明けのＭ　林真理子
御代替わりに際し、時代の夜明けを描く大人気エッセイ

女と男の絶妙な話。　悩むが花　伊集院静
週刊誌大人気連載「悩むが花」傑作選、一一一の名回答

サクランボの丸かじり　東海林さだお
サクランボに涙し、つけ麺を哲学。「丸かじり」最新刊

老いて華やぐ　瀬戸内寂聴
愛、生、老いを語り下ろす。人生百年時代の必読書！

８００日間銀座一周　森岡督行
あんぱん、お酒、スーツ――銀座をひもとくエッセイ集

自選作品集　**鬼子母神**　山岸凉子
依存か、束縛か、嫉妬か？　母と子の関係を問う傑作選

フルスロットル　トラブル・イン・マインドⅠ　ジェフリー・ディーヴァー　池田真紀子訳
ライム、ダンス、ペラム。看板スター総出演の短篇集！

日本文学のなかへ〈学藝ライブラリー〉　ドナルド・キーン
古典への愛、文豪との交流を思いのままに語るエッセイ